TURMA DA
MÔNICA
JOVEM

CONTOS

UM CONVITE
INESPERADO

CB015814

GERENTE EDITORIAL
Arnaud Vin

EDITORES ASSISTENTES
Carol Christo
Eduardo Soares

ASSISTENTE EDITORIAL
Pedro Pinheiro

REVISÃO
Carolina Lins
Samira Vilela

CAPA
Larissa Carvalho Mazzoni

DIAGRAMAÇÃO
Larissa Carvalho Mazzoni

Dados Internacionais de Catalogação na Publicação (CIP)
(Câmara Brasileira do Livro, SP, Brasil)

Um convite inesperado / Babi Dewet...[et al.]. ; [ilustração Mauricio de Sousa]. – 1. ed. – São Paulo : Nemo, 2019.

Outras autoras: Carol Christo, Melina Souza, Pam Gonçalves.

ISBN 978-85-8286-512-5

1. Aventuras 2. Contos - Literatura juvenil 3. Literatura brasileira 4. Turma da Mônica (Personagens fictícios) I. Dewet, Babi. II. Christo, Carol. III. Souza, Melina. IV. Gonçalves, Pam. V. Sousa, Mauricio de.

19-28591   CDD-028.5

Índices para catálogo sistemático:
1. Turma da Mônica : Contos : Literatura juvenil 028.5

Maria Paula C. Riyuzo - Bibliotecária - CRB-8/7639

A **NEMO** É UMA EDITORA DO **GRUPO AUTÊNTICA**

São Paulo
Av. Paulista, 2.073, Conjunto Nacional, Horsa I
23º andar . Conj. 2301 . Cerqueira César .
01311-940 São Paulo . SP
Tel.: (55 11) 3034 4468

Belo Horizonte
Rua Carlos Turner, 420
Silveira . 31140-520
Belo Horizonte . MG
Tel.: (55 31) 3465 4500

www.editoranemo.com.br

BABI DEWET

CAROL CHRISTO

TURMA DA MÔNICA JOVEM

CONTOS

UM CONVITE INESPERADO

MELINA SOUZA

PAM GONÇALVES

MAURICIO DE SOUSA EDITORA

nemo■

Estúdios Mauricio de Sousa

Presidente: Mauricio de Sousa

Diretoria: Alice Keico Takeda, Mauro Takeda
e Sousa, Mônica S. e Sousa

Mauricio de Sousa é membro
da Academia Paulista de Letras (APL)

DIRETORA EXECUTIVA
Alice Keico Takeda

DIREÇÃO DE ARTE
Wagner Bonilla

DIRETOR DE LICENCIAMENTO
Rodrigo Paiva

COORDENADORA COMERCIAL
Tatiane Comlosi

ANALISTA COMERCIAL
Alexandra Paulista

EDITOR
Sidney Gusman

REVISÃO
Daniela Gomes

EDITOR DE ARTE
Mauro Souza

COORDENAÇÃO DE ARTE
Irene Dellega, Maria A. Rabello, Nilza Faustino

PRODUTORA EDITORIAL JR.
Regiane Moreira

DESENHO
Lino Paes

ARTE-FINAL
Marcela Curac, Matheus Pereira, Rosana Valim

COR
*Giba Valadares, Kaio Bruder,
Marcelo Conquista, Mauro Souza*

SUPERVISÃO DE CONTEÚDO
Marina Takeda e Sousa

SUPERVISÃO GERAL
Mauricio de Sousa

EDITORA

Condomínio E-Business Park - Rua Werner Von Siemens, 111
Prédio 19 – Espaço 01 – Lapa de Baixo – São Paulo/SP
CEP: 05069-010 - TEL.: +55 11 3613-5000

MÔNICA

EM

QUINZE MINUTOS DE FAMA

★ POR ★

BABI DEWET

Antes de contar a incrível história sobre como passei de uma mera competidora amadora de um jogo a uma dançarina quase famosa, preciso avisar que gosto de dançar escondida, quando ninguém está olhando. Gosto da sensação de imaginar que estou num clipe de música, vivendo altos dramas e momentos românticos, como se eu fosse a diretora, roteirista, musicista, cantora e, talvez, a dançarina também. E sem ter nenhum tipo de talento pra qualquer dessas coisas. A sensação de fechar os olhos, deixar a música vibrar dentro da cabeça e se deixar levar pela história que a melodia ou a letra nos contam é incrível demais. Às vezes, eu nem entendo a língua em que estão cantando, mas aí só deixo minha imaginação fazer toda a mágica acontecer.

E minha imaginação é gigantesca, não tenho como negar.

Às vezes, até paro pra pensar se todas essas aventuras mirabolantes não passaram de sonhos ou faz de conta na minha cabeça, porque nem sempre é fácil acreditar nos amigos incríveis que tenho e em todas as oportunidades que tive na vida. Tenho muita sorte.

Naquela manhã de terça-feira, estava justamente pensando em tudo isso enquanto caminhava pela rua com a mochila nas costas, recheada com meu material escolar e com todas as tralhas que gosto de carregar. E, dessa vez, nem tinha levado o Sansão comigo, já que ele merecia um descanso das aventuras que passávamos juntos.

Saí cedo de casa, antes de ir para a escola, porque simplesmente precisava passar na padaria nova do bairro e comer um dos pães deliciosos que tinha provado na semana anterior. Não se falava em outra coisa por aqui, e minha mãe já sabia que não precisava deixar o café da manhã pronto naquele dia, pois falei dos tais pães e doces a noite inteira. Eu tinha uma graninha guardada, qual seria o mal de gastá-la assim? Magali ficaria bastante orgulhosa.

Parei no semáforo, que estava fechado para os pedestres, sorrindo e aumentando o som do meu celular quando minha música favorita do momento começou a tocar. Não costumo ouvir nada muito alto, pra poder prestar atenção à minha volta, mas aquele era o meu *tipo de som*, sabe? Encarei a vitrine de uma loja que ainda estava fechada, vendo meu reflexo sorridente no vidro ao escutar as primeiras notas da música latina. Senti minhas pernas se mexerem, assim como meu quadril, num movimento automático, lembrando de todas as horas gastas na casa do Cebola, treinando a coreografia da música no jogo *Always Dance*. O meu braço levantou sem que percebesse e, em questão de segundos, eu estava seguindo à risca cada silhueta que aparecia na minha mente, como se estivesse diante da televisão.

Perfeito! Ótimo! OK! Perfeito! SUPER! apareceriam na tela.

Tinha certeza de que estava arrasando, sem errar nenhum movimento. Minha *playlist* era repleta de músicas diferentes que eu amava muito, das mais dramáticas até canções clássicas brasileiras, misturando algumas latinas e outras de k-pop. Gosto é de música, e não só de um estilo específico. Apesar de que, ultimamente, andava colecionando pôsteres de *boy bands* coreanas, como se meu ano escolar dependesse disso. Meus amigos até achavam um pouco esquisita essa mania, mas respeitavam meu gosto. Sorri sozinha, ajustando o fone de ouvido (que era um pouco maior do que minhas orelhas e, ao mesmo tempo, incrivelmente confortável). Mal notava que o estava usando e, talvez por isso, me deixei levar durante aqueles curtos minutos em que requebrei ao som de Camila Cabello, no meio da rua.

Sabia que dançar não era meu forte e que os olhares do "público" lançados sobre mim talvez não fossem pelas pontuações incríveis que eu estava marcando na minha imaginação.

Provavelmente, eu estava pagando um supermico, tipo um King Kong, e pensar nisso fez minhas bochechas ficarem quentes de repente, ao mesmo tempo que diminuía os movimentos aos poucos, tentando disfarçar o que estava fazendo ali.

Não se ouviam passos de ninguém, nem mesmo o som dos carros, mas percebi que deveria atravessar a rua porque alguém havia esbarrado no meu ombro e não pedido desculpas. As pessoas ficam irritadas de manhã, né? Engoli sentindo a boca seca, abaixando a cabeça sem saber onde esconder minha cara de desespero. Eu tinha mesmo muita imaginação, mas por que ficava me enfiando em momentos vergonhosos assim? O jeito era torcer pra que nenhum conhecido estivesse ali, naquela hora da manhã, e caso estivesse, para que simplesmente esquecesse tudo o que tinha acontecido. Mas isso era bem difícil no Limoeiro.

Só não estava levando em conta a Cascuda, claro. Assim que atravessei a rua, dando de cara com a padaria nova na esquina, ela me encarou do lado de dentro, levantando o polegar e sorrindo pelo vidro. Meu show de dança tinha deixado a Cascuda feliz, e acabei revirando os olhos sem querer admitir que devia ter sido uma cena bem engraçada. Que bom que pude fazer a manhã de alguém menos chata com a minha própria falta de noção! É pra isso que servem os amigos, né?

Talvez devesse contar pra Cascuda que aqueles não eram movimentos tirados da minha cabeça e que, se estivesse na casa do Cebola com o *Always Dance* na minha frente, teria ganhado muitos pontos. A coreografia estava impecável, eu sabia disso, porque vencia todas as batalhas organizadas pelos meus amigos quando se tratava desse jogo. Era meu favorito. Não que eu gostasse de dançar, nem era isso. Só não gosto de perder. E se tinha uma coisa que não aconteceria tão cedo, era ver o olhar de vitória no rosto do Cascão, do Cebola ou de qualquer um que me desafiasse pra alguma coisa. Mesmo que isso significasse decorar uma coreografia superdifícil de um videogame, daqueles em que não existem segundas chances. Sou desengonçada, mas, na hora da competição, era basicamente parte do BTS. Ninguém podia negar.

Sorri de volta e observei a Cascuda na fila da padaria. Pensei se eu deveria, em vez de tudo isso, inventar alguma desculpa esfarrapada e dar meia-volta direto pra escola. O pior era que eu nem podia fingir que estava atrasada, já que somos da mesma sala. A gente ainda tinha um bom tempo até a aula começar. Na realidade, nem consegui pensar mais sobre isso quando senti o cheiro maravilhoso e docinho do bolo de cenoura: eu só fechei os olhos e salivei, inconscientemente. Estava morrendo de fome, muito mais que de vergonha.

– Não sabia que a gente tinha uma dançarina no Limoeiro! Não desde aquela vez que a Denise criou o *cover* daquela *girl band* e se vestiu como elas, durante todo o mês, lembra? Mas eu nunca cheguei a ver a coreografia de verdade – a Cascuda falou, assim que me aproximei, pedindo desculpas a quem estava no final da fila.

– É porque não tinha uma coreografia – falei, tirando meu fone de ouvido e puxando a mochila pra guardá-lo. A Cascuda ficou pensativa, mas concordou e logo me encarou sorrindo com a sobrancelha levantada, um sutil sinal que estava me julgando. – Não olhe assim pra mim. Você sabe que me empolgo, e eu estava arrasando na pontuação do jogo! Na minha cabeça, claro, mas estava!

– Aquela lá fora era a Mônica em quem eu votaria pra representante da turma, não a que gritou com a gente na semana passada porque o Cascão começou a rir do nada – ela disse, piscando. Totalmente ofendida, quase abri a boca pra gritar tudo de novo. No caso sobre o qual ela falou, não tinha sido por conta da risada do Cascão! As pessoas não me ouviam mesmo, né?

– Vocês estavam fazendo barulho e eu precisava falar sobre as regras de... Ah, esquece. No momento – apontei pra mim mesma, bufando –, esta é a Mônica superdescolada que dança na rua sem sentir vergonha de nada nem de ninguém. E ainda sou sua representante de turma.

– Mas você está vermelha agora. Como é que não tá com vergonha?

– Vamos falar sobre o cheiro incrível desse bolo de cenoura? – mostrei a língua, querendo claramente mudar de assunto porque estava, sim, com vergonha, mas a fome estava maior ainda.

Ali dentro, com a porta fechada, a padaria parecia uma fábrica de sonhos e sabores. Queria passar o resto da minha vida sentindo aquele cheiro maravilhoso. Cheiro de conforto, sabe? Talvez fosse um ótimo cenário pro meu próximo videoclipe imaginário, apesar de não lá muito romântico.

Fechei os olhos ouvindo a Cascuda falar sobre os bolos famosos que vendiam ali, comentando sobre a competição que o Quinzinho agora tinha na cidade, quando senti meu bolso vibrar com alguma mensagem no celular. Ele estava no silencioso porque ainda não havia decidido qual música seria o toque durante a semana, já que eu o mudava de acordo com o meu humor.

Ao tirar o telefone do bolso e ver que tinha recebido um e-mail, acabei me desligando um pouco do que minha amiga estava falando. Eu raramente recebia e-mails, preciso deixar isso claro. E, quando recebia, eram *spam* de lojas em que fazia cadastro e nunca comprava nada, ou de sites e redes sociais me avisando de alguma atualização que eu nem me importava em saber. Será que era algum dos e-mails da minha mãe com as receitas naturais que ela me envia porque não sabe como salvar no celular? Ou estava cedo demais pra isso?

O que não esperava era ver aquele remetente: a Ultra Game Con estava na minha caixa de entrada, em toda a sua glória. Podia ser *spam*, é claro, porque eu tinha me cadastrado no site do evento há alguns dias, quando tentei comprar os ingressos com meus amigos. Mas não rolou, porque não consegui pra nenhum dos dois dias. Fiquei bem triste, afinal era o maior evento de quadrinhos e *games* da região, e os ingressos esgotaram em questão de minutos! Era uma competição que, infelizmente, não tive como vencer, e que estava fora do meu alcance desde o começo. O Cascão e o Cebola conseguiram pro segundo dia, mas a Magali, o resto da turma e eu sem entradas, e isso era totalmente injusto. Só porque a gente não sabia como se jogava as competições de tiro ou de RPG? Eu gostava de *Always Dance* e era muito boa nisso, obrigada!

Abri o e-mail sentindo os pelos do braço ficarem arrepiados quando vi que não era exatamente um *spam*, mas um convite. Não era possível que alguém real da Ultra Game Con havia mesmo me enviado... me enviado um ingresso, certo? Eu tinha sido notada pelo *senpai*?

Mas era isso mesmo que tinha acontecido, pro meu espanto. Fazia uns bons minutos que não escutava mais a Cascuda, mas pesquei que ela estava sussurrando, como se fosse um segredo, sobre o fato de que até a Magali havia elogiado o bolo daquela padaria.

Com mais atenção, passei o olho pela mensagem de novo e nela dizia claramente que eu estava sendo convidada – CONVIDADA! – para a feira de *games* e que poderia levar uma pessoa comigo como *plus one*, o que era bem chique.

Eu sabia muito bem que meus olhos estavam arregalados e meu coração batia muito forte. A Cascuda parou de falar, de repente, e se encostou ao meu ombro, preocupada. Eu tinha sido convidada para a Ultra Game Con e nem fazia ideia do motivo. Será que tinha sido sorteada? Eles poderiam ter resolvido dar ingressos a alguns jovens que tentaram comprar e não conseguiram. Não seria a primeira vez que ganhava um sorteio na vida, certo? Será que meus amigos tinham algo a ver com isso? Será que eles gostariam de ir? Pensei em levar a Magali comigo, mas ela já tinha planos pro fim de semana com o Quinzinho.

Mordi o lábio, voltando a atenção pro cheiro do bolo quando senti novamente o cutucão da Cascuda no meu braço, e sua expressão se suavizando quando me viu sorrir.

– Mônica, tá me ouvindo? Já é quase a nossa vez e você parece que viu um fantasma e... – Cascuda tinha estalado os dedos na frente do meu rosto, me fazendo sorrir e parar de encarar o celular. Ela me olhou com os olhos apertados, confusa.

– Cascuda, você tem algo pra fazer no fim de semana?

Era isso: eu não tinha roupa nenhuma. O desastre do século. Já podiam começar a fazer um documentário sobre a sensação horrível de comprar milhares de roupas e nunca querer usar nenhuma delas! Certeza que seria um sucesso de bilheteria, e eu não estava sozinha nessa. Minha cama não me deixava mentir, repleta de peças de vários estilos e cores, desde meus vestidos vermelhos até um macacão lindo e retrô que havia comprado há pouco tempo, mas nada, nada era bom o suficiente para uma CONVIDADA da Ultra Game Con. Convidada mesmo, tipo ir de graça com o nome na lista.

Admito que até sorri pensando nisso, de tão satisfatório que soava. Ainda não fazia ideia de como tinha recebido aquele e-mail, e os meus amigos, depois de um longo dia de bate-papo sobre isso, também concluíram que era algum tipo de sorteio interno da empresa. Mas o Cebola ficou megadesconfiado e confuso com a notícia. Acho que ele queria estar no meu lugar.

Puxei mais uma camiseta do armário e fiz uma careta. Não era exatamente aquilo que uma pessoa importante deveria usar. Era assim que eu estava me sentindo, e isso refletia na música que tinha finalmente escolhido como toque do celular pro resto da semana, do grupo Little Mix. *Girl power* e tudo o mais, era sempre uma boa. Pensei em mandar mensagem pra Cascuda, perguntando o que ela tinha escolhido vestir, ou pra Magali, que sempre acabava me ajudando nas decisões difíceis da vida, como essa. Resolvi não importunar nenhuma das duas, porque a gente tinha um trabalho importante pra entregar na escola no dia seguinte e eu sabia que elas estavam ocupadas.

Ainda tinha a sexta-feira pra me decidir e, quem sabe, conseguir algum *cosplay* com o Do Contra durante o dia, se fosse necessário. Suspirei olhando pra uma camiseta de super-herói que havia encontrado e a pus de lado, na cadeira da minha escrivaninha. Os materiais de estudo estavam largados por lá, esquecidos, pois eu já tinha terminado quase tudo que precisava fazer e minha mente só pensava no grande evento do final de semana.

A ansiedade era enorme e a ficha ainda não tinha caído. Eu era realmente sortuda! Uma vez, até ganhei um sorteio de uma bicicleta na festa junina de uma escola – e nem era onde eu estudava! Também já ganhei um concurso de *slogan* quando era criança. Esse tipo de coisa continuava acontecendo, e quem era eu pra reclamar? Mas era curioso como o universo conspirava para que eu tivesse tantas aventuras divertidas, já que até hoje a bicicleta estava sendo muito útil.

Encostei a mão na camiseta genérica de super-herói, sentindo o nervosismo subir pela minha barriga e pensando em todas as coisas que queria fazer. Precisava colocar tudo numa lista, como a Magali gosta de fazer! Visitar estandes de novidades, tirar fotos com murais bonitos, conseguir algum brinde bobo, conhecer alguém famoso da internet, checar as novas músicas do novo *Always Dance*, que estava pra ser lançado e, talvez, coletar vários *spoilers* de séries e jogos pra contar pros meninos, assim que eu chegasse em casa no fim do dia. Queria muito ver a cara deles, porque sei bem que o Cebola odeia *spoilers*! Sorri com a ideia, sabendo que não faria isso realmente. De uma hora pra outra, já não estava mais nervosa por conta do evento nem pela roupa que usaria. No fim das contas, iria com meu uniforme de todos os dias, vestida de mim mesma, dando aquela moral pra uma garota simples como eu, que constantemente se sentia a dona da rua. Seria uma boa pra minha autoestima, que não andava lá grande coisa, ultimamente.

Ouvi minha mãe gritando da sala, avisando que o jantar estava pronto, e suspirei, pensando que a Mônica do futuro iria lidar com as roupas e dramas, mas a do presente estava muito cansada pra isso. Olhei pro quadro pregado na parede em frente à minha área de estudos, cheio de fotos, bilhetes, *pins* e cercado de pôsteres de músicos que adorava, como os meninos do BTS, e ri sozinha. Eu gostava de colecionar bons momentos e memórias legais e deixar tudo exposto pra me lembrar sempre que me sentisse pra baixo. Essa tática normalmente funcionava bem, já que a gente tem sempre mania de esquecer as coisas boas que passamos quando começamos a pensar nas ruins, mesmo que não sejam tão grandes.

Toquei de leve em um ingresso de show e sorri. Ao lado dele estava o de um filme que tinha visto com a Marina, há algum tempo. Em seguida, olhei pra uma cartinha da Magali sobre agrotóxicos em comidas naturais – que eu não fazia ideia do que estava fazendo ali, talvez fosse pra minha mãe – e para panfletos de pizzarias em que tinha ido com meus amigos. Tinha até cartões magnéticos de parques de diversões. Com certeza, ainda continham algum dinheiro, já que a gente nunca conseguia gastar até o final.

Várias memórias inundaram minha cabeça, até que vi uma propaganda de aula de dança que recebi na rua, há um bom tempo. Na hora, pensei seriamente em me inscrever. Minha mãe até apoiou a ideia, mesmo que eu tenha notado um ar de incerteza em seu olhar. Não tinha nada a ver com ganhar no *Always Dance*, mas, por alguns momentos, pensei que poderia ser uma boa dançarina algum dia, e que não iria achar ruim se isso acontecesse. Dançar podia ser divertido, certo? Mas acabei não indo e desisti logo da ideia, por ficar com preguiça. Esta é a realidade. Nunca vou admitir em voz alta que seguir passos de dança – quando o que quero mesmo é mexer meu corpo como bem entender – é uma dificuldade real. Gosto de tomar minhas próprias decisões, e a ideia de repetir a mesma coreografia milhares de vezes não é realmente a minha praia. Com o jogo é diferente, claro. É competição pura, não exatamente arte. E se tem uma coisa que sei fazer é vencer.

Não que eu nunca tenha pensado que devia ser incrível fazer parte de um grupo de garotas dançarinas, como muitas meninas do k-pop, por exemplo, ou até de um grupo misto, quem sabe? As ideias do *glamour*, das roupas legais de marca e de ter muitos fãs gritando meu nome eram bem convidativas. Mas já li e estudei bastante sobre a vida do BTS e dos outros *idols* pra saber que, por trás de tudo aquilo, tinha muito esforço e dedicação. Não estou disposta a abrir mão da minha adolescência, dos meus amigos, de romances e corações partidos, das aventuras malucas em que acabo me metendo, por aquele estilo de vida.

Na casa do Cebola, quando danço *Always Dance* por hooooras, me sinto uma estrela internacional nível Fifth Harmony e Little Mix, ou quem sabe até das meninas do Twice. Mas a ideia era marcar mais pontos e notas mais perfeitas do que os meus amigos, pra que todo mundo pudesse engolir qualquer comentário sobre eu não saber dançar.

Não que soubesse *realmente* dançar, mas ninguém iria poder falar isso na minha cara.

Acordei dos meus pensamentos com a minha mãe batendo na porta do quarto, colocando a cabeça pra dentro e perguntando se eu estava bem. Aparentemente, ela não estava, porque franziu a testa.

– Você tá ocupada? Sua comida vai esfriar! Aconteceu alguma coisa?

– Já tô indo! – respondi, deixando escapar um suspiro, pois estava me imaginando num palco enorme, e senti um calafrio subir pelas minhas costas.

Sabia que estava fazendo uma careta e que minha mãe estava rindo de mim com a porta do quarto aberta, mas não pude evitar. A ideia de pagar esse mico, de dançar na frente de um monte de gente, conseguia transformar minhas músicas favoritas em trilhas sonoras de filmes de terror. Definitivamente, não era pra mim. Não era o tipo de competição em que eu iria me meter tão cedo.

– Não quer mesmo provar nenhum *cosplay*? Devo ter alguns no armário lá de casa – o Do Contra perguntou, no intervalo entre as aulas, quando eu contava aos meus amigos minha dúvida nada dramática e juvenil sobre quais roupas usaria como convidada da Ultra Game Con. Eles foram unânimes: eu deveria usar minhas roupas normais, porque era minha primeira vez naquele tipo de evento, e seria bacana participar pra ver como tudo aconteceria. Mas Do Contra continuava achando que eu tinha que usar um *cosplay* de super-heroína, por exemplo, e me misturar na multidão.

— Aposto que vão ter várias pessoas com *cosplays* sensacionais pra você tirar fotos — a Cascuda disse, de mãos dadas com o Cascão no fim da aula, se despedindo de mim. Concordei, suspirando. — Não leve nada disso a sério. No fim das contas, é só uma roupa — ela completou, sensata.

— Relaxa, Mônica. A roupa escolhida só vai aparecer em todas as fotos que você tirar, pra todo o sempre — o Cascão falou, sorrindo de forma marota e voltando a encarar o celular sem ver a careta que fiz pra ele.

— Você não está ajudando — revirei os olhos, vendo que minha mãe tinha enviado uma mensagem perguntando onde eu estava.

Então me despedi dos meus amigos, combinando rapidamente o horário do dia seguinte com a Cascuda, e corri pela rua. Se queria ir pra casa do Cebola à noite, pra mais uma competição de *Always Dance*, precisaria ajudar minha mãe na limpeza dos banheiros e na arrumação da casa. E, certamente, já faria um bom aquecimento pra Ultra Game Con!

Dei *play* na minha lista de músicas enquanto caminhava apressadamente pela rua, sentindo o vento frio bater no rosto e percebendo que estava sorrindo, quando uma canção pop do grupo Twice começou, combinando com o dia ensolarado. Depois de ver o videoclipe original delas, concluí que o coreógrafo daqueles movimentos do refrão tinha pensado amigavelmente em pessoas como eu, já que eu me julgava muito boa em imitar as meninas, por causa do jeito em que os dedos e os braços se moviam no ritmo. Entretanto, sabia que, se existissem pontos do *Always Dance* na vida real, eu não venceria aquele jogo.

O sábado chegou com o sol despontando no céu, e o tempo ficou mais quente do que o meu celular tinha informado no dia anterior. A ideia de ir de macacão foi abandonada, porque eu iria claramente morrer de calor, fora a dificuldade de ir ao banheiro quando precisasse.

Nessas horas, a gente precisa pensar em tudo. Mas, conhecendo eventos em lugares fechados, escolhi usar calça jeans e uma camiseta com uma frase *geek*, esquecida no fundo do armário. Um modelo bem parecido com um que vi a Marina usar, há um tempo. E, como ela tem bom gosto, isso foi um bom sinal e um ponto definitivo na minha decisão.

Momentos depois, quando entrei no carro dos pais da Cascuda, já que eles deixariam a gente na porta do evento, percebi que minha amiga tinha escolhido um vestido justo no joelho. Ao ver a minha calça, já deu sinais de arrependimento:

— Como vou dançar naqueles estandes de jogos com esta saia? Péssima ideia — falou, balançando a cabeça. Dei de ombros. Se tinha uma coisa que a gente não iria fazer na Ultra Game Con era dançar, é claro. Isso era coisa pra competições fechadas entre a nossa turma de amigos, sem ninguém pra me ver.

— Talvez você não marque os pontos com as pernas, mas os braços podem compensar.

— Não vou jogar pra marcar pontos, Mônica! Nem tudo é sobre ganhar! — ela riu de mim quando a encarei com uma expressão alarmada. Não era tudo sobre vitória, óbvio, mas por qual outro motivo a gente iria jogar *Always Dance*, se não pra ganhar e marcar pontos? Dançar eu danço no meu quarto, sozinha, ao som das minhas músicas favoritas. Ou na rua, coisa que parecia já estar virando uma constante...

— Mal posso esperar pelos *cosplays* das séries a que assisto! Será que vai ter algum campeonato de jogo *on-line* ao vivo também? Devia ter perguntado essas coisas pros meninos ontem! – comentei animada. Aquilo era muito pro meu coração, e já queria experimentar de tudo um pouco!

— A gente tá chegando muito cedo, vai dar tempo de fazer um monte de coisas, relaxa! – disse.

Ledo engano. Erro de principiantes. Lá de fora podíamos ver que estava lotado, com filas enormes e bem desorganizadas. O pai da Cascuda deu partida no carro, deixando nós duas paradas em frente a uma variedade de cabelos coloridos, roupas extravagantes, *cosplays* e grupos animados falando alto demais. A gente se entreolhou. Ao mesmo tempo que era excitante, não sabíamos muito bem pra onde ir nem o que fazer.

Entrei logo na fila com a Cascuda ao meu lado, e a gente claramente não conseguia parar de sorrir, embora já estivéssemos morrendo de calor. A fila era gigantesca, é claro, mas nem isso tirava nossa felicidade de estar na Ultra Game Con de graça! E, só naquele pedacinho, nós duas já vimos *cosplays* maneiros de heróis, reis medievais e um monte de personagens que eu tinha visto em pôsteres no quarto dos meus amigos. Eles iriam surtar no dia seguinte!

— Acho que conheço todas as fantasias de tanto ver nas coisas do Cascão. E, se eu chamar de fantasia, ele vai fazer birra! – Cascuda sorriu, tirando fotos das pessoas à nossa volta.

Concordei, pois eram *cosplays*. Não que soubesse exatamente a diferença, mas ela existia. Encarei uma garota com o cabelo repartido em duas cores, e ela me olhava de volta com certa curiosidade. Passei a mão na minha camiseta e no meu cabelo, mas estava normal, sem nada fora do lugar. Por que a menina continuava me encarando?

– Cascuda, acho que estão cochichando sobre a gente.

– Quem? – ela me olhou, se deparando com o grupo que claramente estava sussurrando e apontando pra onde nós duas estávamos na fila, o que era muito esquisito.

Não era uma sensação muito boa, e, de imediato, comecei a me preocupar de ter colocado qualquer peça de roupa ao contrário. Era normal pagar esses micos, mas parecia tudo certo quando saí de casa e me analisei várias vezes no espelho. Nada de calça ao avesso ou etiquetas aparecendo.

– Tem alguma coisa na minha cara? – perguntei, tocando as bochechas.

– Dentes de coelho.

– Cascuda! – eu ri, vendo minha amiga cair na risada. Mal nos distraímos, e a garota cowm os cabelos coloridos se aproximou, cutucando meu ombro de forma discreta. Parecia envergonhada.

– Posso tirar uma foto com você? – perguntou. Olhei automaticamente pra trás, onde tinham pessoas desinteressadas em nós e ocupadas entre si. Senti meus olhos arregalarem automaticamente em espanto, porque aquele pedido não fazia nenhum sentido. Era ela quem estava de *cosplay*, por que pediria pra tirar foto comigo?

A garota não esperou uma resposta e se aproximou de mim, mirando a câmera pra nós duas. Tirou uma *selfie*, sorriu e foi embora. Não fazia ideia de onde esconder minha cara. O que tinha acabado de acontecer? Eu ia falar algo com a Cascuda, que também parecia assustada, sem saber o que dizer, quando um garoto se aproximou e tirou uma foto minha sem falar nada.

– Eu tô muitíssimo confusa.

– Mônica, você é famosa e não me contou nada? Sei que lá na rua todo mundo a conhece, mas aqui também?

– Não sou famosa! Tá maluca? – eu ri, ouvindo o garoto agradecer e sair de perto. Algumas pessoas nos encaravam, já que, naquele momento, eu parecia ser o centro das atenções. Percebi, inclusive, que acenavam pra mim. Acenei de volta, porque não queria ser mal-educada. – Devem estar me confundindo com alguém. Só pode ser isso.

– Será que tem algum famoso da internet que se parece com você?

– O Cebola deve estar dormindo a esta hora, mas vou mandar mensagem perguntando. É a única explicação! Espero que eu não seja um daqueles que enche a banheira de chocolate ou que faz pegadinha sem graça com a própria mãe...

– Amiga, você nunca faria isso. Banheira de chocolate? Eca!

– Não mesmo. A Magali iria surtar comigo! Imagina o desperdício!

A gente riu, mas estava começando a ficar seriamente preocupada. Todo mundo olhava pra nós duas. Todo mundo. Eu não sabia onde enfiar a cara, e a fila custava a andar, o que só tornava tudo mais difícil e vergonhoso. Uma dupla vestida de algum tipo de monstro aquático, com guelras e tudo, se aproximou, estendendo o celular pra Cascuda.

– Olá, pode tirar uma foto nossa? – perguntou. Depois se virou pra mim. – Mônica, sou muito sua fã. Você virou até meme na minha prova de Química!

Eu o quê? Meme? A garota me chamou de Mônica, certo? Então, eu não era sósia de uma famosa *on-line* que gastava comida à toa? O que estava acontecendo? Só consegui sorrir, confusa, enquanto a Cascuda tirava uma foto minha com a dupla, parecendo ainda mais perdida do que eu. Pensei até em perguntar a eles o motivo da abordagem, mas fiquei sem coragem. Como essas pessoas me conheciam?

Depois do que pareceram horas, a fila estava chegando ao fim, e agradeci mentalmente poder sair dali. Eu me sentia numa vitrine ou num aquário, e o dia estava só começando. Meu pior pesadelo já estava acontecendo, e eu nem tinha tomado café da manhã!

– Deve ser alguma confusão, não é possível – a Cascuda disse, puxando o celular e tentando ligar pro Cascão, sem sucesso. Os meninos deviam ter ido dormir tarde depois da noite de jogos e nem pensaram em acordar cedo, sem nenhum motivo, num sábado de manhã. – Esse garoto não me atende! Normalmente, ele sai pra andar de skate quando não tem nada pra fazer.

– Estou me sentindo famosa e não sei se gosto desse sentimento – reclamei, mordendo os lábios pra esconder o fato de que minha boca estava um pouco trêmula. Definitivamente, eu não serviria pra ser de um *girl group* de k-pop. Como elas aguentam tantos olhares e *flashes* de câmera? Estava com pena das meninas do Twice. Imaginei como elas faziam pra ir à farmácia ou ao mercadinho...

Enquanto eu viajava na maionese, chegamos ao balcão pra mostrar nossas identidades e o e-mail recebido, pra pegar os nossos ingressos, como me foi instruído. A pessoa que atendeu a gente ficou meio confusa, fez algumas ligações e longos minutos depois nos informou que deveríamos ter ido direto para a fila exclusiva de convidados e que já deveríamos ter entrado no evento àquela hora. A Cascuda me encarou e começamos a rir, sem motivo. A experiência da exclusividade era nova, e eu não fazia ideia de que o convite era importante desse jeito. A moça nos indicou um rapaz ao lado, que puxou nossos nomes no computador e entregou pra gente duas credenciais coloridas com um grande VIP escrito no meio.

Se eu já era boa no jogo, aquela credencial me garantia uma nota perfeita. Nunca me senti tão importante assim e, na real, não fazia tanto sentido. Só tinha ganhado alguma promoção maluca, não era realmente famosa.

Ou era?

A Cascuda segurou o meu braço e, depois de colocarmos a credencial, mudando de ares como se tivéssemos ido de "garotas comuns" a "garotas mordidas por aranhas radioativas", passamos por um caminho diferenciado que dava acesso ao evento por uma entrada bonita e colorida, aparentemente diferente da principal, por onde todo mundo entrava. Vimos alguns *gamers* e *youtubers* tirando fotos num mural ali perto e nos entreolhamos. Olha, ia ser fácil me acostumar a essa parte da vida de "celebridade". Um dos campeões nacionais de FPS estava bem na minha frente, e eu estava tentando decidir entre surtar pedindo um autógrafo ou fingir que era famosa também, sorrindo normalmente. Escolhi a segunda opção e foi, sinceramente, sensacional pra minha autoestima. Se tivesse um *lounge* com comidas e bebidas grátis, então, acho que não me importaria de tirar algumas fotos.

No fim, o *lounge* existia e estava começando a ficar cheio de outras pessoas com a credencial como a nossa, mas estávamos eufóricas demais pra ficar por ali. Resolvemos sair da área VIP e aproveitar logo a feira, que era gigantesca, muito maior do que eu tinha imaginado. Sentia-me como uma formiga parada no meio da entrada, encarando tudo de baixo. Estandes enormes se ramificavam por todo o corredor de tapete vermelho, e o local já estava começando a ficar muito cheio.

Seguimos juntas, de braços dados, sorrindo abertamente, já que não conseguíamos ficar de boca fechada. Meu queixo estava caído. Era tudo lindo, colorido, barulhento e cheio de luzes. Um estande de *games* piscava à nossa direita, e a Cascuda tirou uma foto por ter certeza de que era um jogo que o Cascão curtia e cujo nome nenhuma de nós sabia pronunciar.

Em outro, cheio de bichinhos fofos, entregaram uma cartela de adesivos pra gente. Precisava marcar na minha listinha de coisas a fazer por ali que o brinde bobo eu já tinha conseguido, e tinha sido mais fácil do que pensei. Sem nenhum mico até aquele momento, ufa!

— A gente precisa tirar fotos com aquele carro mágico do seriado! — a Cascuda apontou pra um estande redondo com vários palcos que, aparentemente, eram cenários de séries famosas da TV. Encaramos o tal carro, mas a fila quilométrica que se estendia, com pessoas também querendo uma foto, nos fez desistir momentaneamente. Se no final da feira a fila estivesse menor, eu até estava disposta a tentar, mas não naquele momento. Chega de filas por algum tempo!

— Se você encontrar o estande do *Always Dance*, me avisa! — falei no mesmo instante em que a Cascuda deu um gritinho quando uma televisão enorme mostrava o *trailer* em primeira mão de um filme que sairia em breve nos cinemas. Tínhamos comentado sobre ele no dia anterior e iríamos assistir assim que estreasse.

Era muita coisa, pra todo lado. E era tudo incrível. Estávamos ali dentro há uns bons minutos, e meu rosto já estava dolorido por não conseguir parar de sorrir. Os meninos ficariam felizes da vida no dia seguinte, vendo todas aquelas coisas. Era tipo Las Vegas, só que com jogos *nerds* e filmes maneiros! Como não curtir?

— Com licença, posso tirar uma foto sua? — alguém me perguntou enquanto eu segurava a bolsa da Cascuda, que tinha ido girar uma roleta pra ganhar algum brinde num estande colorido de balas de goma. Olhei para os lados, confusa. A pessoa estava falando comigo? — É rapidinho! Minha amiga também é superfã de *Always Dance*, só nunca marcou tanto ponto em *Havana*! Mas é campeã em *Gangnam Style*!

— Ah, legal! — respondi, meio sem saber realmente se estava abrindo a boca ou se o nervosismo tinha me feito sorrir de forma esquisita e torta. Como a pessoa sabia que eu era fã de *Always Dance*? Estava estampado na minha credencial? Olhei pra baixo e, não, nada mostrava qual era meu atual jogo favorito. Senti um arrepio correr pelas costas. Isso podia ser algum tipo de pegadinha daqueles vídeos bizarros de criadores de conteúdos meio malucos. Era a única explicação plausível.

A pessoa se afastou agradecendo. Tenho certeza de que fiquei com uma cara muito esquisita na foto que tirou de mim. *Alguém podia, por favor, me contar o que estava acontecendo?* Não tinha coragem pra perguntar em voz alta! E, sinceramente, estava morrendo de medo da resposta que receberia. Eu era sortuda, mas também uma pagadora de mico de carteira assinada!

A Cascuda se aproximou, me puxando pelo braço, e sussurrou que um grupo de meninas estava acenando e tirando fotos da gente. Eu não aguentava mais aquilo. Chega! Não podia mais fugir. Minha barriga estava começando a doer de verdade, e não iria perder tempo em fila de banheiro por conta de nervosismo nenhum! Franzi a testa, jogando as bolsas nas mãos dela e andando da forma mais centrada que consegui, com as pernas tremendo, até o grupo de garotas que usavam camisetas com o nome de um grupo de k-pop chamado EXO, que cantava algumas músicas que eu tinha ouvido e adorado. As meninas pareceram assustadas, mas continuaram sorrindo pra mim, como se eu fizesse parte do grupo famoso, o que era ainda mais estranho e perturbador.

– Com licença, posso perguntar uma coisa? – Aposto que gaguejei, sentindo que meus lábios tremiam. *Aguenta firme, Mônica! Elas parecem ter a sua idade!*

– Claro! – uma delas respondeu, sorrindo. Por que, afinal, ela estava feliz em falar comigo? Isso não fazia sentido!

– Por que estão tirando fotos minhas? Tenho alguma coisa estranha na cara?

As garotas se entreolharam, visivelmente confusas. A Cascuda se aproximou, encostando em mim, meio assustada. Aparentemente, um monte de gente estava cochichando e falando alguma coisa, apontando pra gente no meio do corredor. Uma das meninas mostrou o celular, com a testa franzida, e por alguns segundos tive certeza de que tudo era apenas um sonho, e eu acordaria na minha cama fofinha com o Sansão do lado, a qualquer minuto. Não era realmente possível que ela estivesse me mostrando um vídeo meu com milhares de visualizações, certo? Um vídeo meu dançando.

Encarei a Cascuda com um sorriso nervoso, mostrando o celular pra ela. Percebi que a minha amiga queria rir de mim, quando ela fez um bico, como se tivesse entendido tudo, prendendo a gargalhada que seria iminente. Eu ainda estava confusa. Era um vídeo meu, dançando.

Um. Vídeo. Meu.

On-line.

Dançando.

Always Dance.

Na casa do Cebola.

Ah, não.

– Mônica, acho que você é um meme – Cascuda disse, com um som abafado antes de começar a rir sem nenhum pudor.

Grande amiga! Abri a boca, vendo que o vídeo em questão era realmente de um dos dias de competição na casa do Cebola, claramente gravado no celular dele, enquanto marcava uma pontuação perfeita no jogo. Eu estava arrasando, era inegável. Mas parecia desengonçada e sem equilíbrio e, por alguns segundos, só conseguia pensar que aquilo era um pesadelo, não um sonho. Fui da vontade de gritar à vontade de chorar em alguns segundos, mas a confusão permanecia. Então, estava famosa, mas por ter dançado de forma ridícula, embora sem errar nenhum passo da coreografia?

Meu cérebro juntou as dicas, e tudo fez sentido de repente. Foi por isso que recebi um convite VIP pro evento! O vídeo comigo tinha viralizado, e eu estava tendo meus quinze minutos de fama, mesmo sem querer. Isso explicava o e-mail, o tratamento exclusivo, as fotos, os cochichos, as pessoas encarando e falando sobre o jogo pra mim. Tudo fazia sentido. Com os olhos arregalados, percebi que estava segurando o celular da garota por tempo demais, quando um segurança do evento se aproximou e chamou nossa atenção. Aparentemente, muitas pessoas se juntaram à nossa volta e queriam que eu ficasse perto delas, mas era uma questão de segurança eu não ficar plantada no meio do corredor.

Como assim? Eu não podia nem ficar parada no corredor. Como as pessoas famosas conseguiam lidar com isso no dia a dia? Sério, como elas faziam pra ir à padaria?

Agradeci à menina do celular, pedindo desculpas e devolvendo o aparelho, antes de ser cercada pelos seguranças, ainda confusa e com os joelhos molengas, no meio de um empurra-empurra. Tudo isso porque as pessoas queriam chegar perto de mim! Vi que eles me mantiveram num círculo, e, por alguns segundos, entrei em desespero porque não vi a Cascuda do meu lado. Parei de caminhar, olhando à minha volta, tentando passar entre os caras que tinham quase dois metros de altura e não me deixaram sair do lugar.

– Cascuda? Cascudaaaa? – berrei, entre alguns gritos e *flashes* que estavam virados pra mim, pensando que tinha perdido minha amiga para a multidão, quando ela agarrou meu braço e consegui puxá-la pra dentro do meu círculo particular de seguranças.

Isso ainda fazia zero sentido. Tinha um círculo de seguranças em volta de mim!

– Achei que estava sendo engolida por um arrastão zumbi, Mônica! Você é muito famosa, nem consigo acreditar! Acho que vi alguém usando uma camiseta com uma pose sua do jogo!

Ela estava rindo, com as bochechas vermelhas e meio esbaforida por quase ter sido esmagada. Só continuei andando, mas certamente o desespero e a confusão estavam estampados na minha cara. Um dos seguranças até perguntou se eu estava bem. Estava, mas não era esse o ponto. Por dentro, tudo estava uma bagunça! E se começasse a chorar de desespero, o mico seria maior.

– Pra onde estamos indo? – perguntei a um deles, fazendo sinal de vitória com os dedos e encarando o celular de uma garota que estava vestida de um personagem de animê. Uau, eu é que queria tirar foto com ela. O *cosplay* estava perfeito!

– Fomos instruídos a levar você pro estande da Semag Games, que fica no próximo corredor, ao lado da praça de alimentação.

– Da o quê? – a Cascuda perguntou. Senti minha barriga borbulhar e as palmas das mãos começarem a suar, de repente. Ai, caramba. Mordi os lábios, encarando minha amiga, vendo que as pessoas à nossa volta estavam se dispersando aos poucos, enquanto continuávamos nossa caminhada. Imaginei aqueles diálogos de filmes de espionagem em que o segurança avisa ao outro: "A águia deixou o ninho" e coisas do tipo. Quase sorri por uns segundos, até me lembrar de tudo o que estava acontecendo.

Aparentemente, eu era famosa, mas apenas um meme entre muitos outros que estavam naquele lugar. E até ouvi alguém falando que um membro do grupo Now United estava ali por perto, o que explicava os gritos que começamos a ouvir do nada. Admito que queria ter gritado com essas pessoas!

– Semag Games é a produtora do *Always Dance*. A gente tá indo pro estande deles, pelo visto – expliquei, provavelmente soando mais confiante do que estava na verdade. A Cascuda só sorriu e deu de ombros, como se fosse algo muito maneiro e totalmente dentro da nossa programação normal como seres humanos normais num evento normal.

Não. Estava em direção ao estande do meu jogo favorito, e o provável motivo de estar naquela feira de jogos, famosíssima e concorrida, como CONVIDADA era o fato de eu ser um meme na internet porque meus amigos provavelmente postavam vídeos da gente dançando, sem nenhuma vergonha. Mas com tantos outros pela internet, por que somente aquele tinha feito sucesso? E por que eu? Eram muitas perguntas!

Passamos por alguns outros estandes iluminados e barulhentos. A Cascuda fez um bico, querendo sair do meio dos seguranças pra visitar alguns deles. Encarei minha amiga, concordando. Ser VIP parecia legal, mas já estava meio cansada. Será que ser famosa também me dava passe livre pra não enfrentar as filas das fotos nos cenários? Acabei rindo porque provavelmente não aceitaria fazer isso, nem se fosse possível.

– Aí, Mônica! Mandou bem nos passinhos! – ouvi alguém gritar, de repente, quando passamos por um estande onde estava acontecendo um campeonato *on-line* de um jogo de tiro. Estiquei o pescoço por cima de um dos seguranças, mas não vi o dono do suposto elogio, então apenas levantei a mão e acenei.

– Amiga, estou espantada com o seu sucesso. Por que não me contou antes? – a Cascuda sorriu com o celular na mão, assistindo, pela terceira vez seguida, ao meu vídeo viralizado. Bufei, revirando os olhos, morrendo de vergonha e esperando que ela parasse de dar visualização para aquilo.

– Eu não fazia ideia!

– Os meninos sempre te colocam em enrascadas.

– Eles merecem muitas coelhadas, não é possível. Acho que não apanharam o suficiente quando eram crianças.

– Ou as coelhadas desestabilizaram alguma coisa no cérebro deles. – A Cascuda riu, escondendo a boca. Continuei com cara de quem estava furiosa, embora talvez não estivesse realmente. Afinal, eu estava ali, não é? De graça, como VIP, recebendo elogios e sendo bem tratada. Os meninos mereciam, sim, uma bronca, mas não podia dizer que não estava feliz, de certa forma. Esse tipo de coisa parecia se repetir durante todo o nosso tempo de amizade. Com muitos micos e me fazendo passar vergonha, mas com viagens e convites maneiros no fim de tudo. Não sabia se tinha realmente o direito de reclamar.

– Você precisa abrir seu próprio canal e postar vídeos fazendo essas coreografias do jogo! Ia ser o maior sucesso – a Cascuda quase precisou gritar. Passamos ao lado de uma fila enorme que dava pra um auditório, onde provavelmente alguma pessoa famosa iria palestrar. Todo mundo estava berrando bastante, segurando *banners* e placas luminosas.

– Mas não quero ser famosa, não quero um canal na internet com meus vídeos! Seria um mico enorme! Eu não sei dançar.

– Preciso discordar de você, Mônica. Este vídeo aqui me mostra alguém que claramente está se divertindo muito e arrasando na coreografia.

– Me divertir e saber o que estou fazendo são duas coisas diferentes – coloquei a língua pra fora, mas por dentro queria agradecer à Cascuda pelo elogio e o apoio. Era estranho receber esse monte de atenção e comentários positivos sobre algo para o qual eu realmente não tinha talento. Então, estava sinceramente agradecida por aqueles momentinhos de fama. Por mais estressante que fossem.

Minha autoestima, naquele instante, estava nas nuvens. Como um cara que vi passando ao nosso lado com um *cosplay* de animê. Uau, as pessoas eram muito talentosas!

Fomos escoltadas para uma entrada lateral, mas o estande da Semag Games era uma das coisas mais imponentes e incríveis que eu vi na vida toda: era enorme, colorido, com as silhuetas de *Always Dance* e de vários outros jogos espalhados por toda a sua extensão. Logo na frente, havia um palco e, ao lado, um espaço redondo com uma tela muito alta, que mostrava vídeos do meu jogo de dança favorito. A pontuação piscava em várias cores de neon, me trazendo a sensação gostosa de que estava em casa. Tinha plena noção de que meu queixo estava caído e que eu parecia uma pessoa muito boba naquele momento. Talvez até infantil, tamanha a felicidade estampada na minha cara.

— Tem uma maquete daquele jogo de montanha-russa ali do lado. Preciso tirar foto lá. Que perfeito! — a Cascuda disse, empolgada, apertando meu braço. Também vimos pessoas montando avatares do *The Sims* e tirando fotos no mural de um jogo de fazendinha. Não sabia o que era, mas queria muito conhecer!

A Cascuda e eu não tivemos tempo de vislumbrar mais nada, pois os seguranças acompanharam a gente até o *backstage* do estande por uma porta, nos levando pra onde provavelmente seria o único lugar em que poderíamos descansar sem sermos notadas e incomodadas — e, não vou mentir, estava precisando mesmo de um tempo sozinha pra processar todas as coisas que estavam acontecendo. Afinal, eu era uma celebridade da internet. Um meme. Quantas pessoas lá do Limoeiro podiam dizer o mesmo?

Eles nos deixaram numa salinha não muito pequena, o suficiente pra caber coisas como um sofá branco e uma mesa cheia de guloseimas: todos os tipos de balas de goma, salgadinhos e refrigerantes. Aparentemente, de acordo com os seguranças, estava tudo liberado pra gente. Eu estava morrendo de fome e não fiz cerimônia. Peguei logo o primeiro salgado que vi na frente e mordi um pedaço, sentindo minha barriga roncar um pouco. A Cascuda ainda encarava tudo de forma muito divertida e animada.

– Parece aqueles *sets* de gravação de videoclipes, sabe? – ela comentou, tocando numa cadeira que ficava perto de uma mesa comprida que estava encostada na parede, ao fundo, enquanto dava uma volta pelo espaço. Era tudo branco, limpo e iluminado.

– A Magali ia se amarrar neste salgadinho! Será que isso é frango ou aquela versão vegana?

– Você tá comendo coxinha quando tem um prato de escondidinho bem na nossa frente? – A Cascuda sorriu, sentando no sofá e pegando a comida que estava na mesa, me mostrando que tudo ali tinha a marca majestosa da Semag Games, o que era de se imaginar. Eles eram extremamente ricos e internacionais, não esperava menos.

A sala estava congelando, por causa do ar-condicionado, e me arrependi de não ter levado um casaco. Estava prestes a sentar ao lado da Cascuda, pronta pra abocanhar a comida, quando a porta se abriu de repente e um homem alto, que aparentava mais de 30 anos, entrou e foi se aproximando de nós. Minha amiga continuou sentada, de boca aberta, enquanto eu sorri meio envergonhada. Ele parecia um ator de filmes de ação asiáticos, com os cabelos bem-arrumados e uma roupa social que parecia muito cara.

– Então, você é a famosa Mônica do Limoeiro! – ele disse, abrindo um sorriso digno de propaganda de pasta dental. – Muito prazer, sou o Chanyeol Jeong, CEO das operações brasileiras da Semag Games e *host* do evento da noite aqui no estande. Estão aproveitando nossas instalações?

– Pra caramba – a Cascuda disse, com a boca cheia. Senti uma pontinha de vergonha, encarando minha amiga, que apenas sorria, na esperança de que ela se levantasse e não me deixasse ali em pé sozinha quando ele estendeu a mão para me cumprimentar. Sabia que minhas bochechas estavam vermelhas e que tinha começado a suar – só torcia para que não tivesse resto de coxinha nos meus dentes. Era tipo o CEO da empresa que fazia o meu jogo favorito ali na minha frente e... ele sabia o meu nome! Inacreditável! O auge!

– É tudo muito bonito, senhor Jeong. Obrigada – consegui dizer, depois de apertar a mão dele. – E queria agradecer mesmo por ter me convidado pra participar da Ultra Game Con, sabe? Se não fosse a Semag Games, seria impossível estar aqui. Os ingressos esgotaram rápido demais. Sei disso porque tentei comprar e não consegui!

Sorri de leve porque me lembrei dos momentos de desespero. Cada um dos meus amigos em sua própria casa, checando a velocidade da internet e tentando comprar os ingressos, ao mesmo tempo, quando bateu meia-noite. Assim que consegui *logar* na conta do evento, já apareceu a palavra "esgotado", e lembro de ter ficado alguns minutos atualizando a página, desacreditada, apertando insistentemente o F5. A Magali ainda conseguiu passar pra fase de escolher qual pacote queria, e eram muitas opções, mas logo esgotou tudo, como num passe de mágica. Não sabia qual tipo de malabarismo o Cebola e o Cascão fizeram pra conseguir os deles, como sempre acontecia. Eles eram quase gênios da informática quando precisavam.

– Ouvi dizer que muitos cambistas compraram vários ingressos e estavam vendendo a preços absurdos por aí. É uma lástima, claro, pois o número de visitantes fica abaixo do esperado durante as primeiras horas. Mas não podemos fazer nada, pois são problemáticas diretas do evento em si, não das empresas participantes – ele comentou. Acho que compreendi todas as palavras, embora estivesse sorrindo nervosa enquanto minha mente viajava na maionese. Já tinha visto fotos desse cara na internet, em capas de revistas importantes e sobre pessoas muito ricas. Era o tipo de homem que tirava fotos com atores famosos de Hollywood, com presidentes, com embaixadores e, claro, com os que hoje são mais importantes que políticos: os *gamers* famosos. Eu estava realmente muito VIP pra ser só um meme. – Você vai participar conosco do bate-papo sobre o novo pacote do jogo *Always Dance*? Soube que é uma grande fã!

– Bate-papo?

– Claro que ela vai – a Cascuda respondeu, ainda sentada. Olhei pra minha amiga, que me encarou de forma tranquilizadora e confiante.

– Claro que vou – repeti, sorrindo pro homem à minha frente, que pareceu satisfeito. Não estava sabendo de nenhum bate-papo e nenhuma participação minha em nada, mas concordei, esperando que fosse algo pequeno, num auditório menor ou mais discreto. Só que não foi exatamente a realidade do que aconteceu alguns minutos depois.

Tinha enchido a barriga de diferentes comidas e podia sentir meu corpo pesado, pedindo por uma soneca. Estava quase me encostando no sofá quando a porta da salinha se abriu e uma moça bonita e simpática colocou a cabeça pra dentro, sorrindo e nos chamando pro palco, já que, aparentemente, o apresentador estava começado a falar sobre o novo pacote internacional do jogo, que seria lançado dali a alguns dias.

De repente, fiquei animada – na mesma proporção que surtava por dentro de tanto nervoso. O meu jogo favorito seria atualizado em poucos dias, e isso era incrível. Mal podia esperar pra saber quais novas músicas seriam incluídas! Mas, ao mesmo tempo, não sabia onde enfiar a minha cara quando saí da sala reservada para a lateral do estande da Semag Games, dando de cara com o local completamente lotado, como se fosse um festival de rock. A Cascuda me olhou assustada, e sei que eu fiz o mesmo para ela. Senti minhas pernas congelarem no lugar, encarando o tal apresentador em cima do palco, conversando com o público, que sumia de vista por toda a extensão do estande e do corredor de carpete vermelho à frente. Era surreal. *Always Dance* era um jogo popular, mas não fazia ideia da proporção disso!

Fomos guiadas para a lateral do palco, ainda cercadas de seguranças, e sentia meu queixo bater de ansiedade. Algumas pessoas olharam pra mim sorrindo, acenando, gritando e tirando fotos. Franzi a testa, pensando se deveria fazer alguma pose ou sorrir de volta. Sairia com cara de pavor em todas as câmeras, e talvez fosse virar outros memes pela internet.

Tentei mostrar os dentes de forma discreta e parecer muito acostumada com tudo aquilo, enquanto o apresentador olhava pra mim, fazendo todas as pessoas em volta me encararem também. Eu me senti num episódio de série épica, sendo julgada pelo povo depois de ter feito algo condenado pelo rei, ou coisa assim. A sensação era bizarra, como se não estivesse conseguindo respirar, o que provavelmente estava acontecendo, pois percebi que prendia a respiração. Eram tantos pares de olhos que decidi focar num ponto ao fundo, onde uma placa estava piscando o anúncio de alguma série de TV retrô, pra não ter que ver as pessoas me encarando de volta. Como esse pessoal famoso aguentava esse tipo de exposição?

– Temos uma convidada especial pra discutir conosco a atualização e o novo pacote de músicas do *Always Dance – New Generation*! Vocês já devem conhecer nossa personagem favorita da internet dos últimos dias e, com certeza, gostariam de dançar e marcar pontos como ela! – disse o apresentador, me fazendo encará-lo com uma careta num pedido silencioso para que ficasse calado e não mencionasse minhas habilidades de dança, que eram nulas. Não era justo deixar as pessoas na expectativa de que iriam encontrar um membro de grupo de dança internacional ou um *bboy*, sabe? Era injusto com os pernas de pau como eu! Expectativas sendo frustradas aos montes! – Pode subir aqui no palco, Mônica do Limoeiro!

Aplausos. Foi tudo o que consegui ouvir, fora os gritos e a música do *Always Dance* ao fundo, como a abertura de um programa de TV sensacionalista. Fechei minhas mãos em punhos, encarando a Cascuda, que estava com o celular apontado pra mim com um carinhoso sorriso de mãe no rosto, o que acabou me deixando um pouco menos nervosa. Mas só um pouco. Pelo menos alguém estava torcendo por mim, e não só esperando que eu pagasse um novo mico pra virar outra sensação da internet, que era o que eu sinceramente imaginava que todo mundo ali estava pensando. Não era adoração à minha habilidade na dança, né?

Encarei o apresentador e subi lentamente no palco, ao seu lado, tentando não parecer esquisita e desconfortável, que era exatamente como estava me sentindo. Queria gritar como as pessoas, mas por um motivo diferente. Talvez devesse ter usado um *cosplay* todo coberto pra me esconder um pouquinho. O Do Contra tinha certa razão. Não queria admitir, mas isso, às vezes, acontecia. Só que ele nunca iria ficar sabendo disso.

– Obrigado pela presença, estamos muito felizes que esteja aqui conosco, Mônica! É uma honra que o nosso meme favorito e nossa dançarina mais famosa tenha vindo conversar conosco ao vivo, na Ultra Game Con! – o apresentador disse. Mal podia ouvir. As pessoas continuavam a gritar, como se eu fosse uma verdadeira *rockstar*. Só concordei, sorrindo, sentindo meu queixo bater. E não era frio, já que estava calor pra caramba. Então seria assim se eu, um dia, lançasse um álbum com os Jonas Brothers? – Como está se sentindo? – ele perguntou.

Alguém me cutucou me entregando um microfone e quase neguei com as mãos. Ah, não, meu pior pesadelo estava prestes a começar. Minha testa estava toda suada, e eu tinha certeza de que iria gaguejar sem parar. No fundo, estava torcendo pro pouco de maquiagem que passei mais cedo permanecesse no lugar e não começasse a derreter do nada. Aproximei o microfone da boca timidamente, depois de testá-lo dando uma batidinha amadora com as pontas dos dedos, o que fez um barulho enorme, fazendo com que algumas pessoas rissem.

— E-estou me s-s-entindo como se eu fo-fosse alguém muito famosa – disse. Era a verdade, e isso fez as pessoas concordarem e sorrirem comigo, incluindo o apresentador. Não sabia o que mais poderia responder. Não iria admitir que estava com a barriga doendo e com medo de me transformar numa poça de suor. – M-mas obrigada pelo convite, *Always Dance* é meu jogo favorito. Nem consigo acreditar que estou aqui! – falei.

Ok, não tinha gaguejado muito dessa vez. *Parabéns, Mônica!* Está indo bem! É só não desmaiar, segurar firme o microfone e continuar sorrindo! As pessoas, aparentemente, já gostam de você de graça!

— Acho que a gente já imaginava que esse é o seu jogo favorito – ele piscou para mim, e sorri de volta, quase de forma mecânica, repetindo o movimento na minha mente como um mantra. *Sorria, sorria, sorria, sorria.* – Há quanto tempo você joga?

— Há alguns meses, a-acho. Meus amigos sempre mostram jogos diferentes em noites de competição, e eu normalmente aprendo rápido todas as regras pra poder vencer todos eles.

— E foi assim que você acabou gravando o vídeo que ficou tão famoso e popular em todo o país? – o apresentador continuou falando, querendo que eu continuasse respondendo às perguntas, e só consegui engolir a bola que parecia estar na minha garganta, pensando no que iria responder. Aparentemente, as pessoas estavam realmente prestando atenção em mim, tanto que até fizeram silêncio. Era impressionante me dar conta de que, subitamente, havia uma responsabilidade com a qual não tinha concordado quando aceitei ir ao evento. Qualquer coisa que falasse ou fizesse poderia ser vista como algo bom ou ruim, tudo dependia só de mim e da interpretação das pessoas. Aquilo começou a me dar uma dor de barriga ainda mais forte, e me repreendi mentalmente por ter comido tanto na salinha do *backstage*. Se precisasse correr pro banheiro, certamente viraria outro meme.

— Pra falar a verdade, nem fazia ideia de que tinha um vídeo meu na internet até algumas horas atrás — contei a verdade, colocando a mão na barriga na esperança que ela parasse de mexer. Sabia que era de nervoso e ansiedade. — Não fazia ideia de que vocês sabiam meu nome. Achei que tinha sido sorteada pra vir na Ultra Game Con entre várias pessoas comuns. Ainda estou meio assustada com tudo isso, preciso admitir.

— Então, você não sabia que era um meme? — Ele pareceu levemente espantado, ficando de boca aberta, fazendo o público gargalhar. Concordei, sorrindo de verdade. Até pra mim era algo inusitado.

— Eu não fazia ideia mesmo. Até agora, não entendi ainda por que vocês estão me filmando.

O público riu, batendo palmas. Eu, aparentemente, estava me saindo bem e não tinha pagado nenhum mico. Eles pareciam gostar de mim! Talvez fosse virar o meme da garota que não acompanhou nada nas redes sociais e não soube que tinha viralizado? Talvez. Olhei pra Cascuda, que estendeu o polegar em aprovação, um incentivo pra que continuasse, e voltei a encarar o apresentador, que parecia muito feliz e animado.

— Isso porque, Mônica, nosso palco está sendo transmitido pro mundo todo, já que é o lançamento oficial do novo pacote internacional do *Always Dance – New Generation* e nós vamos...

Acho que foi a última coisa que ouvi antes de surtar, desta vez, de verdade. Estava torcendo pro meu rosto não aparentar o quanto estava precisando de uma ambulância. Eu estava sendo filmada pro mundo todo naquele exato momento? Vestida com uma camiseta *geek* velha, com a testa suando, provavelmente com resto de comida nos dentes e dor de barriga? Sensacional. Uau. Realmente tinha nascido pra ser um meme, não era possível.

Só queria sair correndo dali.

– ...certo, Mônica? – ouvi o resto da fala do apresentador, ainda tentando fazer as informações entrarem na minha cabeça, franzindo a testa e concordando sem pensar. O que ele tinha perguntado mesmo? Não tinha como a situação ficar pior, né?

Já devia saber que só o fato de eu me perguntar isso dava má sorte. As coisas sempre podiam ficar piores.

Fiquei parada, esperando alguma reação dele, que continuou sorrindo pra mim como se também estivesse esperando por algo. Foi uma sensação esquisita, ninguém sabia o que falar ou fazer primeiro. Ficamos num impasse. Estava morta de vergonha de perguntar novamente o que ele tinha dito, já que seria falta de educação admitir que tinha viajado nos meus próprios pensamentos e medos, pensando na distância que eu estava da ambulância na lateral do pavilhão do evento. Olhei pra Cascuda, que arregalou os olhos mexendo pausadamente os lábios pra me fazer entender que ele tinha dito pra escolher minha música favorita pra dançar com ele ali no palco. Senti minha coluna gelar de repente e tive certeza de que abri a boca em espanto. Eu teria que dançar? Na frente de todo mundo?

Na frente de pessoas do *mundo inteiro*?

Onde estava a bendita ambulância? Iria colocar todo o escondidinho pra fora! Olá, Mônica do Limoeiro, bem-vinda aos memes mais bizarros da internet! Façam *stickers* com a minha cara pra enviar aos grupos da família nos fins de semana!

– E então, Mônica?

– Que-que tal a-a música do vídeo? Camila... hmmm – comecei a falar, olhando de um rosto ao outro de cada um na platcia, tentando assimilar o que estava acontecendo e me sentindo em um clipe do grupo Twice, em que tem um monte de zumbis cercando o ônibus das meninas. Apavorante demais, já aviso. Minha cabeça parecia estar entrando em pane. Rapidamente, comecei a pensar nos movimentos da música em questão, cada pontuação que precisava marcar, e em tudo o que já estava acostumada a fazer e que era automático. O apresentador se aproximou discretamente de mim, sorrindo e afastando o microfone de perto da gente. Sussurrando, como se ninguém pudesse ouvir aquilo e a gente estivesse compartilhando um segredo.

– Tem alguma outra coreografia do jogo que você saiba fazer? Mesmo que seja mais antiga, seria bacana ser algo diferente e engraçado pra gente tentar viralizar de novo!

Ah, não, senhor, não quero virar outro meme! Está tudo bem com esse vídeo mesmo, já que vai sumir em alguns dias e ninguém mais *vai lembrar o meu nome!* Era o que queria ter dito, claro. E seria fácil demais se ele só concordasse e me colocasse pra fora do palco, mas meu nome é Mônica e nada é fácil desse jeito na minha vida. Apenas sorri de volta, balançando a cabeça de forma lenta em concordância, tentando buscar na memória outra coreografia que poderia fazer. Uma que marcaria bons pontos e faria as pessoas se divertirem, sem tropeçar, cair ou errar movimentos. A notícia boa era que havia muitas. A ruim era que não conseguia me lembrar de nada.

A memória das noites de jogos veio à minha cabeça, assim como a *playlist* que me fazia dançar sozinha na rua. Algumas coreografias tinham feito meus amigos rirem, uma até a Aninha havia conseguido aprender uma vez, outra a Carmem tinha dito que era a nova moda na internet. Pensei em cada uma numa rapidez absurda, repassando momentos, sonoridade e popularidade.

Olhei pra tela enorme que estava no fundo do palco, ainda um pouco tonta, e procurei o console do videogame com os olhos, deixando o apresentador parado, esperando por uma resposta minha. Tive uma ideia naquele momento, lembrando do meu amigo Nik, e sorri, porque ela poderia ou dar muito certo ou muito errado. Afinal, já conhecia o suficiente de k-pop pra fazer algo diferente do meu vídeo viralizado de música latina. Isso ninguém podia negar, não depois de todas as minhas aventuras. Então, quem sabe poderia fazer algumas pessoas gargalharem comigo, e não exatamente de mim. Sabia a coreografia perfeita para isso!

Se as pessoas estavam esperando alguma música popular do jogo, ficariam surpresas. O que, talvez, também fosse ser bacana. Mas eu não ia dançar *Gangnam Style*, se é o que estavam pensando.

Encontrei o console e caminhei até ele quase correndo, chegando ao lado de um rapaz que, aparentemente, cuidava da parte tecnológica do palco. Ele estava todo de preto e tinha um fone de ouvido pendurado no pescoço. Agachei perto das caixas dos jogos, escolhendo qual versão queria. Apontei pro moço, dizendo qual seria a minha música. Minha mão continuava tremendo, e a barriga doía mais do que antes. Porém, sabia que não poderia fugir de tudo aquilo. Era melhor entrar na dança do que ser expulsa dela, ou algo assim. Sou péssima com ditados populares e provavelmente tinha inventado isso.

– E então? O que vamos dançar? – o apresentador perguntou quando me aproximei dele, vendo que o público estava na expectativa por uma resposta também. Segurei o microfone com força, sentindo meus dedos congelados, apesar do calor extremo, ainda achando meio doida a descarga de entusiasmo que havia passado por mim, mesmo com todo aquele nervosismo. Fiz um barulho estranho com a garganta pra começar a falar sem me engasgar.

– Resolvi colocar uma das minhas coreografias favoritas do *Always Dance*, já que é pra gente se divertir. Tentei fazer meu amigo Nik aprender, há algum tempo, porque ele se amarra em hip-hop e tem até um canal de vídeos bem famoso. Ele me disse que era uma música bem legal pra quem tá começando! – comentei, tentando me livrar do nervosismo e vendo que o rapaz já tinha colocado a música que eu tinha pedido no jogo. – O grupo que dança e canta se chama Pentagon, não sei se vocês conhecem.

Algumas pessoas pareceram muito animadas e ouvi vários gritos entusiasmados da multidão. Ótimo. As pessoas conheciam o Pentagon e a coreografia épica deles para a música *Shine*. Agora era só arrasar na pontuação, o que tinha certeza de que estava no papo, repassando na cabeça todas as silhuetas que poderia me lembrar antecipadamente. Nik era bom na dança, Cascão sabia o que estava fazendo, mas eu havia vencido todas as vezes que essa música apareceu nas nossas noites de jogos.

Por alguns segundos, sorri e fechei os olhos, torcendo pra que nada desse errado.

O apresentador concordou comigo, parecendo satisfeito com a minha escolha, porém ainda preocupado, recebendo o meu microfone trêmulo enquanto ficava de frente pra tela e pro mecanismo do console que iria ler os meus movimentos. Balancei as pernas e os braços, calibrando o jogo e olhando rapidamente pra Cascuda, que estava dando gritinhos, ainda apontando o celular pra mim, parecendo muito orgulhosa e ansiosa. Pensei comigo mesma que, se era pra viralizar, que eu fizesse isso direito e em plena consciência de que estava sendo filmada.

As primeiras notas da música foram tocadas e o público foi à loucura! Eu mal conseguia ouvir o instrumental com a quantidade de gritos e aplausos. Tenho certeza de que cheguei a ouvir fãs do grupo fazer o *fanchant* oficial, que é quando o *fandom* grita palavras específicas sobre o grupo de k-pop ou sobre a música em si no ritmo da melodia. Tentei me concentrar vendo a primeira imagem na tela: a silhueta de um pé balançando. Imitei a pose. Era isso. Meus outros quinze minutos de fama estavam próximos, e eu precisava fazer algo pra não piorar a minha imagem, algo do qual não fosse me arrepender no dia seguinte. Era só seguir as silhuetas sem medo e ficaria bem!

A coreografia original de *Shine* não é nem um pouco fácil. Eu sabia disso, mesmo sendo amadora, mas o jogo facilitava bastante. Mãos pro alto, rebolada, ângulos estranhos com o corpo, pernas pra todo lado e movimentos famosos de hip-hop que tinham viralizado na internet eram feitos junto com o ritmo divertido e animado da música, que era aquele tipo que gruda na cabeça por dias a fio. Eu me lembrava da primeira vez que tinha ouvido essa música e fiquei por uma semana cantando o refrão, mesmo sem saber falar uma palavra de coreano.

A tela colorida à minha frente piscava com ÓTIMO!, PERFEITO! e alguns ocasionais OK! – ninguém é de ferro, né? Ainda tentava assimilar tudo o que estava acontecendo, embora alguns movimentos estivessem saindo de modo automático, como se meu corpo se lembrasse. Isso é uma coisa muito bacana sobre dança, sabe? A memória do seu próprio corpo e dos músculos quando você repete muitas vezes os mesmos movimentos. Sua cabeça pode não estar ali, mas o corpo faz o trabalho sozinho. Devia ser assim que os artistas ainda se mantinham bem no palco mesmo cansados ou quando só queriam estar em casa dormindo. Se não fosse a memória corporal, nada disso seria possível. *Falou a dançarina superprofissional que entende tudo de dança.*

No refrão, o público foi à loucura. Quase desmaiei de nervosismo ouvindo a quantidade de gritos e palmas. Pelo canto do olho, via que as pessoas estavam imitando a coreografia de onde estavam, sozinhas ou em grupos, fazendo os movimentos com os braços igual ao Pentagon. O público do estande da Semag Games tinha se tornado um grande *flashmob* no meio da Ultra Game Con. A gente estava chamando mais atenção que o palco principal do evento, onde um estrangeiro muito famoso contava sobre a sua famosa série de TV. Todo mundo que passava pela Semag Games parava pra ver o que estava acontecendo e por que tantos jovens estavam fazendo movimentos de chute no ar e sacudindo o corpo de forma engraçada, quase em sintonia.

A música estava alta e as pessoas cantavam juntas, o que era incrível, mas consegui ouvir bem claramente alguém berrando "Sai daí, sua dentuça desengonçada, você dança muito mal", e engoli em seco, ficando um pouco desconcertada. Dentre vários gritos encorajadores e de elogios, essa tinha sido a única frase que consegui ouvir sem dificuldade.

De repente, a ficha caiu. Estava dançando na frente de milhares de pessoas. Milhões, quem sabe, já que estava sendo filmado pro mundo todo pela internet! Talvez até mesmo o Pentagon estivesse me vendo, apesar de que seria quase impossível isso acontecer, considerando que na Coreia devia ser, tipo, meia-noite. Mas a mente da gente viaja sem limites quando se está nervosa. Senti minhas pernas começarem a tremer e uma vontade muito grande de colocar toda a comida pra fora. Ai, bem aquele escondidinho maravilhoso!

A música terminava, e minha pontuação estava incrível. Era o que importava. Então, só precisava segurar um pouco mais. Eu podia ser dentuça e desengonçada, mas precisava terminar o que tinha começado! Mesmo que quisesse chorar e que estivesse fazendo muito esforço pra manter o rosto sem expressão. Fiquei tonta, sentindo meu corpo mole, e a ideia de exposição extrema havia começado a me consumir. Eu me toquei que estava dentro do meu próprio pesadelo e, naquele momento, só queria sair correndo dali, me esconder no banheiro e sumir. Nada de ambulância, nada de sala VIP. Só queria desaparecer de tanta vergonha e medo.

Quem eu pensava que era? No fim, o cara que gritou estava certo. Eu era só uma desengonçada, que não sabia dançar e tinha dentes grandes. A Mônica do Limoeiro, que passou a vida sendo zoada pelos amigos do bairro e cresceu fora do padrão de beleza que todo mundo sempre fala. Baixinha, gorducha, dentuça e cabeça-dura. A adolescência tinha me ajudado a superar um pouco isso, mas, às vezes, tudo vinha à tona.

Assim que a música terminou, minha pontuação foi mostrada. A plateia gritou e aplaudiu a nota alta. Eu me virei pro apresentador, segurando o choro, fazendo sinal de que precisava fazer xixi. Ninguém ia negar banheiro pra convidada nem fazer perguntas. Ele riu e acenou com a cabeça, voltando a falar algo no microfone, e eu, sem pensar duas vezes, desci do palco correndo sem nem olhar pro público, que agora gritava meu nome. Meu nome! Eu deveria curtir esse momento do estrelato! Levei a mão à minha testa meio febril. Tinha certeza de que minha cabeça ia explodir e vi, pelo canto do olho, enquanto já sentia lágrimas descendo, a Cascuda me seguir correndo, meio destrambelhada, até a sala do *backstage*.

Passei pelo corredor sendo seguida por alguns seguranças, que abriram caminho. Um deles, que me viu descer do palco meio aflita, perguntou se eu queria ir até o banheiro da feira, que ficava do outro lado do corredor. Apenas neguei, e disse tão baixinho que só queria sair dali e ficar sozinha que estranhei o cara ter entendido. O segurança pareceu compreender e apontou pra uma portinha que tinha ao lado da sala VIP do *backstage*, e notei, assim que entrei correndo, que era um pequeno depósito de caixas e cadeiras empilhadas. Realmente pequeno. Iria servir. Fechei a porta atrás de mim, suando bicas e encarando o chão até notar que as vozes e gritos tinham diminuído e estavam um pouco distantes. Respirei fundo, fechando os olhos e torcendo pra não desmaiar, colocando a mão sobre o peito e sentindo o coração bater mais forte do que o normal. Aquilo era uma salinha de estoque, quase um almoxarifado. Era pequena demais, escura demais e cheirava a carpete e papelão. Não era nada pomposa, como o resto do estande, mas eu sabia que estaria segura, sem ser vista por outras pessoas ali. Mesmo assim, ainda fiquei preocupada. Desmaiar naquele cubículo só seria um mico a mais.

Estava me sentindo exausta e enjoada. A única coisa que passava pela minha mente era a frase que tinha ouvido no meio da coreografia. *Dentuça desengonçada.* Ele tinha certa razão, né? Realmente não dançava bem, o que aquele pessoal da Semag Games estava pensando quando me convidou? O tal do senhor Jeong devia estar desapontado.

Como de costume quando estamos chateados, tirei o celular do bolso da calça jeans e abri o vídeo que tinha viralizado. Vi um trecho, sentindo muita vergonha, e decidi ler os comentários. Talvez não tenha sido uma escolha inteligente, a não ser que tivesse prestado mais atenção nas mensagens positivas do que nas negativas. Meus olhos só conseguiam encontrar comentários sobre como eu dançava mal, sobre como era esquisita, sobre minha aparência ou outras falas maldosas de pessoas que só queriam machucar alguém que nem conheciam. Todos escondidos atrás do anonimato da internet. Mas, mesmo assim, doía. Sabia que não era verdade, mas, naquele instante, eu acreditei em tudo.

Senti algumas lágrimas descerem pesadas pelo rosto, ao mesmo tempo que ouvi alguém batendo na porta da sala, com certa delicadeza. Demorei um tempo pra responder, me deixando chorar por alguns minutos até fungar alto e ouvir a batida novamente.

— Mônica, você tá bem? Quer conversar? Me deixa entrar um pouco, vai, não precisa se isolar! Aposto que cabem duas pessoas aí dentro! — a voz da Cascuda soou abafada.

Eu me senti um pouco melhor sabendo que ela estava ali e funguei novamente, passando as costas das mãos nas bochechas pra limpar os rastros de lágrimas. Não tinha nenhum espelho ali dentro, era realmente pequeno. Então, só podia torcer pra que a maquiagem não tivesse borrado. Tentei secar em volta dos olhos, sem esfregar o rímel que estava molhado. Isso, sim, seria uma péssima ideia, e eu ficaria com aquela cara de panda de quando a gente dorme sem tirar a *make*, o que é péssimo pra pele. Tirei uma das caixas do chão, empilhando algumas que pareciam cheias de *flyers* e folhas de papel, abri a porta pra minha amiga e me sentei de frente pra ela, em cima da pilha. O espaço era mínimo, mas a Cascuda conseguiu fechar a porta atrás de si e agachar no espaço entre a entrada e as caixas, onde eu estava sentada, um pouco mais confortável.

A Cascuda sorriu de leve, nada surpresa por eu estar chorando. Era como se já soubesse que isso estava acontecendo, apesar de eu nunca ter chorado na frente dela. A gente se conhecia desde quando éramos crianças lá no bairro do Limoeiro, e ela sempre estava por perto da turminha, mas nunca tínhamos sido amigas tão íntimas. Ela era um amor, carinhosa e atenciosa com todo mundo. Tratava o Cascão muito bem e era sempre muito decidida e independente. Maria Cascuda me via brava, gritando com os meninos, gargalhando com a Magali ou aprontando algumas na rua, mas chorando? Essa era a primeira vez — que eu conseguia me lembrar, claro. E, apesar de tudo, eu não estava com vergonha. Minha amiga tinha esse sorriso carinhoso de quem não fazia julgamentos, e era exatamente disso que precisava naquele momento.

– Desculpa ter saído correndo de repente – disse pra cortar o clima que eu mesma tinha criado, embora nosso silêncio estivesse bem confortável. Ela estava agachada no chão logo na minha frente e não caberia mais ninguém ali dentro. – Fiquei meio apavorada, sei lá, aconteceu tudo muito rápido.

– Eu percebi. E tá tudo bem, você não tem que me pedir desculpas. Não fez nada de errado – a Cascuda falou, tocando de leve meu joelho. – Fiquei preocupada. Cebola e Cascão estavam me ligando e até Magali enviou mensagem porque estavam assistindo à *live* da *Always Dance – New Generation*, no canal da Semag Games, e viram que você tinha ficado desconfortável e saído do palco daquele jeito. Acho que ninguém percebeu. O público estava tranquilo, achando que você só havia saído pra ir ao banheiro, mas nossos amigos notaram, né? Eles te conhecem. Acho que não te ligaram porque pedi pra dar um tempinho. Você sabe como eles ficam ansiosos e afobados, especialmente o Cebola.

Eu sorri de leve, agradecida. Nem tinha pensado na possibilidade de os meus amigos estarem assistindo à *live* e, mesmo sentindo um pouco de vergonha, também entendi o quanto aquilo era carinhoso. Eu tinha os melhores amigos do mundo.

– Fui muito mal, fiquei triste do nada. Alguém gritou que eu era dentuça e desengonçada e acho que me desestabilizei, mesmo que isso normalmente não me atinja. Já estava com muito medo, sabe?

– Então foi isso... – a Cascuda mordeu os lábios, pensativa, como se tivesse compreendido tudo. Eu concordei, bufando, batucando de leve numa das caixas ao meu lado.

– O que eu tinha na cabeça pra aceitar subir no palco? Não sou ninguém! Só paguei mico! Um verdadeiro King Kong!

– Mônica... – o tom dela era de repreensão.

– Estou falando sério, Cascuda. Fui assistir ao vídeo que viralizou e vi a quantidade de mensagens falando do quanto sou ruim, perguntando como tive coragem de me expor daquele jeito. E eu nem fiquei com raiva do Cebola por ter me filmado, já que aquele bocó sempre faz essas coisas. Só me senti mal mesmo.

– Você é mais infalível que os planos do Cebola.

– Cascuda! – disse um pouco alto, fazendo ela rir. Sorri, balançando a cabeça.

– Quando estava no palco, você só ouviu a voz de um babaca? – a Cascuda perguntou. Pensei um pouco, franzindo a testa. Não, tinha ouvido outras coisas também, mas não conseguia me lembrar de nenhuma delas. Quando contei pra ela, a Cascuda balançou a cabeça. – Então, não me ouviu berrando o quanto você estava incrível e nem a garota do meu lado, que estava quase chorando, dizendo que nunca teria tido coragem de fazer algo assim, porque nunca conseguiria dançar tão bem quanto você?

– Não, eu...

– E não notou a felicidade dos fãs do Pentagon por você ter escolhido a música deles? Um monte de gente te filmou como se você fosse do próprio grupo, de tão felizes que estavam! Eu sei que as pessoas costumam não se lembrar das músicas que não são tão populares no jogo, e você pode ter viralizado uma delas.

– Mas...

– A *live* estava cheia de mensagens bacanas e positivas de pessoas de todo o mundo! Tinha até uma garota de Angola que disse que era sua fã.

– De Angola?

– Sim! – a Cascuda sorriu, abrindo o celular na minha frente e mostrando o vídeo no canal do Cebola, me vendo revirar os olhos de forma bem dramática. – E você disse que tinha notado as mensagens ruins e de ódio nos comentários, mas viu as que têm mais curtidas? São só elogios pra sua performance! E tem mais gente dizendo o quanto você é bonita do que o contrário. A gente pode até contar, se você quiser.

– Sério?

Quis chorar um pouco mais, mas dessa vez não de tristeza. De vergonha. E não por pagar mico, como pensei, mas porque eu mesma estava me colocando pra baixo, sem nem perceber. Porque estava dando atenção às pessoas ruins e não às legais que estavam à minha volta. Funguei um pouco, ficando vermelha, ainda batucando nervosa na caixa de papelão. A Cascuda sorriu.

– Amiga, você foi incrível. Juro! Eu não sei dançar e nem entendo desse jogo, mas você estava quase a rainha da zumba, com seus alunos debaixo do palco, imitando seus movimentos! Aposto que, se você tivesse dado cambalhota ou até rolado no chão, as pessoas teriam te imitado! Uma verdadeira *influencer*, a Mônica do Limoeiro! E nem precisou usar sua força!

– Obrigada – funguei de novo, depois sorri um pouco. Estava muito agradecida por a Cascuda estar ali comigo e por eu ter sido capaz de ver um lado dela que ainda não conhecia tanto. – Imagina se o Pentagon viu o meu mico todo?

– Olha a fã iludida! – ela riu – Mas, se eles não tivessem alguma restrição de horário e pudessem assistir à *live*, tenho certeza de que te chamariam pra uma parceria quando viessem fazer show por aqui!

– Nem todos os artistas têm restrições, sabe? – coloquei a língua pra fora, sonhando que o grupo tinha me visto no palco e pronta pra dar uma aula sobre a formação dos *idols* de k-pop pra minha amiga. Talvez fosse mesmo uma fã iludida, qual o problema?

– Não entendo de k-pop e nem me importo, na real, mas você foi incrível e acho que deveria sair dessa salinha minúscula e nada chique, que não é o que você merece, voltar pro palco e arrasar ainda mais. São só quinze minutos de fama, ninguém está te chamando pra passar a vida toda se expondo pra quem você não conhece!

— Tem razão — eu disse, respirando fundo e dando leves tapinhas nas minhas próprias bochechas, sentindo uma energia que ainda não tinha sentido e impressionada com a mudança repentina dos meus próprios pensamentos. Estava sendo tão boba!

— Eu sempre tenho — a Cascuda piscou pra mim, convencida, o que me fez rir. Aquela normalmente era a minha fala. — Pode perguntar pro Cascão!

— A opinião dele não conta! — Nós rimos juntas porque a Cascuda e o Cascão eram um casal fofo demais, mas dava pra ver quem era mais sensato no relacionamento. E, *spoiler*, não era o meu amigo esportista.

A situação toda ficou martelando na minha cabeça, e essa era uma das poucas vezes em que eu saberia admitir sem problemas que não tinha razão. Que saco! Eu não tinha a obrigação de gostar de estar no palco, mas poderia tentar me divertir fazendo algo diferente e fora da minha zona de conforto.

Me levantei de onde estava, vendo a Cascuda fazer o mesmo e estender a mão para que eu batesse. Fizemos um *high five* animado e voltei a fungar, passando as mãos nos olhos pra garantir que não tinha mais nada pra chorar. Peguei o celular e encarei a câmera frontal pra confirmar que a maquiagem não tinha borrado e que não estava parecendo um personagem de filme de terror, embora ali ninguém fosse me julgar por isso. Todo mundo estava como *cosplays*, ou com roupas divertidas e maquiagens espalhafatosas. Um pouco de rímel borrado não seria grande coisa.

No corredor, voltando pro estande, topamos com o CEO Chanyeol Jeong, que me parou, parecendo preocupado. Arrumei a postura e torci pra não estar com cara de choro.

– Mônica, você está bem? Soube que saiu correndo do palco. Aconteceu alguma coisa?

– Estou bem, só fiquei nervosa! – eu disse, sorrindo. Bacana da parte dele ficar preocupado comigo.

– Fico feliz! A *live* mundial ainda está rolando e vamos apresentar em alguns minutos a lista oficial das músicas novas do *Always Dance – New Generation*! Se quiser participar, o palco ainda é seu – o senhor Jeong disse, examinando minhas reações. – Ouvi do nosso chefe internacional que a resposta à sua apresentação com a música coreana foi impressionante! As visualizações do grupo dispararam, e muita gente comprou a versão antiga do jogo, o que é ótimo pra gente também. Queria agradecer muito. Foi uma escolha diferente e ousada.

– Eu adoraria dizer que foi planejado, mas escolhi o que veio na minha cabeça! – respondi, na certeza de que minha bochecha estava vermelha, ainda tentando absorver tudo o que ele tinha dito. Uau! Eu tinha recebido elogios até de um chefe internacional. E ajudado um grupo de que sou fã a ficar mais famoso e até vendido jogos por conta da minha apresentação? As pessoas realmente não sabem o valor, a influência e a responsabilidade que uma exposição dessas tem. A responsabilidade de ter tantas pessoas assistindo a você e ouvindo o que você tem a falar. – Muito obrigada. Eu vou, sim, pro palco, pra ver a revelação das músicas com todo mundo. Obrigada pela oportunidade! Fiquei nervosa, mas estou muito agradecida!

– Nós que agradecemos! Foi um prazer conhecer você, Mônica! – ele sorriu, estendendo a mão pra mim e logo depois pra Cascuda, dando meia-volta e saindo do *backstage*. Encarei a minha amiga, que piscou pra mim, animada, dando pulinhos.

– Eu falei que foi um arraso! Você não deveria duvidar do seu próprio talento.

– Mas...

– Mesmo que seja um talento pra pagar micos, Mô. Talento é talento – ela deu risada.

Dei um leve empurrão na minha amiga, rindo e concordando. É divertido pensar como a gente, às vezes, encontra forças em lugares e pessoas que nunca imaginamos. Estufei o peito e ajeitei a postura ainda mais, vendo os seguranças mostrando o caminho pro palco do estande.

Quando saí do *backstage*, o público estava gritando e se divertindo com alguma coisa que o apresentador dizia enquanto gesticulava bastante e, aparentemente, distribuía alguns prêmios e brindes. Ah, os famosos brindes bobos de eventos! Eu passei por tudo aquilo e mal tinha completado os primeiros itens da minha lista de coisas que queria fazer por ali!

Algumas pessoas olharam e acenaram, gritando, fazendo com que eu fosse novamente o centro das atenções. Senti um desconforto grande na barriga e as pernas levemente moles, mas respirei fundo e coloquei meu melhor sorriso no rosto. Aquele que sempre dava, desde criança, ao acertar o Sansão no alvo, inclusive quando era nos meus amigos que estavam sendo chatos pra caramba. O sorriso vitorioso, mesmo que fossem pequenas vitórias e desafios que criava pra mim mesma. Era a minha forma de continuar tentando encarar o próximo minuto com perseverança e força de vontade. Eu sabia que conseguiria dar sempre o meu melhor.

O apresentador me viu subindo pela lateral do palco, com uma coragem que eu não sabia de onde tinha saído, e sorriu pra mim, me apresentando novamente ao público, que gritou ainda mais pelo meu retorno. Era difícil imaginar, mas o espaço estava ainda mais lotado que antes, e os estandes em volta tinham problemas pra trabalhar com tanta gente sem ligar pro que eles estavam oferecendo, virados na direção do palco da Semag Games, com celulares nas mãos e bastante curiosos.

– Estava falando agorinha mesmo sobre uma competição amigável e surpresa de uma das novas músicas do *Always Dance – New Generation*. O que acha, Mônica do Limoeiro? Pronta para competir? – o apresentador me perguntou, indicando a um funcionário do estande pra me entregar o microfone. Concordei, mordendo os lábios e parecendo bem mais agitada com a minha resposta do que tinha planejado, fazendo as pessoas rirem comigo. Competição, é? Essa era a minha praia. Total. Comecei a deixar o nervosismo dar lugar à animação.

Estalei os dedos, levantando uma sobrancelha e tendo certeza de que aquilo estava um pouco mais dentro da minha zona de conforto do que antes. Agora, eles estavam falando a minha língua. Ouvi o apresentador dizer que escolheria três pessoas pra subirem no palco e dançarem comigo a nova música, no modo mais fácil, pois seria a primeira vez que a gente veria aqueles movimentos. Dei um sorriso ao ver a galera superanimada pra compartilhar o espaço comigo.

Em questão de minutos, estava ao lado de pessoas divertidas e cheias de energia. Só consegui sorrir ouvindo a introdução da música e as primeiras silhuetas aparecendo na tela. O nervosismo por estar fazendo algo novo surgindo, a agitação de enfrentar novos desafios invadindo o meu corpo. E olha que era só um jogo! Nem preciso dizer que ganhei aquela partida, né? Eles realmente não sabiam com quem estavam brincando.

– Se a gente tivesse um troféu, ele seria seu, Mônica – o apresentador disse, enquanto eu cumprimentava os outros competidores, que desciam do palco depois de pedir abraços e fotos comigo. Estava ofegante por conta dos movimentos, mas o sorriso não saía do meu rosto. Não parecia em nada a mesma garota de minutos atrás, trancada no estoque do estande, pronta pra chorar e colocar pra fora todo o escondidinho delicioso que tinha comido.

– Aceito seu troféu imaginário, obrigada – brinquei, com a respiração entrecortada. Ele assentiu rindo e sugeriu que outras pessoas viessem ao palco tentar a mesma coreografia, me fazendo ficar ao seu lado como apresentadora, o que se tornou uma experiência totalmente diferente de tudo até então. Por mim, continuaria competindo, mas precisava dar um descanso pro meu corpo nada atlético e pouco acostumado com tanto exercício.

Encarei a Cascuda, que estava na lateral com o celular na mão em alguma ligação. Ela apontou pro aparelho, falando o nome do Cascão, e eu sorri, concordando. Olhei pro mar de gente, pras pessoas sorridentes e felizes, pras que dançavam nos cantos e as que subiam ao palco, empolgadas pela oportunidade de estarem ali, talvez tão impressionadas como quando vi o estande da Semag Games pela primeira vez. Eu estava segurando o microfone com um pouco mais de força do que tinha previsto, sentindo os olhos marejados.

E não, desta vez não era drama pra me colocar pra baixo. Muito pelo contrário. Era por saber que tinha vencido meus próprios medos e dificuldades, e que estava ali, em cima daquele palco enorme e de frente pro mundo todo, me divertindo e aproveitando os quinze minutos de fama e a probabilidade de virar um novo meme a cada segundo.

Eu estava no caminho para a escola, ainda bem cedo, quando decidi passar rapidamente na padaria nova da esquina, que estava começando a ser um dos meus novos lugares favoritos no Limoeiro. Fora a pracinha, a barraca de sorvetes e a casa dos meus amigos, claro.

O fone de ouvido, que era grande e confortável, protegia as minhas orelhas naquele dia mais frio e tocava minha *playlist* favorita do momento, enquanto andava com as mãos dentro dos bolsos da calça jeans clara. Tinha certeza de que estava cantando a música um pouco mais alto do que deveria, por perceber que as pessoas me encaravam quando passavam por mim. Mas isso não me importava. Tive experiências suficientes pra entender que não precisava ter vergonha nem de ser eu mesma nem de pagar micos quando estava apenas sendo feliz.

Mordi os lábios, contendo um sorriso e me lembrando com carinho da semana anterior e de tudo o que tinha vivido na Ultra Game Con, ao lado da Cascuda, depois daquele convite inesperado. Parecia até surreal que, dias depois, eu ainda conseguisse sentir a animação e a ansiedade dentro do peito, só que agora com um significado diferente. Era bom sair da minha zona de conforto, era legal continuar sendo eu mesma. Sendo a boa e velha Mônica do Limoeiro, a Dona da Rua e quase campeã mundial de *Always Dance*, de acordo com os troféus imaginários que recebi durante a feira *geek*. Meus amigos diziam que isso não contava, mas eu, particularmente, estava contente com cada um deles. Imaginários ou não. Era só um lembrete pra que ninguém duvidasse de que eu sempre iria jogar pra ganhar.

Senti meu bolso vibrando e tomei um susto. Estava perdida nos meus pensamentos enquanto atravessava a rua, e já tinha começado a dançar quase automaticamente, sem nem notar. Corri um pouco mais depressa até chegar ao outro lado e pegar o celular pra ler a mensagem que tinha recebido. Uma semana depois da feira, quase ninguém se lembrava do meu vídeo que tinha viralizado, nem dos memes. Alguém tinha feito algo mais esquisito na internet e estava na boca do povo, e eu, Mônica, tinha sido esquecida e deixada de lado. Que bom! Sinceramente, estava muito satisfeita por isso e com plena certeza de que não gostaria de passar por nada similar de novo, por mais divertido que tivesse sido. Como sempre, estava feliz sendo conhecida apenas ali no bairro, o que já era responsabilidade mais do que suficiente.

Abri um sorriso cheio de dentes vendo a mensagem no celular, informando que minha matrícula na aula de dança tinha sido feita com sucesso e que eu já poderia começar no dia seguinte.

Talvez, só talvez, eu fosse competitiva demais e quisesse melhorar minhas habilidades pra continuar arrasando no *Always Dance* e fazendo com que meus amigos nunca mais duvidassem da minha vontade de ganhar. Mas talvez também quisesse ser uma versão melhor de mim mesma, esquecendo alguns dos sentimentos e sensações ruins dos últimos tempos. Eu não treinaria pra ser parte do BTS, do Pentagon, do Twice ou de qualquer outro grupo de dança, é claro. Eu treinaria pra superar meus próprios medos.

Dei uns pulinhos entrando na padaria e tirando o fone de ouvido, sentindo o cheiro maravilhoso do bolo de cenoura que já estava mais do que famoso por ali, tirando fotos de tudo pra mandar pros meus amigos. Realmente, eu tinha muita sorte. E nunca mais iria duvidar de mim mesma.

MAGALI

EM

ATÉ PARECE COISA DO DESTINO

★ POR ★

CAROL CHRISTO

Eu achava que uma coisa dessas nunca iria acontecer com a gente. Todo mundo sabe que a Mônica e eu somos melhores amigas, inseparáveis. *BFFs*. Desde bebês até ficarmos velhinhas. Quando eu iria imaginar que tudo poderia mudar? Ela é parte de mim, não existimos uma sem a outra. No entanto, a vida é cheia de surpresas e reviravoltas. Tudo muda, eu sei. Mas, infelizmente, nem sempre as mudanças vêm pro bem.

Tudo começou quando um caminhão parou na rua de casa. Estavam descarregando a mudança mais estranha que já vi. Tão esquisita, bizarra e assustadora que parei o que estava fazendo só pra assistir.

Meus antigos vizinhos se mudaram poucas semanas antes e, pelo visto, a casa tinha sido vendida como num passe de mágica. Sempre que alguém se muda pro Limoeiro, já meio que imagino uma família inteira, com crianças e cachorro. Mas as coisas que saíam do caminhão não se pareciam em nada com os móveis e pertences de gente como a gente. Eram esquisitices como panos escuros, caixas com enfeites de vidro, cristais e pedras, velas enormes de várias cores. Quase nada de móveis, só uma cama, uma mesa redonda e pouquíssimos eletrodomésticos. Não vi nada que indicasse a presença de uma família com novos amigos pra gente: outras camas, escrivaninhas, mesa de jantar, caixas de brinquedos, móveis infantis, nada. De coisas de cozinha, só reparei num fogão. Quem quer que esteja se mudando pra lá não gostava de cozinhar. Que tristeza!

Resolvi parar de ficar xeretando a vida dos outros e fui me encontrar logo com a Mônica. Precisávamos aproveitar o fim de semana. Acho que o Mingau percebeu que eu ia sair e se aninhou no meu colo antes que eu pudesse me levantar, então continuei olhando pela janela a mudança ser descarregada.

Enquanto acarinhava meu gato, vi um carro preto antigo estacionar atrás do caminhão, e dele saiu uma mulher idosa, com uma saia longa e cabelos brancos despenteados. Tive um calafrio, não sei bem explicar a razão. Como se estivesse sentindo o peso do meu olhar, a senhora me encarou, encontrando meus olhos mesmo de longe, através da janela do meu quarto. Quase instantaneamente, o Mingau eriçou os pelos e soltou um miado assustado, pulando do meu colo e arranhando a minha perna.

– Mingau! – gritei. Então, olhei pra rua, onde a velhinha estava um segundo antes, mas já não havia ninguém, só os dois homens que continuavam descarregando o caminhão.

Saí correndo pra sala atrás do Mingau, que também tinha sumido de vista. Que estranho! O Mingau não era de me arranhar. Soltei um suspiro. Sei lá o motivo, mas tinha ficado preocupada.

– O que foi, Magali? – perguntou minha mãe, da porta da cozinha, com uma tigela na mão, misturando massa de bolo.

– O Mingau saiu correndo e não sei pra onde!

– Ele acabou de sair pela janela da cozinha. Não sei por que você tá nervosa assim. O Mingau sempre faz isso. – Eu dei de ombros, deixando a história de lado.

– Mãe, viu que tem gente se mudando pra casa da frente? – perguntei.

– Vi o caminhão desde cedo. Estou fazendo um bolo de boas-vindas pros novos vizinhos. Se você quiser, vamos lá mais tarde.

Novos vizinhos, no plural? Só se ela soubesse de algo que eu não sabia. Pelo que notei, só tinha uma mulher muito esquisita.

– Ah, não, obrigada. Dei um sorriso amarelo.

Minha mãe me encarou com curiosidade.

– Pensei que você ia gostar! É sempre tão atenciosa com nossos vizinhos – ela disse.

– Ai, mãe, desculpa, é que combinei de passar na casa da Mônica – respondi.

Como não estava no clima pra explicação e nem tinha uma boa justificativa, peguei minha bolsa e saí de casa, dando um beijo rápido na bochecha da minha mãe – o suficiente pra ela não ter tempo de dizer mais nada. Assim que voltasse, teria uma conversa séria com o Mingau. Onde já se viu arranhar a minha perna?

Quando pisei na calçada, nem sinal da velha senhora. Sacudi a cabeça pra afastar os pensamentos e segui pra casa da Mônica, dizendo a mim mesma pra parar de pensar besteiras.

– Ai, Magali! Deve ser uma pobre velhinha solitária – a Mônica disse quando contei sobre minha nova e misteriosa vizinha. – Você devia é levar alguma coisa pra ela, tipo uma torta, pra dar as boas-vindas. Não é isso que os vizinhos costumam fazer pra receber gente nova que chega à rua? Aliás, você adora fazer esse tipo de coisa! – sugeriu, morrendo de rir da minha história. Eu mal havia chegado e já estava contando tudo sobre as estranhezas daquela manhã.

– Ela pode até ser só uma velhinha solitária, mas e as coisas esquisitas que tiraram do caminhão?

– Provavelmente, ela é um pouquinho... Ah, sei lá, exótica? Coisa de gente antiga, sabe? Decorar a casa com enfeites, pedras e panos em tudo o que é canto.

— Não sei, não, Mônica. Isso, pra mim, tá mais com cara de coisa de bru...

— Bruxa, Magali?! Sério?! Nem todo mundo é como a sua tia Nena.

— Olha, você sabe que o meu sexto sentido não falha! Aí tem coisa.

— Ah, Magali, esquece isso! A gente precisa resolver se vamos à festa da Denise. Você sabe como ela é.

— Ai, Mô. Não sei, acho que não tô no clima.

— Sério? Só porque viu essa velhinha por uns três segundos? Não vai pra festa da Denise por causa de uma vizinha esquisita?

A Mônica provavelmente tinha razão. A mulher devia ser uma daquelas velhinhas fofas. Mas será mesmo que não tinha nada de diferente com ela?

— Hum, pode até ser... mas o Mingau concordou comigo — falei, dando de ombros.

— O Mingau, minha querida, é só um gato — ela respondeu, enquanto se aproximava de mim.

Eu queria dizer que o Mingau é muito mais que um gato, mas decidi deixar pra lá. O assunto já estava rendendo demais, e eu não queria discutir com a Mônica. Tomei uma decisão:

— Vou à festa, sim. Você já sabe que roupa vai usar? — perguntei.

— Pensei naquele vestido preto novo, sabe? Que meu pai me deu, com detalhes vermelhos — ela começou.

— Sei! Ele é lindo — dei corda, mas a verdade era que a tal vizinha não saía da minha cabeça.

— Já tá pronta? — a Mônica ligou pra perguntar. Era fim de tarde e estava terminando de me arrumar. Lá fora, o caminhão já havia partido e só uma luz da casa da frente estava acesa.

– Quase! – respondi. – O Quinzinho não quer ir, tem que acordar muito cedo amanhã pra ajudar na padaria, tadinho.

– Melhor, faz tempo que não saímos só nós duas!

– Hum, é verdade! Vai ser divertido, mas...

– Mas o quê? O que foi agora?

– É que não vi o Mingau desde hoje cedo, quando ele fugiu desembestado!

– Magali, você sabe que seu gato gosta de dar umas voltas, principalmente à noite.

– Ai, Mô, não sei, não. Parece que tem alguma coisa errada...

– Magali, me escuta: para de pensar bobagens com a história da sua vizinha! Antes de amanhecer, o Mingau volta, você vai ver.

Não pude fazer nada além de concordar. O Mingau gosta mesmo de passear por aí. Tomara que a Mônica esteja certa.

– Qual será o menu da festa?

– Ah, a Denise sabe como dar festas, Magali. Com certeza, vai ter muita coisa gostosa. E ainda vou poder te ensinar aquela coreografia nova que aprendi!

– Ótimo. Daqui a pouco chego aí! – falei.

Já estava escuro, e, por causa do frio daquela época do ano, as pessoas estavam dentro de casa. Atravessei a rua e passei mais devagar pela casa da nova vizinha. Nenhum som, nenhum movimento. Nada indicando que alguém morava ali. Não vi nada, mas senti um arrepio. Quando estava me afastando, o único som que ouvi foi o miado abafado e engasgado de um gato.

Engoli em seco, pensando que poderia ser o Mingau! Ao mesmo tempo, achei que estava imaginando coisas. Apressei o passo até encontrar a Mônica, e partimos pra casa da Denise.

Na festa, não conseguia me divertir. Quando liguei pro Quinzinho, ele também não achou nada estranha a velhinha da casa da frente. Será que eu estava mesmo indo longe demais com aquela história?

Pra acabar com o tormento de uma vez por todas, decidi que iria, sim, até a casa dela no dia seguinte, levar um presente de boas-vindas, como a Mônica havia sugerido. Quem sabe aquele bolo da minha mãe? Assim, pararia de pensar besteiras. Só esperava que o Mingau voltasse logo, pra ficar despreocupada. Não parava de pensar naquele miado engasgado que eu tinha ouvido perto da casa.

– Magali! – Escutei alguém me chamar, o que me tirou subitamente dos meus pensamentos. Vi Denise me analisando com a sobrancelha levantada e comentando com a Mônica:

– Nossa, tá tão quieta! Nem viu os quitutes *fitness* que a minha mãe fez pra festa. Deve ser coisa séria.

– Ela tá megaencucada com a vizinha nova, sabe? A da casa da frente – a Mônica explicou.

– Ah! Sei, sim, aquela que todo mundo tá falando que é bruxa? – Denise falou. – Que bobagem, Magali! – ela se virou pra mim. – Você sabe como as pessoas gostam de inventar coisas.

Olhei pra Mônica como se dissesse "Tá vendo, não sou só eu!", mas não falei nada.

– Ai, Denise, até você – a Mônica ignorou meu olhar e falou diretamente pra ela, que apenas levantou as mãos.

– Ei, não sou eu quem tá dizendo! – e saiu pra aproveitar a festa com alguém mais divertido do que eu naquele momento.

Olhando pra mim, Mônica respirou bem fundo, como se não soubesse mais o que fazer.

– E aí, garotas? – o Cebola se aproximou, acompanhado do Cascão, que acenou pra gente.

– Oi, Cebola. Oi, Cascão – falei. A Mônica cumprimentou os meninos.

– E aí? Como tão as coisas? Aquelas batatinhas estão deliciosas – Cascão disse pra mim, com a boca cheia, apontando pra mesa no canto da sala. Olhei, mas não me animei.

Em seguida, os meninos se viraram pra Mônica, como se quisessem perguntar o que estava acontecendo comigo. Minha amiga nem deu bola e se voltou pra mim.

– Ai, Magali, se você quiser ir embora vou entender, tá? – ela suspirou, derrotada.

Encarei a Mônica e uma onda de alívio percorreu meu corpo. Não estava com cabeça pra festa. Música alta, pessoas conversando mais alto ainda e, mesmo assim, não conseguia entender direito o que falavam.

– A gente se vê amanhã? – falei, olhando pra eles.

– Sim, eu te ligo – a Mônica disse. Os meninos acenaram, já perdendo o interesse e indo conversar com outros garotos.

Saí da festa sem olhar pra trás. Nós duas teríamos outras oportunidades de nos divertirmos juntas. Tentei apressar o passo durante o caminho. Acho que aquela história estava me afetando demais. As ruas do bairro pareciam mais silenciosas que o normal. Mais desertas. Até mais frias, me fazendo abraçar a mim mesma quando os pelos dos braços se arrepiaram.

O caminho até minha rua parecia mais longo que o normal, o que era uma bobagem, pois a casa da Denise ficava a algumas quadras de distância. Quando me aproximei da residência da nova vizinha, notei a mesma luz acesa, na sala de estar. Respirei fundo e cheguei mais perto da janela. Queria espiar o que havia ali dentro. Nesse momento, algo quase fez meu coração sair pela boca.

– MIIIIIAAAAAUUU – gritou um gato branco, do lado de dentro da janela, arranhando o vidro.

Demorei alguns segundos pra conseguir raciocinar e perceber que era o Mingau. Não tive dúvidas: abri rapidamente a janela, que já estava um pouco entreaberta, pra libertar meu gato. Ele saiu correndo em disparada na direção da nossa casa, e a única coisa que consegui fazer foi segui-lo, atravessando a rua correndo como uma louca.

Abri a porta da frente, pra que pudéssemos entrar, e a fechei bruscamente, trancando-a e respirando com dificuldade. O Mingau, por sua vez, foi correndo direto pro meu quarto.

Naquele momento, eu só conseguia pensar que aquela mulher tinha sequestrado meu gato. Provavelmente foi um aviso pra que parasse de bisbilhotá-la. Mas eu não iria deixar por menos.

Estava decidida a confrontá-la no dia seguinte. Afinal, mexeu com o Mingau, mexeu comigo. Além do mais, a minha melhor amiga sempre foi a dona da rua, e com a Mônica ninguém pode.

Durante a noite, fiz umas três inspeções bem minuciosas no Mingau. Não vi nada de errado com ele. Nenhum arranhão ou machucado. Estava tudo bem com meu bichano. Felizmente, cheguei a tempo de impedir que aquela mulher maligna fizesse alguma coisa com ele. Desejei muito que gatos pudessem falar pra que o Mingau me contasse tudo o que havia acontecido desde o momento em que saiu correndo do meu quarto naquela manhã.

Quando consegui me acalmar, fechei a cortina pra não ter mais que olhar para aquela casa. Comecei a planejar o que faria no dia seguinte. Ficava arrepiada só de pensar, mas era preciso tomar uma providência. Imagina se a vizinha resolvia me sequestrar também? Quem iria desconfiar de uma pobre velhinha solitária? De tão cansada, peguei logo no sono. Já era madrugada, e dormi agarrada ao meu gato, que chegou a miar algumas vezes em protesto contra meu amor protetor.

Por conta disso, acordei tarde, é claro. E até perdi o maravilhoso café da manhã de domingo que minha mãe tinha preparado. Mais uma coisa que a nova vizinha atrapalhava na minha vida. Aquilo estava, realmente, indo longe demais.

Tudo bem, Magali. A hora é agora. Você precisa ir até lá, pensei comigo mesma.

Respirei fundo e abri a porta da frente, decidida. Devia ser umas 10 horas da manhã, e um cheiro forte de queimado e de ervas exalava da casa da frente. Toquei a campainha duas vezes, mas ninguém atendeu. Tentei de novo e nada. Intrigada, dei a volta pela lateral até que percebi que havia fumaça saindo da janela da cozinha. Isso não era nada bom. Fui correndo até lá e a vi saindo de uma chaleira sobre o fogão aceso.

– Ei! Tem alguém aí? – gritei. Nenhuma resposta. Eu precisava agir.

Corri de volta pra porta e girei a maçaneta. Não me entenda mal, não era minha intenção invadir a casa da vizinha, mas se tratava de uma emergência. A porta se abriu sem dificuldade, o que era comum no Limoeiro, pois ninguém se preocupava em trancar as portas por ali, por ser um bairro sossegado. Ainda bem!

Fui correndo até a cozinha, seguindo o cheiro da fumaça, e desliguei o fogo. A água escorria para fora da chaleira de metal, que já começava a escurecer. Olhei em volta. Não havia ninguém. A cozinha tinha apenas o fogão, uma geladeira e, sobre a bancada, dezenas de pequenos potes com temperos, ervas, folhas e condimentos.

– Ai, minha nossa! – uma voz trêmula adentrou a cozinha, me tirando do entorpecimento. – Onde estou com a cabeça? – continuou.

A senhora pegou duas xícaras velhas num pequeno armário e foi até o meu lado, perto do fogão. Retirou a chaleira e despejou o conteúdo numa das xícaras, fazendo uma careta.

– Acho que a maior parte evaporou – concluiu ao perceber que não havia enchido nem metade da xícara. – Deve estar horrível de toda forma – completou, dando um gole apreensivo na água fumegante de cheiro forte. – Argh! – exclamou. – Realmente, não dá pra beber.

Observei toda a cena sem conseguir formular uma explicação de como eu havia chegado ali e do que se passava. Acho que era a adrenalina. Apenas encarei a senhora, que estava com a mesma saia longa e escura que vestia no dia anterior. Suas rugas eram mais evidentes agora, de perto, profundas ao redor dos olhos e da boca. Os cabelos brancos continuavam despenteados. Seus olhos eram tão escuros que me peguei olhando bem dentro deles, sem me dar conta do que estava fazendo.

– Está tudo bem? – a velhinha me perguntou, percebendo que eu a encarava em silêncio.

Balancei a cabeça com força, ainda sem saber bem o que dizer.

– Desculpe, eu... – comecei a dizer, mas ela me interrompeu.

– Não precisa se desculpar – disparou. – Não sei o que teria acontecido se você não tivesse vindo desligar o fogão. Você viu a fumaça? – ela perguntou. – Não quero nem pensar! Onde estou com a cabeça? – repetiu.

Demorei a entender que ela não estava brava comigo por ter invadido sua casa, mas apenas grata por eu não ter deixado que sua cozinha pegasse fogo. Suspirei de alívio com essa constatação.

– Senti um cheiro muito forte e depois vi a fumaça – falei. Agora ela me encarava com um sorriso.

– Ah, o cheiro das minhas ervas. Faço um bom chá, com uma combinação especial, todo dia no meio da manhã. É uma receita de família. Eu te ofereceria, mas esse aí ficou horrível. Então, vamos ter de deixar pra próxima – ela explicou.

– Ah – falei sem graça, pois não sabia o que dizer. Tinha ensaiado tanto, mas, naquele momento, as palavras sumiram, e parecia que minha cabeça não estava funcionando direito.

– Meu nome é Cassandra – ela disse, estendendo a mão pra me cumprimentar. Estendi a minha, sem conseguir dizer nada. A mulher abriu um sorriso. – E você é a Magali, filha da Dona Lili, vizinha da frente, não é?

Naquele momento, eu a encarei ainda mais intensamente. Como ela sabia?

– Sua mãe veio aqui se apresentar! E ontem mesmo eu te vi saindo de casa pouco antes dela.

Ai, como eu era boba de pensar que ela poderia saber das coisas assim, sem mais nem menos! Claro que ela tinha me visto, morávamos de frente uma pra outra.

– Ah, a minha mãe conversou com você? – perguntei, deixando escapar um suspiro nervoso.

– Sim! Uma graça a sua mãe, me trouxe um bolo delicioso – ela explicou. – Foi tão simpática que até resolvi fazer a minha torta de atum pra retribuir o gesto. É outra receita de família. Mas acredita que deixei aqui na cozinha e um gato xereta comeu metade dela? – A mulher colocou a mão na cintura enquanto falava, franzindo a sobrancelha. – Depois, saiu correndo e não o encontrei mais. Mas, também, onde eu estava com a cabeça de fazer torta de atum e deixar dando sopa desse jeito, largando a janela aberta?

Confesso que já estava me sentindo uma boba. Era a cara do Mingau fazer uma coisa dessas: invadir a casa dos outros pra comer qualquer coisa com cheiro de peixe. Ele não resiste a atum, e dava pra entender. Comida é uma coisa que mexe com a gente.

Fiquei ali parada, calada, com tanta vergonha que, se tivesse como me esconder em algum lugar, provavelmente teria feito isso.

– Quer se sentar, Magali? – Cassandra perguntou. – Estou te achando um pouco pálida.

– Hã...? – murmurei, mas ela não me deixou continuar. Me puxou pelo braço e me levou até a poltrona da sala. – Vou fazer um chá pra você se sentir melhor. Acho que está um pouco nervosa. Foi uma situação muito estressante, né? Desta vez vou ficar de olho no fogão – ela afirmou, já se dirigindo pra cozinha, com seus passos lentos, mas certeiros.

Num primeiro momento, não notei nada de especial no cômodo pra onde ela havia me trazido. Era uma sala praticamente vazia, quase nada de móveis, só enfeites numa pequena prateleira próxima à mesa. Havia uma poltrona e uma mesa redonda de madeira, coberta com uma toalha roxa.

Numa pequena prateleira, os enfeites eram pedras, cristais, velas coloridas. No canto direito, havia uma pequena bola de cristal, tão transparente que era possível ver através dela. Na mesa, ali perto, cartas coloridas com desenhos antigos estavam espalhadas pelo tecido.

Minha respiração parou por alguns segundos quando me dei conta de que eram cartas de tarô. Eu conhecia por causa da minha tia, que sempre me falou que o tarô é como um livro com imagens enigmáticas que ajudam a compreender a vida.

Estava provado que aquela não era uma velhinha comum, mas a Mônica tinha razão: eu estava vendo coisas. Desconfiando de uma velhinha simpática e inofensiva. Como pode? Sempre recebi todos tão bem. Sempre acreditei muito nas pessoas. Devia ter alguma coisa errada comigo.

Tirei o celular do bolso. Precisava contar pra Mônica o que tinha acontecido e me acalmar.

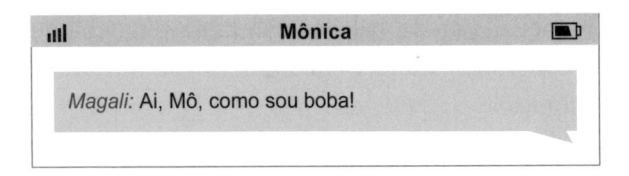

Mônica

Mônica: O que foi, amiga?

Magali: Eu tô aqui na casa da nova vizinha.

Mônica: De quem? Da cartomante?

Meu coração disparou quando li aquela palavra. A Cassandra era uma cartomante? Isso explicava as cartas espalhadas pela mesa, as pedras, os cristais, as roupas exóticas, aquele olhar de quem sabia tudo sobre a gente. Ainda que ela tivesse tentado disfarçar.

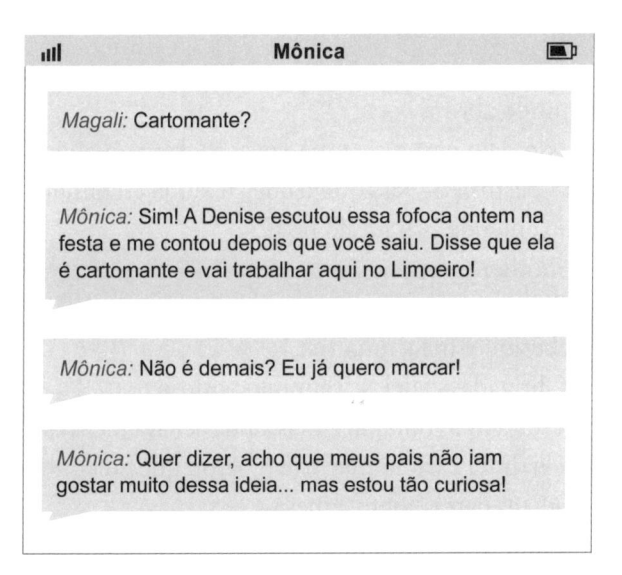

Mônica

Magali: Cartomante?

Mônica: Sim! A Denise escutou essa fofoca ontem na festa e me contou depois que você saiu. Disse que ela é cartomante e vai trabalhar aqui no Limoeiro!

Mônica: Não é demais? Eu já quero marcar!

Mônica: Quer dizer, acho que meus pais não iam gostar muito dessa ideia... mas estou tão curiosa!

Nem prestava mais atenção no que a Mônica estava escrevendo. Minha cabeça dava voltas com a constatação de que minha vizinha era uma cartomante.

Antes que eu pudesse responder às mensagens da minha amiga, Cassandra voltou da cozinha trazendo uma xícara cheia de chá e me entregou.

– É camomila com erva-cidreira – ela explicou. – Bom para acalmar os nervos.

Beberiquei o chá sem conseguir olhar diretamente pra ela. Só dei um longo suspiro e encarei a mesa com as cartas, e ela acompanhou meu olhar.

– Meu filho me deu esta casa – ela começou a dizer, puxando uma cadeira pra perto de mim. – Ele disse que a vizinhança aqui é tranquila e eu poderia descansar, fazer minhas coisas em paz – concluiu enquanto se sentava.

O Limoeiro era mesmo tranquilo. Mas, pela empolgação da Mônica, não sei se ela teria tanta paz assim.

– Ele não gosta do meu trabalho, sabe? – Cassandra explicou.

– A senhora é uma carto... – comecei a dizer, finalmente conseguindo abrir a boca.

– Isso, leio cartas. É uma vocação, serve pra ajudar as pessoas – ela disse. – Não é algo que eu tenha escolhido. Meu filho não entende isso muito bem.

A mulher me encarou.

– Bebe o chá, vai te fazer bem – ela disse.

Beberiquei mais uma vez.

– Obrigada – falei. – Tá muito gostoso.

Já estava mais tranquila, mas ainda achava meio esquisito ter uma vizinha cartomante. Ela reparou que eu continuava encarando as cartas sobre a mesa.

– Sabe, vou sortear um convite para uma sessão de boas-vindas – ela contou, voltando a me encarar. – Você não quer participar?

Fiquei sem saber o que responder. Queria que ela lesse as cartas pra mim? Não tinha muita certeza disso.

Minha vizinha então me entregou um papel pra preencher com meu nome e outros dados. Fiz na hora, quase no automático.

No fundo, percebi que eu era igual a todo mundo: queria saber o que esperar da vida, quais coisas são importantes e quais não consigo enxergar. Mas não fazia ideia se essa senhora era mesmo capaz de me revelar algo assim.

A Mônica estava aflita por eu ter demorado tanto pra responder às mensagens dela. Mas não tenho culpa, o que rolou naquela manhã me deixou meio atordoada. Minha vizinha se dizia capaz de ler o futuro das pessoas nas cartas de tarô – isso era, no mínimo, intrigante.

Eu tinha muitas perguntas pra serem respondidas: Quinzinho era mesmo o amor da minha vida? O que serei quando me tornar adulta? Eu vou me dar bem na prova de Física de quarta-feira? Ai, como eu queria saber sobre tudo isso e tantas outras dúvidas... Mas será que ela conseguiria responder a isso tudo? Será que essa coisa de cartomante era mesmo verdade? Bem, eram mesmo muitas dúvidas, e o maior problema era que muita gente do bairro também estava tão curiosa quanto eu e a Mônica.

De repente, começou a se formar uma pequena fila em frente à casa da Dona Cassandra, pra conseguir concorrer ao sorteio do tal convite pra sessão de boas-vindas.

A Mônica acabou indo lá pra casa, e ficamos vendo as pessoas em frente à porta da senhora, que, com a maior paciência do mundo, chamava um a um pra preencher o papel e depositá-lo numa caixa improvisada. Ela disse que no fim da tarde iria fazer o sorteio, ali mesmo, e anunciar o vencedor.

– Nossa, mas como ficaram sabendo tão rápido sobre o sorteio? – indaguei, mais pra mim mesma do que pra outra pessoa.

A Mônica deu um sorriso sem graça e passou uma mão pelos cabelos, olhando para os lados.

– É... Sobre isso... É que eu acabei falando com a Denise quando você me contou sobre o sorteio... – disse a Mônica, sorrindo de um jeito sem graça.

– Ai, ai, agora é que não vamos ter chance mesmo! Mas melhor assim. Essa coisa de "prever o futuro" me deixou meio nervosa.

– Tava conversando com a Denise na hora em que você mandou a mensagem. Acabei contando na empolgação. Você sabe como a Denise é... Num minuto, o bairro inteiro já sabia! Não pude fazer nada – ela explicou, cruzando os braços sobre a barriga. Revirei os olhos, rindo. Se existia alguém no mundo capaz de espalhar uma notícia de forma eficaz, essa pessoa era a Denise.

– Bom, é melhor esquecermos essa história – falei. – Talvez saber sobre o futuro nem seja uma coisa boa. Talvez a Denise tenha feito um favor pra gente – completei, fechando a cortina da janela pra parar de bisbilhotar as pessoas na casa da vizinha.

– Ai, não sei você, Magá, mas eu gostaria que ela lesse as cartas pra mim. Nem que tenha que pagar por isso. Aliás, você perguntou quanto ela cobra? É muito caro? – Mônica quis saber.

– Não perguntei e não faço ideia – respondi. – A Cassandra parece ser muito legal, mas será que é bom saber como as coisas vão acontecer? Na verdade, nem sei bem como funciona uma consulta com cartomante.

– Fala sério, Magali. Quem não gostaria de saber o futuro? – ela perguntou me olhando nos olhos.

Fiquei pensando no que a Mônica disse. O que será que me aguardava? Com o que eu iria trabalhar? Eu ficaria com o Quinzinho pra sempre? Iria morar no Limoeiro ou em outro lugar do mundo? Se eu me casasse, como iria ser...?

– Hum, o cardápio do meu casamento precisa ser especial. Não faço ideia do que seria bom servir – comecei a divagar em voz alta e escutei a Mônica bufar fortemente.

– Só você mesma pra querer saber sobre comida enquanto tem tantas perguntas importantes pra fazer! Tipo, se você vai mudar o mundo, se seu nome vai estar nos livros de História do futuro. Mas o que eu queria mesmo saber é se vou ser feliz, sabe? No fim, é só isso que importa – ela disparou.

Nem me importei. Pensar na comida do casamento não queria dizer que não ligava pra todas essas outras coisas. É claro que eu ligava! E é claro que gostaria de saber a resposta pra todas elas. Quer dizer, eu *acho* que gostaria.

Afinal, não sei até que ponto é bom saber dessas coisas. E se descobrisse que Quinzinho e eu não vamos ficar juntos? Ou que não vou me tornar alguém especial, que ninguém vai saber quem fui ou coisa do tipo?

– Mas, Mônica – encarei minha amiga com a expressão já aflita –, e se eu descobrir que a minha vida vai ser horrível? Que não vou realizar nenhum dos meus sonhos e que, sei lá, a comida no futuro vai ser em cápsulas, sem graça nenhuma? – Minha amiga me olhou com uma expressão de preocupação parecida com a minha. – Não sei, não. Acho que é melhor mesmo não ganhar esse sorteio. Não tô preparada pra esse tipo de informação – falei.

Mônica ficou um tempo em silêncio, mas depois colocou a mão no queixo e me disse uma coisa que me fez pensar:

– Mas e se você descobrir que vai realizar seus sonhos? Se as notícias forem boas? Não seria ótimo saber que você tá no caminho certo? Que você e o Quinzinho vão ter uma vida linda juntos, que você vai ser, sei lá, uma grande *chef* com programa culinário na TV e tudo o mais? Não seria maravilhoso? – ela perguntou.

Eu não soube o que responder. Era uma surpresa e um perigo ao mesmo tempo.

– Mas será que saber tudo isso não vai deixar a vida, sei lá... meio sem graça? – disparei.

Mônica não se importou.

– Talvez sim, talvez não. Talvez te deixe ainda mais empolgada, sei lá.

– Que tal falar sobre uma coisinha do futuro que a gente já sabe? Tipo o meu aniversário? – Quis esquecer um pouco a história da vizinha e focar no que realmente importava: meu aniversário de 16 anos. Fiquei tão desorientada com o mistério da Cassandra que até deixei isso meio de lado.

– Você decidiu o que quer fazer? – perguntou.

Tive mil e uma ideias, mas todas terminavam como sempre: reunir os amigos em casa, comer coisas gostosas e, quem sabe, assistir a alguns filmes.

– O de sempre – falei. – Eu até penso em diversificar, Mô, mas aí lembro como é legal juntar todo mundo aqui em casa. Depois nós duas viramos a noite vendo séries, comendo e conversando! Já virou tradição, né?

Minha melhor amiga olhou pra mim e abriu um sorriso.

– Então é assim que vai ser! – ela disse, e sorriu de volta.

Passamos a tarde assistindo a vídeos na internet, tentando fazer uma lista do que comprar pro meu aniversário, dali a duas semanas, e conversando sobre o futuro. Sobre como viajaríamos o mundo todo juntas e nos tornaríamos duas velhinhas animadas e simpáticas, com muita história pra contar.

Como se o universo quisesse nos retirar à força daquele momento, escutamos um barulho na rua e olhamos pela janela.

Na frente da sua casa, Dona Cassandra segurava uma caixa de papelão, tranquila e em silêncio, encarando algumas pessoas que estavam ali conversando sem parar sobre coisas corriqueiras e comentando sobre as últimas fofocas, enquanto esperavam o resultado do sorteio.

Enfim, alguém notou a senhora parada querendo falar e fez sinal pros outros se calarem. Aí, de uma hora pra outra, se fez silêncio.

– Boa tarde – disse Dona Cassandra.

Com as palavras dela, Mônica e eu saímos correndo pra fora, queríamos descobrir quem ganharia o sorteio.

– Estou muito feliz com o interesse de vocês no meu trabalho. É um dom que exercito há muitos anos – ela continuou. – Agora, vamos conhecer o ganhador de uma consulta de boas-vindas comigo.

Depois de agitar os papéis com a mão, a senhora retirou um, colocando a caixa no chão para poder abri-lo com facilidade. Ela leu o nome sussurrando pra si mesma e sorriu. Depois, olhou pra multidão e disse:

– A ganhadora do convite é a Magali – revelou com a voz mais alta que conseguiu.

Todos os olhares se voltaram pra mim. A Mônica deu uns pulinhos de animação, dizendo coisas que eu não conseguia entender, minha cabeça estava fervilhando e o coração, disparado.

– Magali, você pode marcar o seu horário comigo quando quiser – Cassandra continuou. – Aos outros interessados, minha agenda estará aberta a partir de quarta-feira.

E agora? Eu iria ou não? O que a Dona Cassandra iria ver nas cartas? E será que eu estaria mesmo preparada pra escutar? Será que ela dizia mesmo a verdade?

– Ai, Magali! Não acredito que você ganhou! – Mônica disse me abraçando. – Vai ser muito legal! Você vai me contar tudo o que ela falar, né?

– Sim – murmurei, tentando me desviar das pessoas que, depois do anúncio, começavam a voltar pra suas casas.

– E então, Magá, não é melhor marcar logo esse horário? – a Mônica perguntou, praticamente me empurrando. – Vamos lá?

Continuei parada, pensando se era mesmo o melhor a fazer. Respirei fundo e dei um passo à frente, com a Mônica logo atrás de mim. Dona Cassandra nem tinha entrado em casa, ainda respondia perguntas sobre a agenda. Quando terminou, ela me encarou.

– Vamos entrar, meninas? – perguntou.

Depois de acomodar a gente nas cadeiras da sala, Cassandra serviu seu chá, mais uma vez, já notando que eu estava nervosa de novo.

– E então, vamos marcar seu horário? – ela perguntou.

Deixei escapar um suspiro antes de criar coragem pra falar:

– É que não tenho certeza se quero que a senhora leia as cartas pra mim – soltei de uma vez só. Dona Cassandra levantou uma sobrancelha, e a Mônica fez cara de quem não estava entendendo nada.

– E por que não tem certeza? – a velhinha quis saber.

– É que tenho medo de que o meu futuro não seja exatamente como eu gostaria que ele fosse, entende? – expliquei, com a expressão aflita. – Vai que eu fico, sei lá, decepcionada! O que vou fazer?

Cassandra se inclinou na minha direção, abrindo um sorriso.

– Não é bem assim que as coisas funcionam com as cartas, Magali. Às vezes, elas contam coisas sobre o nosso passado, coisas que a gente não soube perceber. Outras vezes, elas revelam um pouco sobre o amor, sobre a família, sobre nossas aspirações. Mas elas não dão respostas exatas – ela explicou, e então segurou minhas mãos. – Tem vezes em que não entendemos direito o que as cartas dizem, mas é verdade que elas podem nos dizer algo que não gostaríamos de ouvir. Pra isso, você precisa estar preparada. Mas elas também ajudam mostrando coisas que podem nos guiar pela vida, esse quebra-cabeça complicado que é a nossa jornada por este mundo – ela disse, apertando bem forte a minha mão.

– O tarô não é o destino, mas uma maneira de entender melhor sua vida, um caminho de autoconhecimento pra decidir melhor as coisas, entende? Sempre há uma forma de melhorar.

Olhei pra Mônica, sentada ao meu lado. Ela não havia aberto a boca desde que entráramos na casa. Só vi quando ela balançou a cabeça como quem dizia "Vai em frente", e concordei de volta.

– Está preparada? – Cassandra perguntou.

– Sim – falei, olhando pra Mônica. – Amanhã depois da aula? – eu me virei pra senhora.

– Marcado – a cartomante respondeu.

Até chegar a hora, imaginei mil vezes o que as cartas diriam sobre mim.

Estava parada em frente à porta da cartomante, sem coragem pra tocar a campainha. Tinha praticamente passado a noite em claro, tamanha a ansiedade. Nas poucas horas em que consegui dormir, tive um pesadelo horrível, que me mostrava uma vida péssima. Ainda assim, decidi que iria fazer a consulta. O problema era que estava prestes a dar pra trás, por medo.

– Magali! – Dona Cassandra disse ao abrir a porta, sem que eu tivesse tocado a campainha. Sorri amarelo.

– Boa tarde – falei. Como eu fiquei imóvel, ela praticamente me puxou pra dentro.

– Pode se sentar – apontou pra cadeira de madeira em frente à mesa redonda. – Vou à cozinha fazer aquele chá. Acho que você está precisando – ela se explicou enquanto saía do recinto.

Observei a sala ao meu redor. Nada de novo por ali desde o dia anterior. Estava tão tensa, que nem me mexia direito. Na minha bolsa, o celular vibrou, e fiquei feliz por ter algo pra me distrair. Peguei o aparelho e li as mensagens.

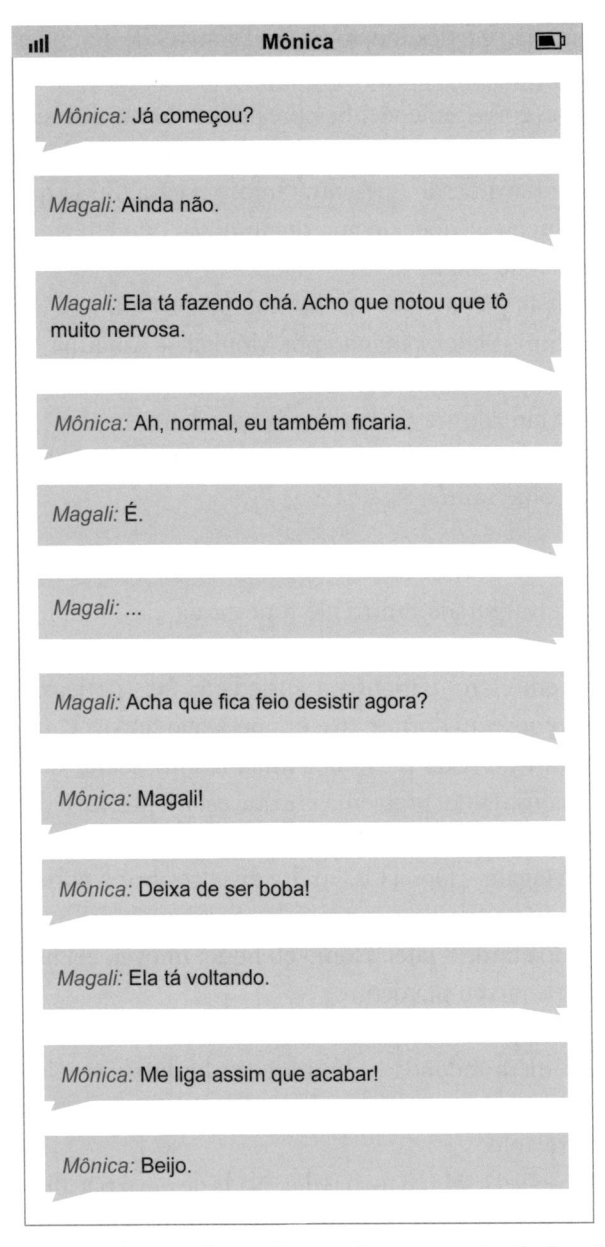

> *Mônica:* Já começou?

> *Magali:* Ainda não.

> *Magali:* Ela tá fazendo chá. Acho que notou que tô muito nervosa.

> *Mônica:* Ah, normal, eu também ficaria.

> *Magali:* É.

> *Magali:* ...

> *Magali:* Acha que fica feio desistir agora?

> *Mônica:* Magali!

> *Mônica:* Deixa de ser boba!

> *Magali:* Ela tá voltando.

> *Mônica:* Me liga assim que acabar!

> *Mônica:* Beijo.

Dona Cassandra colocou duas xícaras cheias de líquido fumegante na mesa e se sentou de frente pra mim.

Em seguida, passou óleo de lavanda nas mãos. Acendeu uma vela com cheirinho bom e pegou as cartas de tarô. Começou a embaralhar, com movimentos firmes, seguros e rápidos. Fiquei impressionada com suas mãos tão ágeis e o barulho das cartas enormes.

Foi difícil segurar a xícara e beber o chá, mas eu esperava que as ervas da cartomante me acalmassem de novo. Talvez devesse pedir a receita, pois ultimamente andava com os nervos à flor da pele. A senhora me analisou por um momento.

– Não se preocupe, Magali, geralmente digo mais coisas boas do que ruins – ela falou. Em seguida, posicionou a primeira carta.

Olhei pra carta na mesa. *A Força*. Nela, a figura de uma mulher segurava a boca de um leão. Respirei aliviada, pelo menos não havia saído uma carta da morte ou coisa do tipo.

– Hum – a cartomante falou. – *A Força*. Parece que você terá um grande desafio pela frente, mas com total condição de enfrentá-lo.

Acho que meus olhos se arregalaram um pouco naquela hora.

– Que tipo de desafio? – disparei, um pouco sem pensar.

A mulher me encarou com um olhar amigável.

– Vamos ver se teremos essa resposta – falou. Pensei por um minuto, mas não disse nada. Estava achando aquilo muito vago. Cassandra retirou outra carta e a colocou na mesa. *O Carro*. Ela ficou algum tempo observando, e comecei a bater os pés no chão, inquieta.

– Então? – perguntei, na tentativa de apressá-la.

– Sua vida passará por uma mudança repentina – ela falou. – Uma transformação. *O Carro* fala de coisas que se movimentam, saem do lugar. Mas junto com *A Força* é sinal de algo que será amadurecido.

– Transformação? Mas de que tipo? – indaguei, ainda mais inquieta.

– Ainda não estou conseguindo ver – ela respondeu, estreitando os olhos na direção do baralho. – Vamos aguardar as próximas cartas, para entender o todo. – E então pegou outra: A *Lua*. Depois A *Princesa de Espadas*. A *Torre* e A *Princesa de Copas*.

Ela observou as cartas com atenção, uma a uma, sem dizer nada. Apontou para as duas princesas e A *Torre* no meio.

Àquela altura, eu já batia as pernas sem parar, de tão ansiosa.

A cartomante respirou fundo.

– Magali, a sua vida está prestes a mudar – ela disse.

A cada palavra meus olhos se arregalavam mais.

– Mudar como? O que vai acontecer? – perguntei.

– Você... Você vai perder uma amiga muito querida. Aquela que está sempre com você. Aqui estão as duas nas cartas com A *Torre* no meio – revelou.

Minha respiração parou. Senti meu corpo inteiro formigando como se, naquele instante, ele não fosse mais meu, mas sim de outra pessoa. Como se *eu* fosse outra pessoa. Uma que não gosta de amarelo, nem de melancia, que nunca morou no Limoeiro, nem tem uma melhor amiga chamada Mônica. Meus olhos se encheram d'água, e me levantei da cadeira de forma repentina.

– Isso não tem a menor a graça – murmurei. – Onde está escrito isso aí? Não pode ser! – Já estava ficando ofegante, tentando segurar as lágrimas. – Eu sabia que não deveria ter vindo aqui. Achei que você era só uma velhinha boazinha.

Segurei forte a minha bolsa e saí em direção à porta. A cartomante também se levantou, bem mais devagar do que eu.

– Magali, as coisas precisam... – ela começou a falar, mas não deixei que continuasse. Atravessei a rua correndo e entrei em casa, batendo a porta atrás de mim. Então, me joguei na cama, onde o Mingau estava dormindo, e o abracei.

– Que coisa horrível pra se dizer a alguém – falei pra mim mesma.

Durante aquela tarde, ignorei as mensagens e ligações da Mônica. Não sabia o que pensar nem como deveria agir. Será que deveria contar a ela o que a cartomante havia dito? Ou seria melhor inventar qualquer coisa pra minha amiga e deixar essa história de lado? Mas e se a Dona Cassandra fosse uma charlatã? Era triste pensar algo assim, ainda mais porque ela havia sido tão simpática comigo. Só que se ela tinha me assustado de propósito, o Limoeiro todo precisava saber. Não era justo. Afinal, a agenda dela ficaria lotada em breve, já que todo mundo estava interessado em saber sobre o futuro.

Estava arrependida por ter aceitado aquele convite. As pessoas que "dizem" ter dons são raras, e, pelo que sei, não costumam fazer essas coisas por dinheiro. Essas pessoas querem apenas ajudar. E, por mais que me doesse pensar assim, não parecia ser o caso da vizinha.

Mas será que ela estava certa? E se aquilo fosse mesmo verdade, o que significava? Eu iria perder a minha melhor amiga. Perder, como? Meu coração estava apertado. Sentia uma angústia tão grande que achava que iria explodir. O que seria de mim sem a Mônica?

Nem sabia se acreditava no que a cartomante havia dito e já estava sofrendo só de pensar que perderia minha melhor amiga, que estava comigo desde bebê. Uma amizade como a nossa não era construída de uma hora pra outra.

Suspirei bem fundo e olhei ao redor do meu quarto. Em cada canto tinha uma lembrança da Mônica, da nossa amizade. Na parede lateral, acima da minha escrivaninha, um quadro com as nossas fotos. Eu e ela, pequenininhas. A gente no aniversário de 5 anos dela. Ela, eu, o Cascão e o Cebola na escola, em uma apresentação de teatro. Nós duas no ano passado, em outra festa da Denise.

Peguei meu celular e liguei pra Mônica, por chamada de vídeo. Precisava saber se a minha amiga estava bem. Meu coração estava disparado. Felizmente, ela atendeu no primeiro toque, e eu suspirei de alívio.

— MAGALI! — ela gritou. — Como você ignora todas as minhas ligações e minhas mensagens?

Dei um sorriso amarelo, fazendo de tudo pra disfarçar a desculpa esfarrapada que dei em seguida.

— Ai, Mô, você não vai acreditar... — comecei. — Não fica brava, mas saí de lá tão cansada que acabei pegando no sono. Você sabe que não dormi nada na noite passada, de tanta ansiedade. Agora tô vendo como fui boba — completei. — Mas como você tá? Está se sentindo bem?

A Mônica franziu a testa, como se estivesse me avaliando, depois balançou a cabeça, sem entender nada.

— Sentindo bem? Do que você tá falando? Nossa, Magali, não acredito que você dormiu e me deixou aqui, morta de curiosidade — falou. — O que a cartomante disse? Você vai se casar com o Quinzinho? Vai ser uma *chef* famosa?

Bufei de leve com as perguntas. Meus olhos se encheram de lágrimas, pensando no que Cassandra havia falado. Pelo menos, a Mônica não parecia estar doente.

— Na verdade, foi tudo muito sem graça — menti. — Ela não disse nada muuuito certo, sabe? Só que vou viver com o amor da minha vida, que vou ser bem-sucedida... — inventei. E, para não dizer só coisas boas, falei uma outra qualquer. — E que é pra tomar cuidado com falsas amizades...

Houve um breve silêncio, enquanto a Mônica pensava sobre o que ouviu.

— Nossa, mas que vago — ela comentou, visivelmente desanimada.

— Agora você entende por que não me preocupei em te contar na hora? — brinquei.

– Humm, é... Mas podia ter me atendido, né? – Ela fez cara de desaprovação.

– Mô, acho que é melhor assim. Não quero saber sobre o meu futuro. Isso complica as coisas, sabe? Eu ia ficar muito ansiosa, ou preocupada, dependendo do que ouvisse da cartomante. E se ela falasse algo muito ruim? O que eu iria fazer? Tem coisas que é melhor a gente nem saber – concluí.

Observei a cara de desânimo da minha amiga. Ela realmente estava esperando por alguma revelação bombástica.

– Acho que até desanimei de marcar minha consulta...

– É, eu não faria de novo... – forcei um sorriso.

– Mas, puxa, será que as cartas não revelam nada preciso pra ninguém, ou é você que é difícil de ler? – ela perguntou.

Foi a minha vez de franzir a testa.

– Se for assim, ela tinha que explicar, né? Poxa, cadê o código de defesa do consumidor de leitura de cartas de tarô? – perguntei. A Mônica morreu de rir.

– E você tá se sentindo bem mesmo? – voltei a perguntar.

Por mais que eu não quisesse acreditar, o medo de perder a Mônica crescia dentro de mim. Tentei ao máximo desviar meus pensamentos, mas estava difícil. Perder, perder. Poderia significar um monte de coisas. Inclusive a pior delas.

– Por quê? Tô com cara de doente? Minha *make* não tá legal? – ela quis saber, se virando pra se olhar no espelho.

– Eu só acordei com dor de estômago. Eu te falei na escola, lembra? Minha mãe vai me levar no médico mais tarde.

– Ah, é, esqueci! Você me conta sobre a consulta mais tarde? – falei.

Quando ela disse aquilo, tremi. Será que a Mônica iria morrer? Será que a dor de estômago era algo sério? Eu até saí da tela do vídeo e fui pesquisar "mortes por dor de estômago", e os resultados só me deixaram mais nervosa. Abri a tela de vídeo com ela de novo e fiz cara de preocupada.

– Não é melhor ir ao pronto-socorro, Mô? Vai que é coisa urgente! Aí, você aproveita e faz os exames. Quem sabe um *check-up* completo? Assim, pode ter certeza de que não é nada de mais – sugeri.

– *Check-up*? Você comeu melancia estragada, Magali? Vou fazer um *check-up* só porque estou com dor de estômago?

– Essas coisas podem ser sérias, sabia? Nunca viu aquela série? *Brey's Anatomi*? – indaguei, com a cara fechada.

– É só uma série, amiga. Não é de verdade.

– Mas é inspirado em casos reais. Eu acho... – coloquei a mão no queixo. Na verdade, não me lembrava se era ou não.

– Não é, não – ela confirmou. Não pude fazer nada, a não ser ignorar.

Ficou um silêncio de novo, e agora a expressão da Mô era de desânimo.

– Ah, acho que é melhor eu fazer a tarefa de casa – disse.

– Nossa! Esqueci totalmente disso – e era verdade, só não sabia com que cabeça iria fazer os exercícios de Matemática.

– Te vejo amanhã? – ela perguntou. A frase ressoou na minha cabeça.

E se isso não acontecesse? E se não nos víssemos nunca mais?

– É claro – respondi. – Até amanhã! – E ela desligou.

Deitei na cama sem conseguir pensar em mais nada, a não ser na minha amiga. A vida jamais seria a mesma sem ela. Mas o que estaria prestes a acontecer?

Ao longo da noite, mandei centenas de mensagens pra Mônica. Inventei um milhão de desculpas e assuntos, só pra mantê-la respondendo e ter certeza de que ela estava bem. Mas acho que não fui tão sutil assim.

Mônica: Magá, não dá pra gente falar disso outra hora? Tô caindo de sono!

Magali: Mas, amiga, isso é muito importante! Importantíssimo!

Magali: O que acha daquela torta de frango com alho-poró pro meu aniversário?

Magali: Mônica?

Magali: Mô?

Magali: Você tá bem? Não tá mais com dor, né?

Mônica: Eu já falei que nem fui ao médico... a dor passou e minha menstruação resolveu me visitar mais cedo este mês.

Mônica: Isso é realmente importante às 2 da madrugada?

Mônica: Não acredito que vou ter que acordar às 6 pra ir pra aula.

Magali: Mônica?

Magali: Mônica, você tá aí?

Ela disse que pegou no sono com o celular na mão. Eu me segurei pra não ligar, mas passei a noite em claro. Mil besteiras se passaram pela minha cabeça e não consegui relaxar. Não sou do tipo de pessoa que exagera, isso é mais coisa da Mônica, mas o que a cartomante disse realmente mexeu com a minha cabeça. E não era por menos.

Então, às 6h15 da manhã, liguei pra ela.

– Booooom dia. Como você tá?

– Com sono – ela respondeu. – Fui dormir muito tarde...

– É, eu sei. Bom, pelo menos dormiu alguma coisa – eu disse. – Mô, me espera aí que vou pra sua casa. Daí, vamos pra escola juntas, tá?

– Mas a sua casa é muito mais perto da escola – ela disse, com um bocejo.

– É que preciso muito falar com você sobre... – eu pensei um pouco – ...sobre o meu aniversário, né?

– Ai, de novo isso? – ela suspirou.

– Já chego aí.

Troquei rapidamente de roupa e peguei minhas coisas, dando um beijinho rápido no Mingau, que ainda dormia tranquilo. Por algum tempo, invejei o meu gato, que não tinha nenhuma preocupação nesta vida. Só comia, andava por aí e dormia.

– Magali! – ouvi minha mãe chamar quando já estava quase na porta.

– Oi, mãe – falei, dando meia-volta e me aproximando da cozinha.

– Não vai tomar café da manhã? – ela perguntou, levantando a sobrancelha.

– Ah, é que a Mônica me convidou pra tomar café na casa dela.

Minha mãe me encarou, estreitando os olhos.

– Hã... tudo bem. Boa aula.

– Obrigada – respondi, dando mais um beijo na sua bochecha.

Lá fora, o bairro do Limoeiro começava a despertar. Ouvia-se o barulho baixo de chaleiras, liquidificadores, vozes de crianças e latidos de cachorros. Conversas suaves que se espalhavam em cada uma das casas, famílias se preparando pro dia que começava. A não ser numa casa, a da frente, de onde não se ouvia nada. Lembrei da conversa no dia anterior e meu corpo estremeceu. Como poderia perder minha amiga? Que tipo de futuro era esse?

Respirei fundo, tentando conter as lágrimas. *Você não é disso, Magali. Tá tudo bem. Vai ficar tudo bem.* Apressei o passo, tentando não pensar em todos os cenários que cruzavam minha mente. Sem sucesso.

Minha melhor amiga iria morrer? E aquela senhora havia me contado isso pra me preparar? Nada seria capaz de me preparar pra algo assim.

Cheguei à casa da Mônica com a respiração alterada por ter quase corrido até lá. Tentei me recompor, toquei a campainha, e ela abriu a porta.

Seus olhos estavam fundos, emoldurados por olheiras escuras que deixavam claro o impacto da noite maldormida. Dei a ela um sorriso sem graça.

– Bom dia – falei baixinho. Ela não disse nada, só abriu espaço pra eu entrar.

– Ih, Magali – escutei a voz do Seu Sousa na entrada da cozinha. – É melhor não ficar perto demais, ela acordou de mau humor.

E a Mônica me fuzilou com os olhos, o que me fez ficar nervosa.

– Tá pronta? – foi uma pergunta boba, já que ela estava de pijama e não tinha sequer penteado o cabelo.

– Vou me arrumar – respondeu, virando-se em direção ao quarto. Cumprimentei rapidamente o Seu Sousa e a Dona Luísa e segui minha amiga.

Sentei-me na cama enquanto a esperava se aprontar, já pensando que também chegaríamos atrasadas na escola, e tudo por minha causa. Eu ainda levaria uma bronca homérica por não ter feito a lição de Matemática. Mas não estava com cabeça pra nada ontem, a não ser ficar preocupada com a Mônica. Eu tinha que encontrar um jeito de protegê-la, nem que precisasse ficar 24 horas por dia a seu lado.

Comecei a formular um plano, uma forma de garantir que a minha amiga ficasse bem, pra ter certeza de que a cartomante estava errada. Ou que era uma farsa. Só assim, eu conseguiria respirar aliviada.

O caminho até a escola foi tenso.

Tentei pegar na mão dela pra atravessar todas as ruas, mas a Mônica me olhou como se eu fosse um ET, disparando *lasers* pelos olhos.

– Sério, Magali, o que tá acontecendo? – perguntou irritada, quando tentei segurar sua mão pela terceira vez.

– Nada, é que as ruas do Limoeiro tão ficando cada vez mais perigosas, né?

A Mônica olhou pros dois lados da rua. Raramente passava um ou dois carros, e ela me encarou, séria.

– Você pirou completamente? – falou, me encarando de cima a baixo. – Será que a cartomante *bugou* o seu cérebro?

– Claro que não. Só tô preocupada com você. Tenho lido muita notícia ruim na internet.

– Então, é melhor parar de ler essas coisas – ela disse, já perto do portão da escola. – Isso tá mexendo com a sua cabeça.

É claro que, com a demora da Mônica pra acordar e se arrumar, e com todo o meu cuidado durante o caminho, chegamos atrasadíssimas e perdemos a aula de Português. Ainda levamos uma bronca e tivemos que esperar na secretaria. A Mônica continuava de mau humor, e tentei a todo custo acalmar os ânimos.

– O que acha de a gente estudar juntas depois da aula? – perguntei com um sorriso, na esperança que ela se animasse.

– Eu quero dormir depois da aula – falou se afundando na cadeira, visivelmente sem paciência pra mim ou pra qualquer convite que fizesse.

– Você dorme depois de estudar – sugeri.

– Você não vai pra padaria depois da aula pra encontrar o Quim?

Nossa, o Quinzinho. A preocupação com a Mônica estava me deixando tão agoniada que até havia me esquecido dele. Meu namorado devia estar bem chateado comigo.

Olhei o celular e vi muitas mensagens dele. Então, respondi:

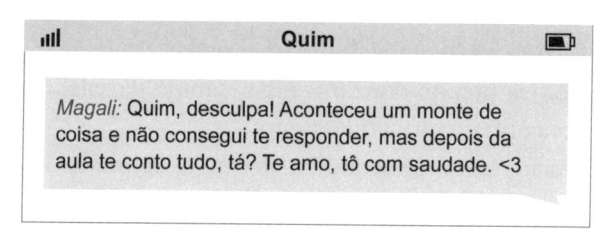

Magali: Quim, desculpa! Aconteceu um monte de coisa e não consegui te responder, mas depois da aula te conto tudo, tá? Te amo, tô com saudade. <3

– Hum. Talvez eu passe lá bem rapidinho, mas preciso mesmo estudar – falei, depois de escrever pro Quim. – Tô mal em Física, você me ajuda? – perguntei, fazendo aquela cara de pidona, com um sorriso enorme e claramente forçado pra convencê-la. A Mônica nunca conseguia me negar ajuda, e nem eu a ela. É assim com as amizades verdadeiras. A gente precisa ter disponibilidade pra se ajudar, e era assim desde sempre.

Nós nos conhecemos desde muito pequenas. Era difícil não contarmos uma pra outra sobre tudo. Estava triste por não poder falar pra ela o que a cartomante tinha dito. Mas precisava poupá-la. Se já estava difícil pra mim, imagine pra ela, ouvir uma barbaridade dessas sem se abalar. Era impossível!

O decorrer da manhã na escola foi mais tranquilo, pois fiquei ao lado dela o tempo todo. Mas, quando o sinal tocou, o pânico se apoderou de mim.

– E então? – falei ao juntar minhas coisas. – Vamos estudar?

– Magá, eu realmente preciso dormir um pouco. Tô exausta. Posso estudar com você mais tarde.

Comecei a ficar um pouco desesperada. Não sabia mais que desculpa dar pra ficar perto dela. Só sabia que não podia deixar a minha amiga morrer!

– Faço aquele café com achocolatado que você adora, pra acordar – sugeri. – E depois preparo aquele bolo maravilhoso pra comermos, enquanto me explica essas fórmulas esquisitas.

– Tudo isso é maravilhoso, mas nada vai superar o meu cansaço. Eu preciso dormir – disse, saindo da sala, ansiosa pra se encontrar com o travesseiro.

Decidi segui-la escondida até sua casa, pra ter certeza de que ela ficaria bem. Só depois passaria na padaria pra ver o Quim.

Apesar da minha tensão, e de prender a respiração a cada vez que a Mônica atravessava uma rua, ela chegou sã e salva. Então, corri até a padaria.

– Magali! – Quim se surpreendeu quando me viu. – Parece que não te vejo há eras. Por onde andou? – perguntou me dando um abraço e um beijo.

– Com a Mônica, né? – falei. – Só que tô precisando muito conversar.

Quim se afastou de mim e analisou meu rosto.

– Pelo visto, a coisa é séria – falou, me puxando pela mão até uma das mesinhas próximas à entrada.

Olhei pra ele, tentando controlar as lágrimas que se formavam.

– O que foi? – ele segurou forte a minha mão.

Eu suspirei.

– Sabe o convite que ganhei pra ir à cartomante? A tal vizinha nova? – falei.

– Claro! Eu te mandei mensagens perguntando o que ela tinha falado. Fiquei curioso também.

– O problema é esse, Quinzinho! – falei. – Ela disse uma coisa horrível!

Quinzinho me olhou com uma expressão assustada.

– Horrível? – perguntou. – Conta logo!

– Ela falou que vou perder a minha melhor amiga – revelei já chorando, e o Quinzinho veio me abraçar. Ficamos um tempão assim. Foi bom desabafar com alguém em quem eu podia confiar e falar tudo que sinto.

Quando me acalmei, encostei a cabeça no ombro do Quinzinho.

– Será que a Mônica vai morrer? – Dizer isso em voz alta me doía ainda mais do que pensar no assunto.

Quinzinho afagou o meu cabelo.

– Perder pode significar muitas coisas, Magali – argumentou. Assim que ele disse isso, meu cérebro começou a pensar em outras possibilidades.

– Talvez a amizade de vocês acabe, como acontece com tanta gente.

Levantei minha cabeça do seu ombro e o encarei.

– Pode acontecer com muita gente, mas não comigo e a Mônica.

Mas depois fiquei pensando muito sobre essa possibilidade, o que me atormentou de outra forma.

É difícil viver normalmente quando tudo o que passa pela sua cabeça são pensamentos sombrios sobre um futuro misterioso e incerto. De longe, eu parecia só cheia de ocupações, mas, de perto, estava completamente apavorada.

O que é o verbo "perder"?

Perder a amizade? Isso também seria terrível.

Quim fez o que pôde pra me confortar. Falou todas aquelas coisas que tinham passado pela minha cabeça, que prever o futuro não é possível, que aquilo que a cartomante havia dito podia significar um milhão de outras coisas. Mas, ao mesmo tempo que eu pensava que realmente essa coisa de tarô podia ser tudo história, considerava que Dona Cassandra não tinha motivo nenhum pra inventar uma coisa dessas. Ela poderia simplesmente ter continuado a fazer previsões vagas, inventar outros acontecimentos pequenos e me deixar mais tranquila, um pouco decepcionada talvez, mas nada de mais. Só que ela tinha me dito uma coisa horrível sobre uma das pessoas de que mais gosto neste mundo.

– Por isso tudo, fico achando que ela viu mesmo nas cartas – falei pro Quinzinho. – Ela não inventaria tudo isso, não é? Digo, ela não tem cara de ser uma pessoa má. Muito pelo contrário...

Quinzinho me abraçou durante um tempão na padaria e consegui me sentir um pouco melhor.

– Ela pode até ter visto essas coisas, mas não quer dizer que é verdade ou que vai acontecer. Isso deve ser igual a horóscopo, sabe? Algumas previsões batem, outras não. Acredita quem quer e, às vezes, acreditar não faz bem.

As palavras dele me consolaram um pouco, mas a sensação não durou muito tempo. Eu era ligada em coisas místicas, acreditava demais na minha intuição. E algo tinha me deixado inquieta desde a mudança da Dona Cassandra pro bairro. Parecia até que eu havia pressentido que ela traria más notícias.

Como não conseguia deixar de pensar na Mônica, voltei pra casa dela com a desculpa esfarrapada de que não tinha copiado parte da matéria da prova de Física. Eu não sabia o que iria acontecer, mas não queria sair do lado dela, de jeito nenhum.

Passamos a tarde juntas, sem grandes acontecimentos, e tentei me distrair falando de bobagens, séries de TV, assistindo a vídeos no computador e ouvindo música, até que o fim do dia chegou com novidades bem inesperadas.

Conversávamos sobre nada em especial quando o pai da Mônica chegou do trabalho. Ele entrou no quarto e até eu, que nem sou da família, notei que sua expressão estava diferente. Um misto de tristeza e animação.

– Ah, oi, filha – ele disse, dando um beijo na cabeça da Mônica. – Oi, Magali – forçou um sorriso pra mim, sentando-se na beirada da cama, aos suspiros.

– O que foi, pai? – minha amiga perguntou, diminuindo o volume da música.

O Seu Sousa olhou pra mim e deu um sorriso sem graça.

– O que vocês estão fazendo? – perguntou.

– Só ouvindo música – respondemos juntas.

Ele assentiu com a cabeça e se voltou pra mim.

– Magali, você se importa de voltar amanhã? É que vamos precisar fazer uma reunião de família um pouco urgente – ele explicou.

Nem imaginava o que poderia ter acontecido pra ter uma reunião de família urgente, mas comecei a guardar as coisas na mochila.

Agora era a Mônica que estava preocupada, e ela sussurrou, como se estivesse dizendo um segredo:

– Te ligo daqui a pouco.

Concordei e saí, com passos mais apressados do que eu gostaria.

Apesar de ter ficado encucada, estava me sentindo um pouco mais leve. Acho que não precisava me preocupar tanto. E mais: a saúde dela estava ótima. A Mônica se alimentava bem, era ativa, não tinha histórico de doenças na família. O Limoeiro é um bairro tranquilo, sem agitação ou grande movimentação de veículos. Todos se conhecem, as crianças brincam na rua e no campinho, e nunca aconteceu nada com ninguém.

Portanto, tudo me levava a crer que a Dona Cassandra era uma cartomante fajuta, que quase havia deixado minha melhor amiga e eu loucas de pedra.

Ufa! Senti um alívio. Parecia que finalmente tudo tinha se ajeitado de vez.

Cheguei em casa indignada com as minhas conclusões sobre a vizinha da frente. Não podia acreditar que ela era uma farsa. Só pensava em bater na sua porta e pedir explicações. Porém não estava com a menor vontade de fazer isso.

Mas... será que ela não era meio biruta? Entendia tudo errado nas leituras e interpretações das cartas do tarô? Talvez ela acreditasse mesmo que conseguia "prever" coisas.

Então, como se pra encerrar o meu debate interno, alguém bateu na porta.

Já passava das 8 horas da noite. Imaginei que fosse algum vizinho querendo falar com meus pais. Abri a porta e arregalei os olhos, sem conseguir compreender muito bem a situação.

A Mônica estava parada na minha soleira, os olhos inchados de tanto chorar, com lágrimas ainda escorrendo pelas bochechas vermelhas. Estava com um olhar que fez meu coração parar. Ela pulou em cima de mim e me abraçou.

– Eu vou me mudar, Magali. Vou pra bem longe do Limoeiro! – ela falou de uma vez.

Não consegui dizer nada, nem mesmo pedir que ela entrasse. Só pensava numa coisa: a cartomante tinha razão.

Era assim que eu perderia a minha melhor amiga.

Quem conhece a nossa trajetória acha até que é mesmo coisa do destino. Melhores amigas desde sempre. Quem tem uma história assim? Bom, talvez o Cebola e o Cascão, mas as coisas são um pouco diferentes com os meninos.

A Mônica passou a noite lá em casa. Chorou até dormir. Já eu não consegui derramar uma lágrima. Não dessa vez. Estava anestesiada. A realidade tinha batido de frente comigo e me mostrado que a cartomante não estava errada. Mas, ao mesmo tempo, isso parecia a vida de outra pessoa, e não uma história da nossa turma. Cadê o "Felizes para sempre" da nossa amizade?

Todos nós passamos por grandes aventuras e superamos muitas coisas juntos. Brigamos, fizemos as pazes, namoramos, nos separamos, erramos e acertamos, e a turma sempre unida. Mas, no fim, tudo se ajeitava, porque era assim com a gente. As nossas histórias davam certo no final. A Mônica sempre vencia os vilões com uma coelhada. Ou, quando uma coelhada não era suficiente, todos juntavam forças pra resolver. Mas não dessa vez.

– Meu pai foi transferido – ela começou a explicar, sentada na cadeira do meu quarto. Fiquei de frente pra Mônica, apoiada na cama, me esforçando pra entender. – Disse que ofereceram um cargo irrecusável em outro estado. Ele vai virar chefe, ter um salário melhor, horários mais flexíveis.

Demorei pra encontrar palavras. Não fazia ideia do que dizer. Estava arrasada e não sabia como agir. Tinha que ser forte e tranquilizar minha melhor amiga? Ou mergulhar em lágrimas com ela? Eu simplesmente não conseguia imaginar uma vida sem a Mônica. O Limoeiro não seria o Limoeiro sem ela.

– E seu pai quer mesmo esse emprego? – foi o que consegui perguntar. Mas era óbvio, ou o Seu Sousa jamais faria uma reunião de família urgente pra falar sobre algo que não iria acontecer.

– Sim, ele tá preocupado com a ideia da mudança repentina, mas deu pra ver que tá empolgado. Parece que as coisas vão ficar bem mais fáceis, financeiramente falando – ela disse, limpando as lágrimas. – Eu só disse que precisava pensar.

Na verdade, saí sem nem avisar pra onde tinha ido. Você pode avisar a minha mãe? Ela vai ficar preocupada.

Afirmei com a cabeça e peguei o celular pra enviar uma mensagem pra Dona Luísa, dizendo que a Mônica ficaria na minha casa. Nossos pais não gostavam que a gente dormisse na casa uma da outra em dias de aula, mas sabia que eles abririam uma exceção dessa vez.

Mônica se deitou na minha cama e afundou a cabeça no travesseiro. Eu continuei parada, quieta, tentando controlar até a frequência da minha respiração ou o piscar dos olhos.

Não havia nada que pudesse fazer pra mudar a situação. Quem era eu pra dizer ao Seu Sousa o que era melhor pra família dele? Estava com medo dos meus próprios sentimentos, porque, além de triste, tinha medo de tudo aquilo.

Medo das cartas de tarô, da cartomante, da vizinha que chegou pra transformar as coisas e virar tudo do avesso. Medo de ficar longe da Mônica e não poder fazer nada quanto a isso. Estava esperando pelo momento em que ela começaria a tirar satisfação, como costuma fazer quando percebe que algo está errado ou que vai machucar seus amigos, seus melhores amigos. A Mônica não costumava chorar antes de lutar. Por que estava fazendo isso agora?

– Magali? – ela tirou a cabeça do travesseiro. – Como vai ser agora?

Olhei pra ela, com meus olhos se enchendo de lágrimas.

– Não sei – falei.

– Nunca passou pela minha cabeça sair do Limoeiro – ela disse. – Desde que meu pai deu a notícia, tentei me imaginar em outro lugar, mas não consigo. Minha vida inteira tá aqui.

Olhei pro teto com medo de encarar o olhar da minha amiga.

– São tantas lembranças, né?

Eram mesmo tantas memórias que dava pra preencher páginas e páginas de livros com tudo o que tinha acontecido com a nossa turma.

– Vou contar pros meninos, quero que eles saibam – Mônica disse, segurando minha mão. Eu concordei, tentando passar mais confiança a ela do que eu estava sentindo no momento.

Ela ligou pro Cebola, que atendeu no primeiro toque.

– Fala, Mônica!

– Oi, Cebola. Tudo bem? – Sua voz era baixa, sem qualquer ânimo.

– Tudo e você? O que manda?

– Tô aqui na casa da Magali. Preciso dar uma notícia pra vocês – ela respirou fundo. – Cadê o Cascão?

– Ele tá aqui. Peraí que vou te chamar no vídeo – ele e Cascão apareceram na tela, com uma TV conectada ao videogame ao fundo – Pode falar!

A Mônica e eu nos aproximamos pra aparecermos juntas na tela.

– O meu pai foi transferido... A gente vai se mudar – ela revelou.

De cara, os meninos pareciam não ter entendido direito o que ela falou. Depois, Cebola fez uma expressão confusa.

– Como assim, se mudar? Pra onde? – perguntou.

– Pra outro estado – expliquei. Estava difícil segurar o choro.

– Assim, do nada? – disse, visivelmente abalado. Mônica voltou a chorar.

– Essas coisas são assim – falei. – O Seu Sousa recebeu uma proposta.

Os meninos ficaram em silêncio, absorvendo a informação. Depois, o Cascão pegou o celular e arregalou os olhos.

– Mas e o seu aniversário, Magali? E a formatura?! – falou alto.

A Mônica começou a chorar mais ainda. Coloquei as mãos no ombro dela, tentando acalmá-la.

– Cascão! Você não tá ajudando! – falei. Cebola cutucou ele.

Como não consegui acalmar a Mônica, e já estava quase chorando junto, achei melhor encerrar a conversa.

– Vou desligar – avisei aos meninos. – Amanhã a gente conversa direito.

O Cascão me fez lembrar que este ano as coisas seriam bem diferentes. Meu aniversário estava chegando, e todos os preparativos já não faziam mais sentido. Desta vez, ela não estaria comigo. Seria a primeira vez, e eu não conseguia pensar em muitos motivos pra comemorar.

A Mônica me encarou, parando um pouco de chorar. Acho que ela entendeu por que fiquei quieta. Eu adorava os meus aniversários.

– Magali? – Olhei pra baixo, enxugando uma lágrima que teimou em escorrer. Depois a abracei.

– Não importa a quantos quilômetros de distância nós vamos estar uma da outra, você vai ser sempre a minha melhor amiga. – Apertei bem forte, e ela correspondeu. Ficamos um tempo assim, em silêncio, mais uma vez. Quando a gente não sabe bem o que esperar, os silêncios ficam frequentes.

Sem saber mais o que dizer uma pra outra, acabamos adormecendo, ainda em silêncio, afundadas em pensamentos.

Parece que a nossa história será interrompida.

A Mônica saiu bem cedo da minha casa. Na correria da noite anterior, acabou não trazendo nada do que precisava pra escola: mochila, uniforme e todo o resto. Então, me arrumei sozinha pra aula. Eu me sentia péssima, como se o universo tivesse resolvido fazer de tudo pra acabar com a minha alegria. Logo eu, que me considerava uma pessoa otimista.

Onde já se viu um mundo em que a Magali não tem a Mônica? É algo que não dá pra conceber. Fui caminhando pra escola no automático. Minha mente divagava por lugares e momentos impensáveis, como a formatura do colégio, na qual a Mônica não estaria. Todos os encontros da turma, os marcos importantes. Pensar naquilo doía o peito, não dava pra aceitar.

Já estava quase no colégio quando resolvi voltar. Precisava falar com a cartomante. Esse não podia ser o nosso futuro, era triste demais.

Dona Cassandra abriu a porta assim que bati, e entrei em disparada, sem nem cumprimentá-la.

– Até que enfim! – ela disse, quando me viu entrando.

Fiquei esperando no meio da sala enquanto ela fechava a porta e se voltava pra minha direção. Eu batia um pé no chão sem parar, os braços cruzados. Parecia que cada movimento dela demorava tempo demais.

– O que você disse realmente aconteceu – eu falei. – Vou perder a minha amiga! Você não pode deixar isso acontecer! – falei, quase gritando. – Não tem como dar um jeito? – minha voz ficava cada vez mais aguda.

Ela continuou caminhando lentamente em minha direção. Sua expressão era suave, mas sóbria.

– Acho melhor você se sentar – disse. Eu encarei Cassandra por alguns segundos antes de me acomodar na poltrona antiga no canto da sala. Ela foi até a cozinha e trouxe uma xícara de seu famoso chá.

Eu o beberiquei de leve, mas estava aflita demais pra continuar em silêncio.

– Você não entende. Precisa fazer alguma coisa! – a urgência na minha voz era nítida.

– Ninguém pode controlar o destino, Magali – a senhora disse, olhando firme. – Eu só consigo dar uma espiada numa coisinha aqui, outra ali, e quem sabe ajudar aqueles que me escutam a fazerem as melhores escolhas e encontrarem as melhores saídas.

Olhei aflita pra ela.

– Você não sabe o que passei nesses últimos dias! Achei que a Mônica ia morrer! Não sabia o que pensar! Isso não teve nada a ver com melhores escolhas ou saídas. Eu quase perdi a cabeça! – desabafei, com as palavras saindo em alta velocidade.

O rosto da cartomante continuou sério, e mais doce.

– Você saiu correndo e não me deixou falar mais nada. Achei que voltaria no dia seguinte pra conversar, mas isso não aconteceu. Nem mesmo o cheiro da meia dúzia de bolos que fiz pra chamar sua atenção adiantou.

Coloquei as mãos nos joelhos e a escutei, com lágrimas enchendo meus olhos e escorrendo pelo rosto sem que me desse conta.

– Eu não posso ficar sem ela, Dona Cassandra. A gente tá junta desde sempre. Não consigo nem me lembrar de ter ficado longe dela por mais de uma semana! – a voz falhava em meio ao choro contido.

– Sabe, às vezes, nós achamos que não dá pra superar as coisas, mas a verdade é que, na maioria delas, conseguimos.

– A senhora não sabe como é. Com a gente, as coisas são diferentes! – revidei, tentando fazer com que ela entendesse como era com a Mônica e eu. Mas era difícil explicar pra uma estranha. O Limoeiro era uma família, e nós éramos irmãs. Ninguém separa irmãos, simplesmente porque isso não é certo.

– O que posso fazer pra ajudar? – ela falou, ainda em pé me encarando.

– Preciso que me diga o que devo fazer! – falei mais alto do que deveria.

Cassandra foi até a mesa redonda e arrastou uma cadeira até perto de mim, com dificuldade.

– Minhas cartas mostram um caminho que pode encontrar obstáculos que mudem seu curso, o atrasem ou o façam voltar atrás completamente – ela respirou fundo. – Mas as cartas não trazem respostas prontas. Essas precisam vir da gente.

Ela não tirou os olhos de mim enquanto falava. A cada palavra, minha cabeça fervilhava.

– O que preciso fazer então? Criar obstáculos? – minha imaginação borbulhava de ideias. – Posso furar os pneus do carro. Posso sequestrar a Mônica. Nós podemos fugir!

A cartomante balançou a cabeça, movimentando as mãos, sinalizando que parasse de falar. Depois suspirou, como se estivesse tentando encontrar uma forma de explicar algo que eu parecia incapaz de entender.

– Por que você vai perder a sua melhor amiga? – perguntou.

– Você deve saber! O pai dela foi transferido de estado! – respondi.

– E o pai dela está feliz com essa oportunidade?

– Sim.

– Beba o seu chá, Magali. Acha mesmo que fazer alguma dessas coisas que disse seria bom?

Eu bufei, cruzando os braços.

– Bom não seria, mas eu não tenho ideia do que fazer! – respondi.

– O pai dela é uma boa pessoa, não é?

– Claro que sim!

– Então, acho que você não vai querer fazer algo para atrapalhar uma boa oportunidade na vida dele.

Ela estava certa. O Seu Sousa sempre foi um pai excelente. E muito legal. Sempre quis a felicidade de todos e é muito querido pelos moradores do Limoeiro. Eu não faria nada pra deixá-lo mal, e, no fundo, sabia que ele também queria a felicidade da Mônica e da família. Mas por que as coisas tinham que acontecer daquela forma?

Respirei fundo, me dando por vencida.

– Como eu ia dizendo, o destino existe, mas não é esculpido em pedra. Cada um é responsável pela sua própria história, e, ainda que sigamos por um determinado caminho, se mudamos uma frase, podemos então passar a seguir por páginas diferentes. A vida é cheia de reviravoltas – a cartomante falou. Olhei pra ela, escutando com atenção. – Mas nós fazemos a nossa história, e o pai da sua amiga está fazendo a dele. E na história dele e da família, você, eu e todos os outros somos figurantes, não protagonistas. É preciso que a gente reconheça o nosso papel.

– Nunca imaginei que isso aconteceria um dia – afundei na poltrona, com o chá já frio em minhas mãos.

– Essa é a graça, não é? – ela sorriu.

– Uma fala estranha pra alguém que prevê o futuro – falei.

– Ninguém, nem mesmo eu, observa tudo exatamente como vai acontecer – ela riu.

– Eu não tô achando graça nenhuma – falei baixinho.

Cassandra puxou sua cadeira pra ainda mais perto e pegou minha mão.

– Em vez de sofrer pelo futuro que vocês não terão juntas, por que não celebram o passado que tiveram? O presente que ainda têm?– sugeriu.

Fiquei pensando se nossa amizade seria forte o bastante pra aguentar todos os baques do futuro.

Os dias passaram tão rápido quanto a notícia da mudança dos Sousa. Como a nossa luta já estava perdida, a Mônica, o Cebola, o Cascão e eu ficamos mais grudados do que nunca. Acho que estávamos seguindo o conselho da cartomante e aproveitando o tempo que ainda tínhamos. No fim de semana, a Mônica e os pais iriam pra cidade nova olhar algumas casas pra alugar. Quando partissem, dali a um mês, precisariam estar com tudo pronto pra mudança.

Na sexta à tarde, fui embora da padaria, onde tinha me encontrado com a Mônica, o Quim e os meninos. A Mô continuou por lá, mas eu não estava me sentindo muito bem. Essa viagem dela, mesmo que soubesse que era coisa de um fim de semana e não a despedida de verdade, tinha me deixado pra baixo.

Passei pela casa dela e me senti ainda pior. Uma enorme placa com o "Vende-se" foi pendurada na entrada. Senti um aperto tão grande no peito. Aquilo iria mesmo acontecer, e logo.

Escutei alguém me chamar e demorei um momento pra voltar a mim.

– Magali? – a voz repetiu. Olhei pro lado.

– Ah, oi, Dona Luísa. Desculpa, minha cabeça tava longe.

Ela me deu um sorriso empático e olhou pra placa em frente à sua casa.

– Eu sei – ela comentou. – Não está sendo fácil pra você, né?

– Nem um pouco – murmurei.

– Mudanças são muito difíceis mesmo, Magali – ela falou. – E a vida é cheia delas. Mas pode ter certeza: vai ser muito mais difícil pra Mônica do que pra você. E ela vai precisar da sua ajuda mais do que nunca.

Olhei pra ela, ainda mais triste.

– Eu sei – falei. – Tô tentando ajudar, dizendo que vai ficar tudo bem.

– Mas tá na dúvida se vai mesmo, né? A Mônica sozinha numa cidade, num estado novo, sem nenhum amigo. Você vai continuar aqui no Limoeiro, com todas as pessoas que te conhecem e te amam. Não esqueça: ela vai precisar muito de você – ela me deu um abraço. – Estamos contando com você.

Eu assenti, e a Dona Luísa foi pra dentro de casa.

Eu tinha pensado nisso, que a Mônica precisaria muito de mim, pelo menos no início, até se adaptar à nova vida dela. Mas a tristeza me remoía por dentro, e eu não podia demonstrar. Queria continuar sendo a amiga otimista, aquela que via o lado bom de tudo.

E foi aí que tive uma ideia.

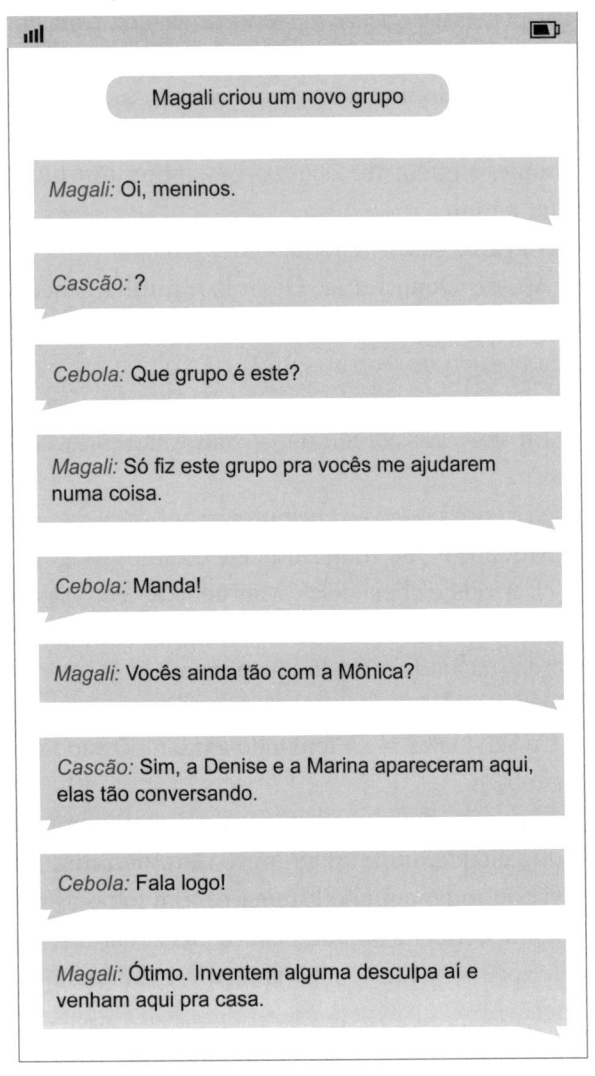

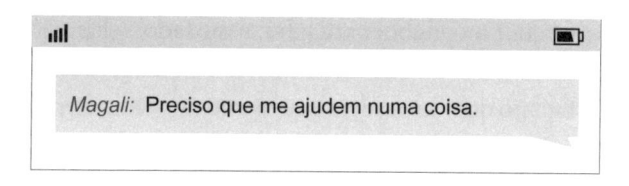

Magali: Preciso que me ajudem numa coisa.

Os meninos não demoraram nem dez minutos pra chegar. Quando a campainha tocou, pedi que se sentassem na sala, enquanto pegava papel e canetinhas.

– Cebola, pega estes papéis e manda os melhores cartazes de "baixinha", "gorducha" e "dentuça" que você conseguir – falei, já entregando o material.

Ele me olhou confuso e nem se moveu. Cascão encostou a mão na minha testa, como se fosse verificar a minha temperatura.

– Magali, você tá bem? Comeu melancia estragada? – perguntou.

– Não seja bobo, Cascão. Isso faz parte da despedida da Mônica – expliquei.

– Despedida? Ela só vai embora daqui a quase um mês – o Cebola falou.

– Eu sei, gente. Mas ela vai viajar no sábado, e eu queria fazer uma despedida simbólica, sabe? Pra mostrar pra Mônica o quanto a gente gosta dela.

– Hum... E o que você tá pensando? Por que tenho que fazer esses cartazes? – o Cebola quis saber.

– Lembra uma vez, quando éramos crianças, que o Floquinho desapareceu? – Os dois balançaram a cabeça em afirmativo. – Então, vamos relembrar aquele dia e bolar uma bela despedida, lá no parque.

O Cebola pegou os papéis e começou. Desenhou uma Mônica com dentes enormes, como fazia quando criança. Quando terminou, mostrou o cartaz.

– Tá faltando o "gorducha, baixinha e dentuça" – falei.

– O quê? – o Cebola indagou, assustado. – Eu não vou chamar a Mônica de *golducha*, quer dizer, de gorda!

– É claro que vai! A ideia é ser como nos velhos tempos! – Cascão deu um tapa na cabeça do Cebola, que começou a escrever.

Por fim, tínhamos dez cartazes prontos. Era hora da parte dois do plano.

– Venham comigo, meninos.

Nos fundos de casa, havia um quartinho onde meus pais guardavam todo tipo de quinquilharia. Coisas antigas que não eram mais úteis, mas que eles não tinham coragem de jogar fora. Abri a porta e comecei a procurar, até que, depois de tirar umas caixas do alto, consegui resgatar a minha bicicleta, que eu não usava já fazia um tempinho.

– Olha só essa belezinha – o Cascão falou quando viu.

– Será que está boa?

– Espero que sim, porque vamos precisar dela – disse.

Voltamos pra sala carregando a bicicleta, e eu expliquei o que faríamos em seguida.

– Cascão, você vai pra casa pegar a sua bicicleta, as barracas de acampamento e os sacos de dormir – ele escutou com atenção. – Cebola, você vai comigo pra casa da Mônica sequestrar o Sansão, enquanto converso com o Seu Sousa e tento encontrar a *bike* da Mônica. Depois, você vai pra casa pegar a sua. Aproveite pra colar os cartazes da Mônica pela rua.

– Por que eu é que vou ter que colar os cartazes? – ele perguntou, cruzando os braços.

– Porque o Cascão vai levar as barracas e todo o resto pro parque, e eu tenho outras coisas pra fazer, tipo a comida de hoje à noite – justifiquei.

– Ah, que surpresa, a comida – o Cebola revirou os olhos.

– Arrumem suas mochilas, a gente deve voltar bem tarde. Avisem os pais de vocês que é algo pra Mônica. Eles vão deixar a gente fazer – finalizei, triunfante, e puxei o Cebola pelo braço em direção à casa da Mônica. Ela ainda estava na padaria. O Quim tinha me informado direitinho.

Como sempre, a janela pro quarto da Mônica estava aberta. Dava pra ver o Sansão no alto da prateleira na parede, em meio a enfeites, gibis e livros.

– Cebola, se esconde – mandei. – Assim que eu entrar, você pega o Sansão, cola os cartazes e vai pegar a sua bicicleta.

O Cebola fez sinal de positivo com o polegar e se agachou do outro lado da casa, esperando a hora de agir. Toquei a campainha, um pouco nervosa.

– Ah, Magali. Tudo bem? Achei que a Mônica estava com você – o Seu Sousa disse, levantando a sobrancelha.

– Ela estava, mas ficou na padaria com as outras meninas. Posso falar com o senhor um minuto?

Ele pareceu um pouco confuso, mas me convidou pra entrar.

– Sente-se – pediu, sorrindo de leve.

Juntei as mãos sobre as pernas, agitada. Não sabia bem como começar a conversa. Acho que estava me sentindo um pouco ressentida com o Seu Sousa, por ele e a filha estarem indo pra longe. Mas tentei procurar as palavras certas.

– O senhor deve saber... Estamos todos muito tristes pela mudança de vocês – comecei.

– Eu posso imaginar, querida. Nada disso é fácil – afirmou.

– Os meninos e eu decidimos fazer uma espécie de despedida simbólica. A gente quer que a Mônica saiba o quanto é importante pra nós.

Expliquei, então, tudo o que faríamos, incluindo o fato de que eu precisaria da bicicleta da Mônica. Ele escutou com muita paciência e concordou em deixar a filha chegar em casa mais tarde do que de costume.

Ao retornar, marquei com os meninos em frente à casa da Mônica, em uma hora. Corri pra preparar os quitutes e todas as outras pendências que levaria pro parque, o local do nosso miniacampamento.

Antes de sair e avisar aos meus pais sobre a nossa despedida, prendi a caixa de sapato que tirei do meu armário na parte de trás da bicicleta e pus a mochila nas costas. Pelo caminho, vi os cartazes feitos pelo Cebolinha pregados em muros e postes pela rua.

Os meninos chegaram pontualmente ao local do encontro, devidamente montados em suas bicicletas.

– Tudo certo! – Cebola disse, mostrando o Sansão dentro da mochila.

– Lá no parque também, tudo bem-arrumado – Cascão afirmou orgulhoso.

Eu sorri.

– Seu Sousa! Tudo certo! – eu gritei lá pra dentro.

Os garotos me olharam confusos. Até que escutaram o pai da Mônica ao telefone.

– Filha? Tá tarde, pode vir pra casa? Não, agora!

Depois de ouvir aquilo, a gente se escondeu. Em poucos minutos, a Mônica apareceu na rua, falando sozinha.

– Não acredito! O Cebola voltou a ser criança? – disse, brava, arrancando um dos cartazes de um poste. – Ai, como garotos são imaturos! A gente acha que eles cresceram, e fazem uma coisa dessas... – ela arrancou outro cartaz. – Argh! Quantos ele espalhou por aí?! Aposto que só tá bravo porque vou me mudar... – Ela coloca a mão no queixo, como se estivesse avaliando a atitude do Cebola.

Quando ela entrou em casa, fiz sinal pros meninos, que saíram do esconderijo e voltaram pra rua. Puxamos a bicicleta da Mônica e a colocamos bem na sua porta.

Depois de uns cinco minutos, ela, enfim, percebeu.

– CEBOLINHAAAAAAAA! – gritou a plenos pulmões. Em menos de um segundo, estava na porta de casa, os braços cruzados e a cara fechada na direção do Cebola.

– É tudo culpa da Magali! – ele gritou, já pedalando, seguido pelo Cascão.

– Cebola! – ela gritou e se aproximou de mim, correndo.

– Vem, Mônica – chamei, apontando pra bicicleta dela.

– Você não tá falando sério, né?

– Não pensa, Mônica, só vem! – disse, e comecei a pedalar. Quando olhei pra trás, ela já estava quase me alcançando.

Tudo estava indo de acordo com o plano.

Quando chegamos ao parque, o Cebola e o Cascão já estavam tentando acender uma fogueira feita com todo o cuidado, rodeada por pedras, na área central da clareira. Em cada um dos lados havia uma barraca montada pelo Cascão. Dentro delas, estavam os sacos de dormir e cobertores.

Desci da bicicleta e me juntei aos meninos, mas a Mônica continuou parada encarando a gente.

– O que tá acontecendo? – perguntou desconfiada.

– É uma surpresa – expliquei. – Vem aqui.

Ela desceu da bicicleta devagar, abraçando o corpo.

Percebendo que a Mônica já estava com frio, o Cebola logo pegou um dos cobertores na barraca e colocou em volta dos ombros dela. A gente se acomodou em volta da fogueira, apreciando o calor das chamas que dançavam na brisa fria.

– Ei! – ela falou, de repente. – Agora entendi! – Em seguida, olhou pras bicicletas, sorrindo. – Nossa! Quanto tempo!

– Você se lembra, Mô? – perguntei.

– É claro! Foi quando o Floquinho fugiu, não é? – ela olhou pro Cebola. Ele concordou com a cabeça e se sentou ao lado dela.

– Aquela foi uma aventura e tanto – o Cascão comentou.

Enquanto eles conversavam, tirei da minha mochila uma garrafa de chocolate quente e canecas pra todos, além de várias comidinhas gostosas.

– Nunca vou me esquecer de quando encontramos o meu cachorro – o Cebola disse com tom nostálgico.

– A gente sempre estava junto nessas histórias todas – o Cascão comentou.

– Sempre – repeti.

Ficamos em silêncio. Acredito que cada um de nós estava revivendo aquela lembrança à sua maneira. E então a Mônica interrompeu a quietude.

– Ei, lembra quando a gente tinha 7 anos e éramos caidinhas pelo Ronaldinho? Não sei o que passou pela cabeça do Cebola, mas ele e o Cascão levaram o garoto lá em casa justo quando eu tava no banho! – ela enxugou as lágrimas, ao mesmo tempo em que dava uma gargalhada.

– E você teve que dar um jeito de atravessar a sala de toalha, né? Lembro de você contando esse caso, apavorada! Éramos muito engraçados.

Todos riram ao lembrar daquilo.

– O que aconteceu com o Ronaldinho? – a Mônica perguntou. Eu balancei os ombros, pois não fazia ideia.

– Acho que ele se mudou quando a gente tinha uns 10 anos – o Cebola falou.

– Ai, gente, foi muito engraçado mesmo – a expressão da Mônica já estava suave. Nossas mentes viajaram de volta a um passado tão doce e divertido, que sorríamos sem nem perceber.

– E quando a Mônica e eu encontramos a sereia do rio? – o Cebola relembrou, morrendo de rir.

– Nossa, lembro de vocês contando! – falei.

– O Cascão não acredita nisso até hoje! – Cebola disse. – Mas é a mais pura verdade.

– E a estrelinha mágica? Às vezes, sonho com ela – Mônica abraçou as próprias pernas.

– E quando você ficou muuuiiito brava porque todas as meninas da turma começaram a namorar? – Eu me deitei na grama, morrendo de rir. – Aí, você inventou de começar a namorar aquele garoto, qual era o nome dele mesmo? Foi muito engraçado – a Mônica jogou um dos biscoitos em mim.

– Ei! Não admito que ria do meu namorado de algumas horas, sendo que o seu te conquistou pelo estômago, quando ainda era pequena! – brincou.

– É coisa demais pra lembrar, amiga. Mesmo que a gente quisesse, não iríamos conseguir recordar nem da metade.

– Os primeiros namorados, os primeiros beijos, o primeiro show, as festas de 15 anos – ela continuou. E os meninos reviraram os olhos. Cebola até cruzou os braços.

– Todas as tardes no campinho. Os incontáveis planos infalíveis do Cebolinha. Eu com o meu vestidinho amarelo, você com o seu vermelho.

– Uma dupla e tanto – ela continuou.

– O Cebolinha e eu com as mesmas roupas de sempre! – o Cascão lembrou.

– Um *qualteto* e tanto – o Cebola errou de propósito.

– Uma *turma* e tanto – corrigi, lembrando de todos os nossos amigos.

De repente, ficamos em silêncio de novo, nossos corações disparados diante da incerteza do futuro. Nosso passado estava tão presente que dava até pra escutar o Cebolinha falando errado (quer dizer, *elado*) e ouvir os passos apressados do Cascão quando ameaçava chover.

Poderíamos passar dias, semanas inteiras falando sobre tudo o que vivemos e, ainda assim, não seria o suficiente. Tantas pessoas tinham compartilhado aqueles momentos com a gente. Era praticamente impossível pensar que deixaríamos de ser a turma do Limoeiro. A Turma da Mônica. Éramos vários, mas, ao mesmo tempo, um só.

Depois de um bom tempo quietos, fui até a bicicleta. Desamarrei a caixa e a levei pra perto dos outros. Eu a entreguei pra Mônica e todos os olhos se voltaram pro objeto, sem que eu precisasse dizer qualquer coisa.

A Mônica se ajeitou ao meu lado, encarando a caixa retangular.

– É um presente nosso pra você – expliquei. – Pra você sempre se lembrar que, quando precisar, a gente vai estar aqui.

Ela retirou a tampa. Conseguimos escutar seu suspiro quando se deu conta do que se tratava. Pegou o primeiro objeto com cuidado, como se estivesse segurando algo muito valioso, e desdobrou. Era o vestidinho vermelho, o modelo usado por ela todos os dias, por tanto tempo.

– Onde vocês conseguiram isso? – ela quis saber.

– Tive uma ajudinha dos seus pais – falei.

Em seguida, ela retirou o meu vestido amarelo, a camiseta verde do Cebolinha e o short xadrez do Cascão. Acho que até os meninos ficaram meio emocionados. Ela posicionou as roupas com cuidado no chão, ao lado da caixa, e começou a remexer as coisas. Havia papéis, cartinhas, desenhos e fotografias. A Mô pegou uma que havia chamado a sua atenção e sorriu instantaneamente.

– Minha nossa! É a gente na aula de natação! – olhando pra mim, mostrou a imagem de nós duas vestidas de maiô e touca de banho. – Você queria dissolver um saquinho de suco na piscina, porque dizia que, quando engolia água, o gosto do cloro era muito ruim! – Mônica completou.

– E você quebrou a borda da piscina sem querer! – acrescentei.

– Ah, a Mônica, sempre tão delicada – Cascão comentou, e ela fez uma careta na direção dele.

Ela remexeu mais um pouco entre as fotografias.

– Olha! Nós duas no dia da entrega do prêmio do concurso das Balas Bilula! Foi quando ganhei aquela bicicleta que usamos no dia em que resgatamos o Floquinho!

– Você ganhou com a frase que eu inventei! – Cebola acusou.

– O Cebolinha ficou doido por você ter ganhado, porque ele te deu a ideia mais besta que tinha pensado – o Cascão deu uma gargalhada.

– Eu sei. Mas, pelo menos, dei todas as balas pra ele – a Mônica corou.

– Ele comeu balas Bilula por tanto tempo, que depois ficou um tempão sem colocar umazinha na boca – Cascão já estava rolando de rir na grama. Lágrimas escorriam dos seus olhos.

Nós três rimos com ele.

Relembramos tanta coisa enquanto a Mônica retirava os objetos da caixa. Fotos nossas tomando sorvete – eu sempre segurando dois ao mesmo tempo –, as festinhas de aniversário, as apresentações na escola, viagens, encontros. Até uma de um desfile de moda de que participamos no Limoeiro.

Depois de revirar a caixa inteira, a gente se deitou sobre os sacos de dormir, que estendemos ao lado da fogueira. Ficamos ali, tomando o resto do chocolate e comendo os bolinhos que eu tinha preparado.

– Vou sentir sua falta – o Cebola disse, segurando discretamente a mão da Mônica. Vi de lado a expressão de tristeza da minha amiga. Como o pai dela havia dito, nada era fácil.

Suspirei, olhando pras mãos dadas dos meus amigos. Era óbvio que eu não queria que a minha melhor amiga fosse embora. Queria ela do meu lado, o tempo todo, pra compartilhar todos os momentos. Aqueles muito importantes, como a formatura, o meu casamento, o lançamento do meu livro de receitas, ou o que mais que o futuro me reservasse. Mais do que tudo isso, queria ela comigo pra compartilhar todas as coisas comuns. As caminhadas pro colégio pela manhã, os comentários apreensivos depois das provas de Física, as dúvidas bestas. Essas coisas pequenas que, juntas, formam uma vida inteira.

Eu não podia deixar, de forma alguma, que a distância que iria crescer entre a gente, em centenas de quilômetros, se tornasse maior do que realmente era: alguns quilômetros. Nossa amizade era muito maior do que as estradas que iriam nos separar.

— Sabe, Mô, quando você contou que iria embora, fiquei desesperada. Fiz o que pude pra não deixar transparecer, porque não queria que você sofresse ainda mais. Tentei a todo custo ver o lado bom, mas não conseguia. — Fiz uma pausa, pensando no que iria dizer em seguida, olhando o céu estrelado. Senti a outra mão dela segurar forte a minha.

— Eu sei — ela disse, tão baixo que soou mais como um cochicho.

— Sempre tentei agir com leveza. Queria que tudo fosse doce como as sobremesas que gosto de fazer. Mas sei que as coisas nem sempre são assim. Às vezes, a vida é um pouco amarga — falei. — Só que não importa pra onde você vá. Nós estaremos juntas, mesmo que não fisicamente.

— Ei — o Cebola interferiu. — Agora que a Mônica vai embora, quer dizer que eu finalmente vou ser o Dono da Rua?

A pergunta foi recebida com uma chuva de farelo de biscoito na cabeça do Cebola, o que levou a mais risadas de todos.

Comemos, bebemos e, quando escutamos o badalar dos sinos da igreja marcando meia-noite, decidimos ir embora. Juntamos as coisas e, assim que acenei pra Mônica, prestes a seguir o caminho de volta pra minha casa, o aperto que senti no peito doeu, mas me fez sorrir ao mesmo tempo.

Dormi como uma pedra naquela noite, mas os meninos e eu tínhamos combinado de ir até a casa da Mônica bem cedo, pra desejar boa viagem. Como ela estava prestes a se mudar, qualquer oportunidade pra estarmos juntos mais uma vez era valiosa.

Quando cheguei lá, não havia a agitação costumeira de pessoas se preparando pra pegar a estrada. O porta-malas do carro não estava aberto e nem havia malas por perto.

O Cebola e o Cascão apareceram logo depois e, pela cara deles, estavam tão surpresos quanto eu. Então, fui até a porta e bati. A Mônica abriu em menos de um segundo e ficou me olhando de um jeito estranho. Depois, deu um sorriso enorme e se jogou em cima de mim, me abraçando tão forte que fiquei sem ar.

– O que foi? – perguntei. Meu coração estava a mil por hora. Eu podia escutá-lo batendo, já antecipando as próximas palavras da minha amiga.

– Eu não vou mais embora! – ela falou, mas acho que as palavras não foram compreendidas pelo meu cérebro. Ele tinha sofrido muito nesses últimos dias, pobrezinho. A Mônica me soltou, provavelmente devido à ausência de reação da minha parte. – Você escutou, Magali? Eu vou ficar! A gente não vai mais embora do Limoeiro!

– Como assim? – foi o que consegui perguntar.

Ao ouvir minha voz, o Seu Sousa apareceu atrás da filha e colocou a mão no ombro dela.

– Tenho muito que te agradecer, Magali – ele falou. – Depois que você veio aqui e me explicou tudo o que fariam pra Mônica, percebi que não valia a pena deixar tudo pra trás. A minha filha nunca encontraria um lugar em que fosse tão querida quanto aqui. A amizade de vocês é uma coisa muito bonita, e não quero que vocês se separem – ele falou, sorrindo. – Gostaria muito de receber um salário melhor, mas tem coisas que dinheiro nenhum no mundo compra. E a felicidade da minha família vem em primeiro lugar.

Eu não podia acreditar.

Abri um sorriso tão grande que achei que ele iria saltar do meu rosto. Os meninos se aproximaram e todos nós abraçamos a Mônica de uma vez, rindo e falando um monte de coisas ao mesmo tempo. Quando a gente se soltou, a expressão de todos era de alívio.

Ao fim daquela manhã, dissemos "até logo" em vez de "adeus". E saber que a Mônica estaria ali no dia seguinte me trouxe aquela tranquilidade de que as coisas permaneceriam as mesmas.

– Ah, quase esqueci – o Cebola falou, retirando o Sansão da mochila. Ele já ia entregar o coelhinho pra Mônica quando pareceu se lembrar de algo importante. Então, muito rápido, deu um nó nas orelhas dele e o jogou na direção dela, depois montou na bicicleta e deu no pé, a tempo de escutar um grito:

– CEBOLINHAAA!

Apesar de a Mônica não ter ido morar em outro lugar, parecia que muita coisa havia mudado desde que a cartomante havia chegado ao bairro.

Ao voltar pra casa, me dei conta de que era hora de mais uma visita à casa da Dona Cassandra.

– Essa parece a cara de quem traz boas notícias – ela disse ao abrir a porta.

Entrei e ela me chamou pra acompanhá-la até a cozinha.

– A Mônica, minha melhor amiga, não vai mais se mudar – contei. Ela sorriu, já pegando a chaleira pro preparo do chá.

– Ah, o destino... Sempre encontrando um jeito de nos surpreender. Você se lembra de uma das cartas que tirei na sua consulta? A *Torre*?

Balancei a cabeça, em afirmação.

– Ela nos diz uma coisa muito forte: as coisas vão ser destruídas pra renascer de outro jeito – explicou. – Então, de certa forma, você perdeu, sim, a sua amiga. E agora você a tem de volta. A vida não é sempre preto no branco, não é? – Dona Cassandra sorriu.

Eu estava sentindo um cheiro diferente. Um aroma que não era mais aquele de camomila e erva-cidreira, que ela costumava fazer.

– Você não precisa mais daquele chá, querida – avisou já rumando de volta pra sala, seguida por mim.

Passamos horas conversando, discutindo sobre as promessas do futuro e a incerteza de todas as coisas desse mundo. Era bom saber que a minha história, e a da Mônica, e a de todo o bairro do Limoeiro, não seria interrompida por uma mudança repentina no elenco. Pelo menos, por enquanto. Mas, agora, eu sabia que a gente era capaz de encontrar maneiras de seguirmos juntas a cada virada de página.

Até a última.

MARINA

EM

O SHOW DA MINHA VIDA

★ POR ★

MELINA SOUZA

"Wake me up, before you go-go.
Don't leave me hanging on like a yo-yo."

izem que a pior coisa que podemos fazer com uma música que amamos é colocá-la como despertador. Logo ficamos irritados só de ouvir a primeira nota. Já aconteceu comigo, mas, depois que tive a ideia de colocar uma música diferente por dia como toque, isso mudou. Virou praticamente um ritual noturno: todos os dias antes de dormir, escolho qual será a primeira música que vou ouvir no dia seguinte. Isso me ajuda a acordar mais empolgada, porque já fico com vontade de me levantar da cama cantando. E hoje foi ao som de *Wake me up, before you go-go*, do Wham! É praticamente impossível não se animar com ela!

Bom, essa tática tem funcionado até agora, mas esta semana estou com medo de não dar muito certo. Uma das minhas bandas favoritas, The Hey Hey Heys, finalmente vai fazer um show no Brasil, mas não vou poder ir por dois motivos. Primeiro, porque estou em semana de provas, e o show vai ser na quarta-feira à noite, bem na véspera da prova de Física, que é uma matéria que não posso nem pensar em ficar em recuperação. E, segundo, porque os ingressos esgotaram no dia em que as vendas foram anunciadas.

Sério, a vinda deles pra cá foi tão inesperada e aguardada, que os ingressos acabaram antes mesmo que eu pudesse tentar convencer os meus pais a me deixarem ir. Eu teria um pouco de trabalho, pois o show vai ser numa cidade muito longe do Limoeiro, mas talvez eles deixassem e me acompanhassem, pois sabem o quanto a banda significa pra mim.

Até hoje me lembro da primeira vez que ouvi uma de suas músicas. Estava na casa da Leti, uma das minhas melhores amigas, montando mais uma das nossas infinitas *playlists*. Desde criança a gente sempre se reúne pra montar a trilha sonora do mês. As únicas regras são que nossas listas tenham, no mínimo, dez músicas, e que sejam montadas enquanto tomamos chocolate quente bem cremoso, se estiver frio, ou milk-shake (de chocolate, é claro!), se estiver calor. Naquele mês, decidimos escolher só músicas de bandas que nunca tínhamos escutado.

Abri o aplicativo de streaming, que também é uma rede social incrível, mas é subestimada por boa parte das pessoas. Ele registra todas as músicas que você escuta *on-line* e indica bandas no estilo "se você gosta de X, vai gostar de Y", e ainda sugere amizades de acordo com a sua preferência musical. Nem preciso dizer qual é a sugestão número um na minha lista, né?

No app, cliquei na página de indicações, e a primeira coisa que vimos foi a foto de uma banda composta praticamente por mulheres. Apesar de ser um grupo novo e com integrantes apenas um pouco mais velhas que nós, a imagem chamou a nossa atenção, e na mesma hora colocamos para ouvir.

Foi amor à primeira nota. Quando começou a tocar *Hey Hey Hey Now*, tive a certeza de que aquela seria a minha música mais ouvida do mês. E só não acertei, porque ela ficou empatada com outras duas da banda: *Singing in the Shower*, que eu colocava pra tocar quando entrava no banho, e *What*

Now, que me deixava com vontade de sair pulando pela casa ou onde quer que eu estivesse.

Pode parecer bobo, e até meio absurdo, mas aquele foi praticamente o meu primeiro contato com uma banda composta somente por mulheres, se não fosse o cara da bateria. Ver aquelas garotas tocando guitarra, baixo e cantando pra todo mundo me inspirou. Não vou diminuir o trabalho do baterista, mas definitivamente não foi por causa dele que resolvemos ir atrás de todas as outras músicas. Sei lá, aquilo soava tão diferente, que nos perguntamos em que mundo a gente vivia antes e por que não conhecíamos mais grupos assim. Ficamos tão empolgadas com o som que até criamos nossa própria banda. Pena que não sabemos tocar nenhum instrumento, e o grupo só existia na nossa cabeça mesmo.

Apesar de saber que a Leti ama The Hey Hey Heys, o meu amor seria um pouquinho maior, se fosse possível medir com um "fanzômetro". Não que seja uma competição ou coisa do tipo, mas essa banda trouxe algo que estava me fazendo falta há um bom tempo: inspiração pra desenhar.

Desde criança, sempre mantive por perto um lápis e um bloco de papel. Não importava aonde fosse, tinha que ter o meu kit à mão, senão me sentia como se estivesse esquecendo uma parte de mim em casa. Desenhar traz tranquilidade e segurança emocional.

Alguns meses antes de encontrar as músicas da banda, não estava conseguindo desenhar nada. Pode parecer exagero, mas não é. Até tentei por um tempo, mas ver aqueles rabiscos sem sentido e sem emoção me deixava tão triste e frustrada que simplesmente parei de carregar meu lápis e o bloco comigo. Cheguei a tirar o kit da minha escrivaninha e coloquei embaixo da cama, pra que não ficasse me sentindo mal quando olhasse pra ele.

Logo depois de ter escutado o primeiro álbum, a vontade foi ressurgindo e, assim que terminamos a *playlist*, disse pra

Leti que não poderia ficar pro jantar, como tínhamos combinado. Fui pra casa com meus fones de ouvido me fazendo companhia e, assim que cheguei, peguei um caderno novo e comecei a rabiscar.

As letras das músicas e as batidas tinham despertado aquela vontade de me expressar desenhando de novo. Hoje, o caderno já está sem espaço. Todas as páginas foram preenchidas com ilustrações inspiradas pelas garotas e pelas letras que escreveram. Amo o jeito como elas se vestem. Então, acabei criando umas tirinhas protagonizadas pela banda. E gosto de folhear essas páginas de tempos em tempos, só pra me lembrar que é normal não se sentir inspirada às vezes e que a inspiração pode surgir quando menos se espera.

Bom, o problema é que chegou a semana de provas – e do show! –, e estou achando que não vou mais conseguir colocar uma música da The Hey Hey Heys como despertador, pois ainda não acredito que vou perder essa oportunidade. Sério! Vou ter que escolher canções de outras bandas como trilha sonora das minhas batalhas épicas matinais contra o travesseiro.

A semana começou com uma prova de Química. Tenho quase certeza de que gabaritei. Vou aproveitar o intervalo pra adiantar a lição de Português na biblioteca e focar em Física à tarde. Se me apressar, vou ter 15 minutos pra...

– Marina! Espera! – Leti veio agitada pelo corredor em minha direção, esbarrando em alguns alunos pelo caminho, e interrompendo de repente os meus pensamentos.

– O que foi, amiga? – perguntei, quando ela me alcançou.

Ofegante, a Leti parou, deu uma respirada profunda e começou a soltar o ar junto com uma palavra que eu definitivamente não esperava ouvir:

– Show! – soltou, quase como se fosse um grito, enquanto agitava as mãos.

– O quê? Que show? Do que tá falando? Não tô entendendo nada! – Fiquei parada, esperando que ela se acalmasse e começasse a falar coisa com coisa.

Novamente, ela tomou fôlego e continuou:

– Vai ter mais um show! – disse, levantando os braços pra cima e comemorando. Depois, parou e respirou fundo. – Como os ingressos esgotaram tão rápido, acabou chamando a atenção de uma casa de shows de uma cidade vizinha, que resolveu levar a banda pra lá. Você tá conseguindo me acompanhar? – Leti falava tão rápido que eu realmente não sabia como estava conseguindo entender. Vai ter outro show? Será que nem tudo estava perdido?

– Ai, meu Deus! – eu disse, enquanto dava pulinhos que pareciam mais como se estivesse correndo no mesmo lugar. – É a nossa chance! Como ficou sabendo?

A Leti explicou que, como tinha se atrasado pra aula, resolveu escutar uma rádio enquanto andava até a escola, pra ver se descobria alguma música nova.

– O pessoal da rádio até anunciou que iria sortear dois pares de ingressos. Liguei na hora, mas não tenho certeza se tô concorrendo, porque passou uma moto superbarulhenta na hora e não consegui ouvir o que a ligação dizia. Jamais ganhei um sorteio na vida, então só vamos conseguir ir ao show se comprarmos os ingressos agora mesmo – a Leti me olhava com uma expressão que misturava empolgação e desespero.

Conferi meu relógio. O intervalo estava acabando, e logo teríamos que voltar pra sala. Sair da escola antes do fim da aula não era uma opção, então teríamos que aguentar mais algumas horas até chegar em casa e comprar os ingressos. E sendo o show na cidade vizinha, convencer nossos pais seria muito mais fácil. Afinal, a viagem dura apenas quarenta minutos de carro!

A aula parecia passar em câmera lenta, e a minha concentração era praticamente nula. Não conseguia parar de pensar nessa sorte, mas, ao mesmo tempo, estava aflita, já que ainda não tínhamos garantido os ingressos. Não dava pra comemorar antes da hora.

Quando o sinal tocou, a Leti já estava em frente à sala me esperando. Apressamos o passo e chegamos em casa mais rápido do que em qualquer outro dia. Confesso que fiquei surpresa com meu preparo físico.

– Mãe! – gritei assim que abri a porta. – Vai ter um show extra nesta sexta-feira na cidade vizinha – continuei enquanto subíamos as escadas. – Me passa o número do seu cartão de crédito? Vamos pro meu quarto comprar os ingressos e depois descemos pra almoçar, tá? Não precisa esperar!

Antes mesmo de minha mãe responder, já estava com meu notebook aberto em cima da cama.

– Qual o site mesmo? – perguntei, mas me lembrei da resposta antes mesmo da Leti ter a chance de abrir a boca. – Aaaah! Não acredito! Não tá carregando! Todo mundo deve tá tentando comprar agora – falei, mais desesperada do que gostaria. – Ai, porfavorporfavorporfavor!

Enquanto esperava a tela carregar, minha mãe entrou no quarto.

– Que show é esse, Marina? – perguntou, com a testa franzida.

– Ai, mãe! Lembra que não consegui comprar os ingressos pro The Hey Hey Heys? – desviei rapidamente o olhar da tela. Minha mãe assentiu. – Pois é. Abriram um show extra pra sexta-feira – completei.

Minha mãe apoiou o ombro na parede, me encarando. Depois soltou um longo suspiro.

– Você está em semana de provas, filha – ela falou, mas a ignorei porque o site abriu e meu coração quase pulou pela boca, disparado. Mas só tinha mais um ingresso disponível. Se a gente conseguisse comprar, apenas uma de nós poderia ir ao show. Nós nos olhamos por alguns segundos e a Leti quebrou o silêncio.

– Tenta comprar o ingresso! É sua última chance, amiga.

Antes que eu pudesse dizer que ela merecia aquele ingresso mais do que eu – afinal, foi ela quem ficou sabendo do show extra e me avisou –, o número de ingressos disponíveis atualizou pra zero.

Uma mistura de tristeza e alívio tomou conta do ambiente. Nós sabíamos que, independentemente de quem conseguisse comprar aquele ingresso, não seria a mesma coisa uma ir sem a companhia da outra. The Hey Hey Heys era a banda que descobrimos juntas e que, de certa forma, era responsável por boa parte da trilha sonora infinita da nossa amizade. Foi aí que fizemos uma promessa: quando elas voltassem ao Brasil, iríamos juntas, não importava em que cidade fosse o show. Só precisávamos torcer pra não ser numa semana de provas, porque aí, sim, ia ser difícil.

– O que foi? – minha mãe perguntou, vendo nossa expressão mudando da euforia pro desânimo em questão de segundos.

– Os ingressos acabaram. Não deu tempo – eu me deitei na cama, quase simulando um desmaio.

Ela se aproximou e se sentou na beirada.

– Sei que ficaram tristes... mas, Marina, você não acha que tinha que ter conversado comigo antes de tentar comprar os ingressos? Como você ia pagar por eles? Sabe se poderíamos pagar? – minha mãe questionou.

Encolhi os ombros. Não tínhamos nem pensado nisso.

– Pois é, não é tão simples. De toda forma, não sei se você poderia ir – ela passou as mãos pelos meus cabelos. – Vamos almoçar?

A Leti e eu olhamos o site mais uma vez só pra ter certeza absoluta de que os ingressos tinham realmente esgotado e, depois de confirmar a realidade, descemos, sem muita vontade pro almoço. Quem é que conseguiria comer numa situação dessas? Acho que só a Magali mesmo. Não colocamos praticamente nada no prato, e minha mãe ficou preocupada.

Tentou nos animar, dando ideias de programas legais pro fim de semana, mas não ajudou muito. Nada poderia ser mais especial que aquele show.

Respirei fundo, tentando esquecer toda aquela história. Um dia, a gente conseguiria e, com certeza, seria uma noite inesquecível.

Como tínhamos que estudar pras outras provas da semana, a Leti foi pra casa e eu fiquei sozinha no meu quarto, tentando me distrair o máximo possível com a matéria insuportável de Física.

Parecia que seria o triste final de um dia que prometia tanto.

Depois de umas três horas nada produtivas com meus livros de Física, tentando resolver exercícios que sempre terminavam inacabados no meu caderno, escutei o barulho da campainha seguido de sons de passos rápidos subindo a escada. A porta do quarto foi aberta de uma vez, me assustando.

– Marina! Você não vai acreditar! – a Leti entrou ofegante.

– O que foi? – perguntei, já largando o livro que estava no meu colo.

A Leti se aproximou, sentando na beirada da cama e me olhando com expectativa. Respirou bem fundo, como se estivesse tentando se acalmar, e disse:

– Tenho um convite pra te fazer – ela declarou, com a voz mais aguda que o normal. Dava pra ver que não estava se aguentando de empolgação.

Quando vi a Leti toda sorridente, imaginei que iria sugerir que marcássemos mais uma das nossas festas do pijama na sexta, cheia de filmes, pipoca de panela (nunca de micro-ondas) e jujubas de vários sabores. Talvez achasse que isso iria me animar. Ela ficava superempolgada com esses encontros. Acho que era o tipo de programa de que mais gostava. O engraçado é que, sempre que combinávamos essas festas, nunca assistíamos a mais de um filme, mas, mesmo assim, selecionávamos uns cinco. Não sei se um dia realmente conseguiríamos virar a noite, mas acho que vamos continuar tentando.

– O que foi, amiga? – perguntei tentando sorrir tanto quanto ela, sem muito sucesso.

A Leti olhou pra cima e colocou a mão no queixo, como se estivesse decidindo de que maneira iria me contar. Ela adorava brincar de adivinhação, mas confesso que não estava muito no clima. Só me esforcei porque sabia que minha amiga estava ali pra animar o clima. Às vezes, a Leti era um pouquinho animada demais, coisa que, pra quem não a conhecia direito, fazia com que parecesse um pouco imatura. Mas era só o jeito dela, otimista e empolgada com tudo na vida.

– Você tem três chances. Se acertar – fez uma pausa dramática –, além do convite, ainda te dou um pacote de jujubas de framboesa, o melhor sabor de todos – disse sorrindo. – Está aqui no meu bolso.

Não consegui segurar o riso. Se tem uma coisa que a Leti sempre carrega com ela, além dos fones de ouvido, é um pacote de jujubas. Não conheço ninguém que goste mais disso do que a própria. Sério, quando quero deixá-la feliz, é só dar um pacote de qualquer sabor de doces borrachudos. Funciona como mágica.

– Tá bom! – resolvi entrar na brincadeira. – Sua mãe ganhou mais convites pra sessão de cinema 3D, com direito a pipoca, e você vai me levar?

– Não. Que sem graça! A gente faz isso direto. Tenta outra vez – ela disse, se esforçando pra parecer séria.

Suspirei, tentando disfarçar minha impaciência e continuei pensando.

– Já sei! Reconheceram você como a maior consumidora de jujubas do planeta e te convidaram pra uma visita guiada pela fábrica? – falei, alterando a voz pra soar irônica, mas de um jeito engraçado. Essa brincadeira estava até ajudando a me animar, no fim das contas.

– Engraçadinha. Isso definitivamente seria incrível. Quem sabe um dia não sou reconhecida como mereço, né? Dou muito dinheiro pra eles – falou, parecendo pensativa de verdade.

Eu estava sem criatividade pra pensar em outra coisa engraçada, mas, antes de dizer que desistia, a própria Leti se cansou:

– Lembra do que falei hoje cedo?

Fiz cara de confusão, mas, um segundo depois, meu coração disparou e arregalei os olhos. Não podia ser. Ela estava fazendo uma pegadinha comigo, certeza. Ao ver minha expressão, a Leti abriu mais um de seus sorrisos empolgados.

– Ai, meu Deus – eu me coloquei em pé. – Não pode ser!

– Está preparada? – perguntou, com o sorriso enorme ainda no rosto.

– Letícia! Fala logo e para de me torturar! – praticamente gritei, parada em frente a ela, prestes a sacudi-la pelos braços.

– Hoje é o nosso dia de sorte, amiga. Pela primeira vez na minha vida, eu ganhei um sorteio! – gritou. – Ainda não estou acreditandoooo!

Devo ter feito uma cara de choque muito engraçada, porque ela começou a gargalhar. Com os olhos arregalados e as mãos tapando a boca falei:

– Não acredito! – e comecei a pular como uma louca, balançando a Leti, tentando processar aquela informação.

– Pode acreditar! Nós vamos no show do The Hey Hey Heys! – ela gritou, me abraçando.

Depois que consegui conter a emoção, liguei a caixinha de som, conectei com meu celular e colocamos nossa música favorita pra tocar. Cantamos e pulamos como se tivéssemos ganhado na loteria. Quem poderia imaginar isso? Mas a vida é assim, quando a gente menos espera, vem uma surpresa. A melhor de todas!

Quando estávamos no meio da música, minha mãe abriu a porta, com uma expressão confusa diante de tanta euforia.

– O que está acontecendo? – perguntou. – Achei que a Leti tinha voltado pra estudar com você.

– Ganhamos ingressos pro show! – falamos ao mesmo tempo.

Contamos tudo pra minha mãe. Estávamos tão felizes, que ela custou a entender a história, já que uma atropelava a fala da outra, tamanha a animação.

Então minha mãe se ofereceu pra levar a gente até a rádio, pra buscar o par de ingressos, e fomos ouvindo nossas músicas favoritas durante o curto caminho. Já estávamos planejando o que faríamos no dia do show, quem iria nos levar etc. Lembrei a Leti de que precisávamos conferir qual era a *playlist* oficial da turnê, pra decorar a ordem das músicas e levar a câmera pra gravar alguns vídeos.

– Ai, a gente realmente conseguiu! – a Leti falou quando pegou os convites. Eu não conseguia conter o sorriso.

Depois de ter ficado tão triste por não ter conseguido nenhum ingresso, da falsa esperança de quase ter comprado um pro show extra, nós, enfim, estávamos com eles em mãos. Nada poderia nos impedir de ir ao show dos nossos sonhos.

– É realmente maravilhoso, meninas – minha mãe falou –, mas preciso lembrar de que estão em semana de provas. Sei que estão animadas, mas o show é sexta-feira e, antes dele, vocês têm mais três avaliações. Não podem deixar a ansiedade atrapalhar os estudos. Estamos combinadas?

Marina, se não estudar, não tem show, ok? – ela anunciou me encarando.

– Sim – respondemos juntas, olhando uma pra outra, logo depois de responder, engolindo em seco.

A minha mãe estava certa, mas como ela podia achar que eu conseguiria chegar em casa e simplesmente estudar? Como seria possível me concentrar em qualquer outra coisa que não fosse o show?

Acho que mães têm o poder de ler mentes. Bem na hora que estava pensando isso, ela se virou pra mim e disse:

– Filha, sei que parece impossível pensar em qualquer outra coisa que não seja o show, mas tenho certeza de que você vai levar suas responsabilidades a sério – aconselhou com aquele olhar que só as mães sabem dar e que significa "Nem pense em me decepcionar".

Ao voltarmos, ficou na cara que eu e a Leti juntas na minha casa não seria uma boa forma de mostrar pra mamãe que ia me empenhar nos estudos. Achamos melhor estudar cada uma na sua casa. Ela foi embora, tentei parar de flutuar um pouco, coloquei meus pés no chão e voltei a encarar a gravidade da Física, sem fazer ideia de como me concentrar.

Acho que li a mesma página umas cinco vezes antes de me jogar na cama, derrotada. Eu era incapaz de estudar naquele momento. Nunca tinha parado pra pensar sobre como é preciso estar com a mente tranquila pra realmente conseguir focar. Se mais cedo estava com problemas pra me concentrar por estar desanimada, depois de receber a notícia dos ingressos parece que estava ainda mais difícil. Eu só pensava nas coisas que gostaria de fazer, como ouvir mais músicas, desenhar muito e planejar tudo pro dia do show.

Com tudo isso na cabeça, decidi que era melhor tentar estudar mais tarde, quando a empolgação da novidade passasse. O problema foi que ela não passou, e acabei virando a noite conversando com a Leti, sem estudar quase nada pra prova.

Ainda não tinha conseguido decidir se a semana estava voando ou devagar demais. Em alguns momentos, parecia que as horas passavam tão rápido que seria impossível dar conta de estudar e me preparar pro show. Mas, em outros, a sensação é que o tempo tinha parado e o dia do show nunca chegaria.

Estava levemente desesperada. Tinha perdido a hora de acordar, e a prova de Física seria em trinta minutos. Não escutei o despertador e precisava correr. Isso não costumava acontecer, mas fui dormir quase de manhã. Sabe quando os sons do ambiente invadem o nosso sonho e, de alguma forma, se ajustam e fazem todo o sentido na cena que estamos vivendo em nossas cabeças? Foi exatamente o que aconteceu comigo.

Ontem, antes de dormir, resolvi que seria uma boa ideia colocar *Let's Dance*, versão do Bowie, é claro, pra tocar como despertador. Escolhi a música pra entrar no clima e iniciar o dia mais feliz, já que estava preocupada com a prova. O problema foi que sonhei que a Leti e eu estávamos no show e, bem na hora que o despertador tocou, a banda começou a cantar *Let's Dance*. Só fui notar isso quando a música terminou e passou a tocar de novo, algo que nunca aconteceria em um show.

Quando finalmente me levantei, percebi que tinha me esquecido de arrumar a mochila antes de dormir. Essa é uma tarefa que nunca deixo pra fazer pela manhã, já que não sou do tipo que acorda superdisposta. Diariamente, preciso de pelo menos meia hora pra que o meu cérebro comece a funcionar direito.

— Mãe, não vou poder tomar café da manhã — avisei enquanto entrava agitada na cozinha.

— Como assim, filha? — ela perguntou enquanto terminava de preparar um chá. — Você precisa se alimentar antes de ir pra aula.

— Perdi a hora e tenho prova de Física no primeiro horário. Preciso correr — disse já passando pela porta.

— Espera! — ela pediu enquanto embrulhava apressadamente um sanduíche no guardanapo. — Pelo menos, leve isto pra comer no caminho. Sua cabeça vai funcionar melhor se a barriga não estiver vazia. Boa prova, filha — disse me dando um beijo rápido na testa.

Saí correndo de casa, tentando comer o pão ao mesmo tempo. Consegui chegar à sala em cima da hora, faltando dois minutos. Assim que me sentei, percebi que tinha um pouco de farelo de pão na minha blusa. Quando terminei de limpar, o professor entrou.

Tive dificuldade em algumas questões da prova, o que me deixou morrendo de medo de ter ido mal. Sei que precisava ter me dedicado mais aos estudos, e juro que tentei, mas não teve jeito: minha cabeça estava em outro lugar. Era difícil pensar em qualquer coisa que não fosse o The Hey Hey Heys.

— E aí, como foi na prova? — a Leti me perguntou assim que me encontrou no corredor, durante o intervalo.

— Ah, acho que fui bem, mas não tanto quanto gostaria. Achei uns problemas difíceis — respondi, quase ao mesmo tempo em que soltava um bocejo. Ia precisar ir pra cama mais cedo. A correria por acordar atrasada acabou gastando mais energia do que eu esperava naquele dia.

— Que tal a gente se encontrar hoje depois do almoço? — a Leti perguntou, abrindo um pacote de jujubas de maçã. O show é amanhã e ainda temos muitas coisas pra combinar.

Eu concordei e já fiquei ansiosa pros preparativos do dia. A aula parecia estar durando o dobro do tempo, e quase não acreditei quando finalmente acabou. A Leti e eu fomos pra minha casa assim que o sinal tocou.

– Vamos fazer uma lista de tudo o que precisamos resolver – sugeri. Sempre acho que funciono melhor quando tenho papel e lápis na mão. Acho que nunca vou conseguir ser uma pessoa totalmente digital.

– Certo, anota aí – a Leti começou, enquanto eu pegava um bloquinho. – *Playlist* especial pré-show que só vamos poder ouvir no grande dia, ou seja, amanhã.

Olhei pra ela rindo.

– Como assim, amiga? Impossível! Não vou conseguir montar uma *playlist* pro show e deixar pra ouvir só amanhã.

– Tá bom, tá bom! – ela disse, como se não tivéssemos tempo pra discutir nem de brincadeira. E acho que não tínhamos mesmo. – Vamos continuar a lista: horário em que vamos precisar sair pra conseguir um lugar perto do palco. Aliás, coloca aí que precisamos ficar bem perto do palco, na pista, de qualquer jeito.

Escrevi e desenhei algumas estrelinhas do lado, como se fosse pra dar sorte. Essa oportunidade inesperada de ir ao show por causa de um programa de rádio me pegou tão de surpresa, que me deixou com a sensação de que tudo iria dar certo e que coisas incríveis aconteceriam. *Nós vamos conseguir ficar na primeira fila*, pensei. Tenho certeza!

Depois de alguns minutos pensando no que mais precisávamos colocar na lista, comecei a ficar com sono. Passar a noite em claro não tinha sido boa ideia. Como estava deitada na cama de barriga pra baixo enquanto escrevia, não foi muito difícil acabar cochilando. Isso teria ajudado muito, se tivesse sido apenas uma sonequinha de leve. O problema foi que a Leti também dormiu – estávamos exaustas – e, quando acordamos, já estava escurecendo.

Minha mãe bateu na porta pra perguntar se não queríamos comer algo. Quando viu que a gente não respondia, entrou. Encontrou as duas em posições não muito confortáveis: eu na cama segurando a caneta com uma mão e o caderno com a outra, e a Leti na poltrona ao lado da minha estante, com as pernas pendendo num dos braços dela. Se não fosse por isso, ela com certeza deixaria a gente cochilando por mais tempo, já que as provas acabaram. Ah, se ela soubesse que passamos as noites conversando sobre o show...

– Marina? Leti? – minha mãe chamou baixinho pra não assustar a gente.

Nenhuma respondeu. Então, ela delicadamente pegou na minha mão pra me chamar.

– Que foi? – perguntei confusa, coçando os olhos. – Mãe?

– Vocês pegaram no sono – ela explicou. – Não sei há quanto tempo estão nessas posições, mas nem almoçaram ainda. Precisam comer alguma coisa.

– Que horas são? – perguntei, já me levantando e procurando meu celular em algum lugar pelo quarto. Nessas horas, sempre penso que seria ótimo ter um relógio no criado ao lado da cama. Não dá pra confiar no celular o tempo todo.

– Já passa das cinco – ela respondeu, enquanto conferia a hora exata. – É, acho que já é uma boa hora pra vocês fazerem um lanche lá embaixo.

Quando olhei pro lado, vi que a Leti ainda estava dormindo e não tinha escutado nada.

– Leti? – chamei, me dirigindo à poltrona. Ela continuou na mesma posição. Queria ter um sono tão pesado quanto o dela.

Chamei de novo, mas, como não tive sucesso, peguei seu braço e puxei um pouco. Ela simplesmente virou mais pro lado e continuou dormindo, como se nada tivesse acontecido. Minha mãe, que ainda estava no quarto, viu a cena e sorriu.

Cheguei bem perto da Leti e comecei a sacudi-la, enquanto dizia que precisava acordar. Depois de uns 30 segundos, finalmente consegui.

– Hã? O que aconteceu? Por que você me acordou? – perguntou confusa. – Aliás, por que tô dormindo na sua poltrona?

– Pegamos no sono, de tão cansadas – expliquei. – Já são quase 18 horas e a gente precisa continuar a lista.

– Mas antes vamos descer pra comer algo – minha mãe falou. – Depois vocês continuam a lista.

Fomos até a cozinha, lanchamos e voltamos o mais rápido possível.

– Deixa eu ver o que já colocamos na lista – falei pegando o caderno em cima da cama. Quando olhei pra folha, fiquei assustada. Só anotamos três coisas? – perguntei pra Leti.

– Claro que não! A gente não tinha terminado a lista? – Leti olhou acima dos meus ombros, espiando. – É, na verdade, só tem três coisas mesmo. Acho que sonhei. Coloca aí: comprar jujubas.

Olhei pra ela e franzi a testa.

– Você tá falando sério?

– É claro! – ela falou. No meio da anotação insignificante, eu me lembrei de uma coisa importante. – Precisamos providenciar camisetas da banda! Não acredito que esquecemos disso!

A ideia inicial era passar numa loja bem famosinha da cidade, conhecida por vender várias peças de roupas com capas de discos de bandas internacionais, mas ela já estava fechada. Mesmo assim, acho que as chances de encontrarmos algo por lá eram mínimas. Já deveriam ter vendido todo o estoque pro show de quarta.

Leti tinha encontrado meu *sketchbook* na escrivaninha e começou a folhear. Enquanto ela olhava, peguei o meu outro caderno de desenho – o que fiz depois que conheci o The Hey Hey Heys – e comecei a fazer o mesmo. Num dos desenhos, a gente estava tocando instrumentos imaginários ao lado dos integrantes da banda. Fiquei um tempo olhando, e a ideia surgiu:

– O que acha de passar na estamparia e fazer duas camisetas com esta ilustração pra usarmos amanhã? – perguntei um pouco apreensiva. Apesar de a Leti sempre elogiar meus desenhos, podia ser que ela não gostasse da ideia ou daquela ilustração específica.

– Genial! Nós seremos as únicas com essa camiseta exclusiva. Sem contar que o desenho tá incrível, Marina. Amei a ideia!

– Ai, que alívio – disse. – Vou digitalizar antes de dormir e amanhã vamos lá na estamparia depois da aula, pra fazer o pedido.

Montamos a *playlist*, finalizamos a lista de preparativos e fomos até o mercado pra comprar as jujubas.

Já em casa, levei algum tempo pra digitalizar a ilustração e deixar tudo pronto pro dia seguinte. Mal podia acreditar que logo estaria no show dos meus sonhos.

O dia do show tinha finalmente chegado. Sem sono, acordei antes do despertador tocar. Fazia tempo que isso não acontecia. Estava tão animada pra começar o dia, que não sentia cansaço algum.

Fiquei uns 10 minutos ainda deitada na cama, quando o meu celular começou a tocar a música do dia. Com um ligeiro impulso, levantei como se estivesse num musical, cantando e dançando pelo quarto. Com uma empolgação invejável, me arrumei rapidamente e fui pra cozinha.

– Bom dia – minha mãe disse, enquanto colocava um prato cheio de panquecas na mesa.

– Bom dia – respondi, enquanto me sentava e colocava duas delas no meu prato. – Hoje acordei com mais fome que o normal.

– Faz tempo que não te vejo tão animada de manhã – meu pai comentou. – O que aconteceu?

– A semana de provas acabou ontem. – Dei uma mordida na panqueca – e hoje é o dia do show... lembra? Você vai levar a gente.

– Ah! Tinha me esquecido completamente – ele falou num tom que me deixou na dúvida se era brincadeira ou verdade. – Que horas vocês precisam ir?

– O show vai começar às 9 da noite. Pra conseguirmos um lugar na frente, precisamos chegar umas quatro horas antes. Acho que o ideal é sair daqui umas 16h30, né?

Meu pai fez uma cara de preocupado, o que me fez ter certeza de que ele não estava brincando quando disse que tinha se esquecido do show. Olhei pra minha mãe, mas ela estava ocupada, limpando um pouco de café que tinha derrubado na mesa enquanto se servia.

– Filha, eu tenho uma reunião importante hoje à tarde, mas vou tentar mudar pra mais cedo, certo? – explicou com um olhar que carregava um pedido de desculpas.

– Certo – respondi, tentando parecer tranquila, mas sentindo exatamente o oposto. Mil pensamentos se passaram pela minha cabeça e, com eles, o de que não íamos conseguir ir ao show. Precisava conversar com a Leti.

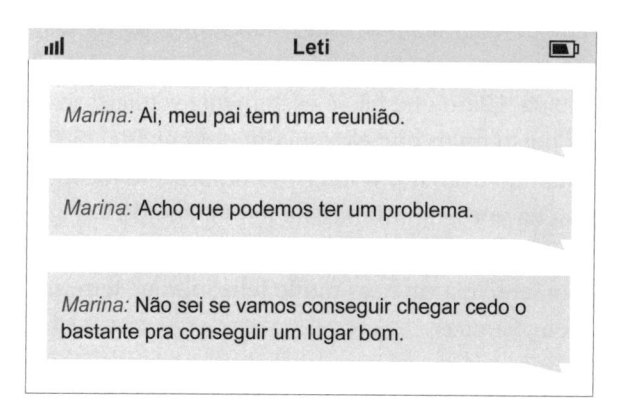

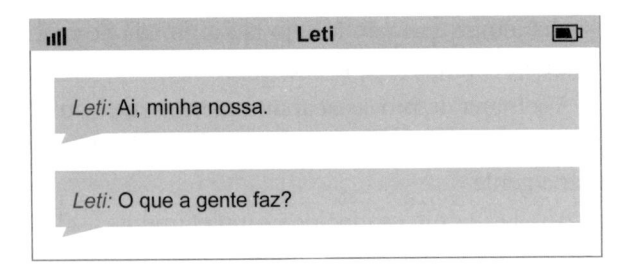

Leti: Ai, minha nossa.

Leti: O que a gente faz?

Eu não fazia ideia de como resolver aquilo. Só podia mesmo torcer pro meu pai conseguir sair da reunião a tempo de levar a gente com antecedência pra casa de shows. Queria conversar com a Leti, pensar num plano B, quem sabe pedir pra mãe dela nos levar.

A Leti sempre chegava um pouco atrasada, e eu nunca conseguia falar com ela antes de as aulas começarem. Mas, nesse caso, era uma urgência. Estava torcendo pra que ela fosse pontual uma vez na vida, ou só conseguiríamos conversar no intervalo. E, claro, foi a segunda opção que aconteceu. Podia contar nos dedos as vezes em que ela havia acordado no horário. Sempre chegava com cinco minutos de atraso. Acho que até os professores já tinham aceitado essa situação.

Fiquei muito nervosa durante todas as aulas antes do intervalo, só esperando a hora de falar com minha amiga. Sempre que fico desesperada por achar que o tempo está passando devagar demais, tento pensar que, na verdade, isso quer dizer que vou ter mais tempo pra pensar como resolver o problema. Claro que não é exatamente verdade, mas, pelo menos, posso fingir que ele está durando mais.

Quando o sinal pro intervalo finalmente tocou, a Leti já estava na porta da minha sala me esperando.

– Talvez a minha mãe possa levar a gente – me disse. – Só não sei se ela vai ficar muito feliz, porque tem medo de dirigir em estradas.

– Bom, se ela não puder, acho que vamos ter que ir de ônibus, mas isso atrapalharia nosso plano de passar na estamparia. Não sei quais são os horários da linha e vamos precisar torcer pra não estar lotado de gente indo pro show.

O sinal do fim do intervalo tocou, e cada uma foi pra sua sala. Como não estava conseguindo me concentrar, aproveitei pra fazer uns rabiscos no caderno. As últimas aulas passaram bem mais rápido que as primeiras.

A Leti e eu combinamos de nos encontrar às 12h50 em frente à minha casa pra irmos até a estamparia. Só havia duas pessoas na nossa frente, ainda bem, pois estávamos correndo contra o tempo.

A atendente chamou a gente e retirei o *pendrive* da mochila.

– Oi! Eu trouxe uma imagem aqui. Queremos estampar duas camisetas de manga curta com ela.

– Olha, geralmente o pedido mínimo é de dez peças. Até posso fazer duas, mas o valor vai ser bem maior – a atendente explicou.

Minha amiga e eu ficamos apavoradas. *Só faltava essa agora*, pensei.

– E quanto ficaria cada uma? – perguntei. Queria muito aquela camiseta, só esperava que pudéssemos pagar o preço.

– Vai ficar 60 reais cada uma – informou com um sorriso sem graça.

Esse valor era bem maior do que o que tínhamos planejado. Fiquei pensando no que fazer. Tinha algumas economias, mas não tinha certeza se queria usá-las pra camisetas que normalmente custariam bem menos.

– Também sou fã da banda e o desenho ficou incrível. Fui ao show da quarta e, se pudesse, iria hoje de novo – a atendente acrescentou.

A Leti respirou fundo, depois voltou a me olhar.

– Ah, Marina, seria muito triste ficar sem essas camisetas, vão ser as mais legais de todas! Vamos pensar friamente: já economizamos os valores dos ingressos, né? E eles não são nada baratos. Mesmo gastando mais com as camisetas, ainda estaremos no lucro! – ela disse, voltando a se empolgar.

Sorri pra ela e acabamos concordando com o valor. A atendente entregou um papel com o valor do serviço e pediu que fôssemos ao caixa.

– Elas ficam prontas na terça – falou, já indo pros fundos da loja.

Leti e eu quase caímos pra trás.

– Desculpa, moça – falei um pouco mais alto, pra que ela escutasse. – Esqueci de dizer que precisamos das camisetas pra hoje à tarde. Pra daqui a pouco, na verdade.

– Ai, meninas, sinto muito, mas não é possível – ela disse, de forma sincera.

– Ai, não acredito, por favor – implorei. – Queremos usar essas camisetas no show de hoje à noite. Não tem como pagar uma taxa de urgência?

– Eu nem cobraria essa taxa de vocês se tivesse, mas a nossa máquina quebrou e só vamos conseguir arrumá-la no fim de semana – explicou. – Estamos com muitos pedidos acumulados por conta desse imprevisto. Sinto muito mesmo. Ainda vão querer?

Arrasadas, agradecemos e dispensamos o serviço. A outra estamparia era muito longe e não daria tempo de ir até lá sem correr o risco de atrasar todos os outros horários. Quando estávamos voltando pra casa pensando no que poderíamos usar, a Leti teve uma ideia que salvou o dia:

– E se você desenhar nas camisetas? – sugeriu. – Elas vão ficar lindas e bem mais originais!

Pensei sobre aquilo. Nunca tinha desenhado em tecido, mas poderia tentar. Se não desse certo, era só usar uma camiseta normal, no fim das contas.

– Certo! Mas vamos precisar comprar umas tintas pra tecido, porque não tenho nenhuma lá em casa. E uma daquelas canetinhas permanentes também!

Passamos no armarinho e pegamos praticamente todas as cores disponíveis – não eram muitas – e duas canetas.

A Leti foi buscar uma camiseta sem estampa na casa dela, enquanto eu procurava uma no meu armário. Nunca tinha parado pra pensar que a maioria das minhas roupas não era lisa. Felizmente, encontrei uma na cor cinza-claro que fazia tempo que não usava, perfeita pra ilustrar.

Assim que peguei o desenho que fiz especialmente pro show, percebi que seria complicado reproduzi-lo à mão nas nossas camisetas. Então, decidi fazer algo mais simples, mas que fosse especial. Abri o *sketch* na página de um desenho inspirado na primeira música que ouvimos da banda. Era bem menos elaborado, mas quem conhecia a letra iria reconhecer os elementos na arte.

Levei mais ou menos uma hora pra terminar minha camiseta e comecei a trabalhar na da Leti. Fiz a mesma ilustração, mas ficou um pouquinho diferente. É impossível fazer dois desenhos perfeitamente iguais (pelo menos, pra mim), ainda mais quando se está com pressa. Agora, só faltava esperar secar pra podermos vesti-las e ver como ficaria.

Tomamos banho, lanchamos, arrumamos as nossas bolsas – pequenas o suficiente pra não atrapalhar durante o show e levar apenas o celular, os documentos e os ingressos (e jujubas, no caso da Leti). Depois de tudo pronto, fomos experimentar as camisetas.

– A tinta ainda tá úmida, acho que não vai dar tempo de secar – falei.

– Hum, isso requer medidas drásticas – a Leti disse, se dirigindo ao banheiro e trazendo o secador de cabelo.

Usamos o secador pra agilizar o processo e deu supercerto. A tinta secou, e as cores ficaram com uma tonalidade legal. Vestimos as camisetas por cima da roupa e comemoramos o sucesso com uma dancinha tosca. Custaram bem menos do que se fossem feitas na estamparia, não precisei usar minhas economias e, modéstia à parte, elas tinham ficado muito legais.

– Tudo pronto! Agora só precisamos ver com o meu pai se ele vai conseguir nos levar ou se vamos ter que falar com a sua mãe – disse pegando o celular pra ligar.

– Pai! Já estamos com tudo pronto por aqui, você conseguiu mudar o horário da reunião? – minha voz soou aflita.

– Ai, filha, até consegui adiantar, mas a reunião não vai terminar a tempo de levar vocês... Desculpe, mas tem coisas que fogem do meu controle – explicou.

Dei um longo suspiro. Sabia que isso ia acontecer.

– Ah, tá bem, pai. Vamos dar um jeito – já ia desligando, mas ele voltou a falar. – Conversei com a sua mãe. Ela e a Márcia vão levar vocês duas – concluiu.

A sensação de alívio percorreu meu corpo.

– Nossa, pai! Por que não me disse isso logo? Já tava achando que não ia conseguir ir!

A Márcia, mãe da Leti, preferia dirigir com companhia, assim não ficava tão receosa com a estrada.

Minha mãe escutou a conversa e se aproximou de nós duas enquanto me despedia do meu pai.

– Vamos aproveitar pra passear pela cidade, enquanto vocês estão no show – ela contou.

– Ai, mãe, obrigada! Vocês são incríveis – disse dando um abraço. A essa altura da conversa, a Leti já dava pulinhos histéricos.

– Que horas podemos sair? – perguntou. – Nós já estamos prontas.

– Vou ligar pra Márcia e me arrumar. Saímos assim que ela ficar pronta – minha mãe disse, pegando o celular.

A Leti e eu voltamos pro quarto, tranquilas, apenas aguardando a hora de sair.

– Ótimo! Agora podemos ficar ouvindo música enquanto esperamos – falou abrindo mais um pacote de jujubas. Acho que já era o segundo do dia. – Quer?

Meia hora depois, estávamos todas no carro, prontas pra uma miniviagem só de garotas. Só consegui pensar que devíamos fazer isso mais vezes. Conectamos o celular no som do carro e começamos a ouvir The Hey Hey Heys, mas a tia Márcia sugeriu que intercalássemos com algumas músicas que marcaram a adolescência delas. Confesso que no início não curti muito a ideia. Por causa do show, não estava muito no clima de ouvir outra coisa, mas, no fim das contas, foi maravilhoso. Acabamos conhecendo várias músicas, cantores e bandas incríveis para colocar em nossas futuras *playlists*: Buddy Holly, Harry Nilsson, Billie Holiday... Já conhecíamos algumas delas, mas não tínhamos dado tanta atenção até agora. Naquele momento, escutando as canções enquanto ríamos e conversávamos juntas, animadas com o show, comecei a gostar muito de tudo o que ouvimos durante a viagem curta até a cidade vizinha.

Quando chegamos ao local do show, a fila já tinha umas cinquenta pessoas. Ia ser difícil conseguir ficar na frente do palco, mas não era impossível. A maioria das pessoas parecia ser da nossa faixa etária até uns vinte e poucos anos.

Enquanto esperávamos, começamos a conversar com três garotas e dois garotos que estavam bem na nossa frente. Eram da cidade mesmo, mas não conseguiram sair de casa mais cedo.

– Culpa desses dois aí – uma das meninas reclamou, apontando pros amigos.

Um deles, o Fábio, era bem alto – devia ter quase 1,80 m de altura –, loiro e usava óculos. Estava com uma camiseta muito legal do *Star Wars*; e o outro era um pouco mais baixo, mas, ainda assim, mais alto que quase todas as garotas do grupo. Ele também era loiro, mas de um tom um pouco mais escuro, puxando pro castanho-claro, e lembrava um pouco o Shawn Mendes. Por isso, seu apelido era Shawn.

– Não é que eu não goste do Shawn Mendes. Canadenses são mundialmente conhecidos por serem legais, e ele é lindo, mas prefiro que me chamem de Gus – ele explicou assim que seus amigos o apresentaram como Shawn.

A mais alta se chamava Fran. Era ruiva, usava roupas em tons pastel e era namorada do Fábio. Eles eram tão fofos juntos que dava vontade de desenhar. A mais baixinha, Yas, tinha o cabelo cacheado, sardinhas e olhos claros e puxados. Parecia ser a mais tímida do grupo, mas era muito simpática e sorridente. Uma delas era da mesma altura que eu e a Leti e se chamava Luly. Tinha o cabelo mais colorido que já vi. Três tons de roxo, turquesa, dois tons de rosa. Parecia uma sereia com *piercing* no nariz. Foi a primeira a conversar com a gente e era, de longe, a mais falante.

– Tentamos ir ao outro show, mas os ingressos acabaram tão rápido que nem deu tempo de pensar. Em compensação, ficamos tão espertas que fomos umas das primeiras a comprar pro show de hoje – ela falou, e estava tão empolgada que quase pulava.

– Caramba! – Leti se impressionou. – Não fomos tão rápidas e, quando finalmente conseguimos abrir o site, os ingressos tinham acabado. Foi horrível a sensação de perder o show duas vezes. Não desejo isso pra ninguém!

Todos olharam pra nós com uma expressão de curiosidade.

– Ué, mas como vocês conseguiram, então? Ou vieram pra tentar comprar ingressos na fila? – Fábio perguntou coçando a cabeça, visivelmente curioso.

– Ela ganhou um par de ingressos numa promoção na rádio – falei, apontando pra Leti. – Foi muita sorte. Muita mesmo! Até agora nem acreditamos que isso aconteceu.

– Então esses sorteios são mesmo de verdade – Fran comentou. – Achei que fossem de mentira, só pra atrair os ouvintes. Nunca confiei nessas coisas.

– Pois é, acho que vou começar a participar – continuou Fábio. Vai que a gente consegue ir a alguns shows de graça!

– Só se for você, porque eu não tenho paciência pra ouvir rádio – Fran respondeu, rindo. – Aquele monte de propagandas me irrita.

– É porque são as propagandas que pagam as rádios. Um pequeno inconveniente. Quem gosta mesmo de rádio nem se importa... – Gus explicou.

Enquanto eles continuavam a conversa sobre rádio, percebi que a Yas estava olhando pra minha camiseta e sorrindo. Quando notou que percebi, ela começou a falar meio baixinho.

– Onde compraram? Achei esse desenho muito lindo.

– Fui eu que fiz – respondi orgulhosa, mas um pouquinho envergonhada. Não estava acostumada a vestir um desenho meu. – Foi um desenho inspirado na primeira música que ouvi da banda – expliquei.

Yas sorriu mais ainda quando contei.

– Ficou maravilhosa, acho que conseguiu pegar todas as referências de *Better by Myself.* – Ela começou a listar tudo o que identificou na minha camiseta e, logo depois, começamos a conversar sobre nossas músicas preferidas. Contei a ela sobre o meu caderno cheio de artes inspiradas na banda.

– Eu também amo desenhar, mas nunca pensei em fazer isso nas minhas roupas. – Ela fez uma expressão pensativa. Acho que vou tentar fazer algo amanhã. Muito obrigada pela ideia!

– Olha, não foi tão fácil quanto eu imaginei que seria – alertei. – Mas tá sendo incrível vestir um desenho feito por mim. Já quero ver como as suas camisetas vão ficar.

Trocamos números de celular e combinamos que iríamos avisar quando estivéssemos na cidade, pra desenhar juntas.

Luly começou a mexer na bolsa meio desesperada e logo em seguida suspirou aliviada.

– Caraca! Achei que tivesse esquecido a autorização dos meus pais – ela ergueu um pedaço de papel, como se estivesse agradecendo ao céu. – Sem isso aqui, não teria The Hey Hey Heys pra mim. Nossa! Não quero nem pensar nisso.

– Autorização? – Leti falou assustada, olhando pra mim ao mesmo tempo em que eu me virava pra ela, igualmente preocupada. – Do que você tá falando?

– Ué, tem uma lei que só autoriza menores de 16 anos e com mais de 14 anos a irem desacompanhados de um adulto se tiverem, além do ingresso, uma autorização escrita e assinada pelo responsável – ela explicou, parecendo um pouco surpresa por nós não sabermos daquilo. – Vocês nunca foram num show sozinhas?

– Ai. Meu. Deus! Precisamos ligar pras nossas mães agora mesmo, Leti – falei, já desbloqueando meu celular.

Tentei ligar duas vezes pra minha, mas chamou até cair. Ela sempre deixava o celular no silencioso porque tinha medo de ele tocar no cinema ou em algum evento importante. Não que fosse ao cinema com frequência, mas dizia que preferia assim, já que o barulho a incomodava.

Por sorte, a mãe da Leti era o oposto e dava pra ouvir o celular dela de longe. Se não fosse por isso, acho que teríamos perdido o show.

– Elas já estão vindo, amiga! – Leti informou, aliviada. – Estão num café aqui perto. Vão pedir dois papéis e uma caneta pra fazer a autorização. Pediram pra gente perguntar o que precisa ter escrito.

Luly explicou tudo e passamos por mensagem pras duas, assim não teria erro. Não dava pra corrermos mais nenhum risco de perder esse show, minha nossa. Era muita adrenalina pra um dia só.

Com tudo sob controle, era só esperar que elas voltassem com as autorizações. E que não acontecesse mais nada! Tínhamos planejado tudo tão direitinho, exatamente pra nada dar errado. Mas parecia que as coisas fugiam do controle, de uma hora pra outra.

Como saímos cedo pra conseguir um lugar bom na fila, quando o relógio foi chegando cada vez mais perto das 18 horas, começamos a ficar com fome.

– Será que tem alguém vendendo salgadinho ou alguma comida por aqui? – perguntei pra todo mundo do grupo, já que pareciam bem mais experientes com shows do que a gente.

– Daqui a pouco, vão abrir os *food trucks* com alguns lanches – explicou Gus. – Mas nós temos uma pessoa aqui que manda muito bem na cozinha.

– Verdade – todos concordaram, enquanto a Fran começava a tirar um pacote da sua *ecobag*.

– Acho que só me chamam pros shows por causa dos lanches que preparo – Fran falou em tom de brincadeira.

Fábio a abraçou enquanto dizia que era óbvio não ser por isso, mas que estava ficando com fome e queria ver logo qual era o lanche da vez.

– Calma, Fábio! Você come o dia inteiro! – Fran abriu o pacote e ofereceu pra todo o grupo. – Hoje tem pão de queijo e minissanduíche de tomate com queijo.

– Oba! – todos falaram ao mesmo tempo. Inclusive Leti e eu, mas ficamos envergonhadas logo em seguida.

Quando a Fran percebeu que não estávamos pegando nada, ela apontou o pacote pra gente.

– Peguem, meninas! Tem pra todo mundo e mais um pouco. A menos que vocês sejam do tipo que preferem comer doce. Trouxe uns *cookies* que preparei hoje cedo também – ela falou, sorrindo.

– Ei, peraí. O *cookie* é pra depois – falou Fábio, com a boca cheia. – Não quero que todo mundo acabe com eles antes de eu comer uns cinco.

Fran revirou os olhos e se virou pra gente.

– Ignorem o Fábio, meninas. Ele já comeu *cookies* quando passou na minha casa hoje cedo.

Ficamos aliviadas por saber que tinha o bastante pra todos e começamos a comer com o pessoal. Tudo estava delicioso.

– Nossa, Fran! Você devia criar um canal de culinária – Leti falou entre uma mordida e outra.

– Verdade! Eu iria acompanhar todos os vídeos, mesmo sabendo que não sou habilidosa na cozinha – falei.

– Ah, não gosto muito de gravar vídeo. Dá muito trabalho e fico nervosa só de pensar em falar pra câmera – explicou. – Mas tenho um *blog* com todas as receitas que faço.

Assim que terminamos com todos os salgados e os doces dos pacotes, nossas mães chegaram.

– Oi, meninas! Demoramos um pouco mais porque trouxemos um lanchinho – minha mãe anunciou.

– Mas antes guardem as autorizações na bolsa, com as carteiras. Não vamos dar mais chance pro azar! – Márcia entregou um papel pra cada uma de nós. Guardamos com cuidado e encaramos o lanche em nossas mãos.

– Ai, mãe, já estamos de barriga cheia – Leti disse pra Márcia.

– A nossa nova amiga trouxe lanches deliciosos pra comer na fila do show – expliquei, apontando pra Fran e o restante do grupo na nossa frente.

Todo mundo disse "oi" ao mesmo tempo pras nossas mães, e rimos juntos quando nos demos conta disso. Inclusive nossas mães.

– Bom, já que vocês estão em ótima companhia e estão bem alimentadas, acho que vamos levar esses salgadinhos com a gente – disse minha mãe, em tom de despedida.

Balancei a cabeça, concordando, mas o Fábio logo perguntou se não podia ficar com o lanche.

– Sabe como é, né? Estou em fase de crescimento.

Na mesma hora, a Fran deu um soquinho no braço dele.

– Você me mata de vergonha, Fábio. Parece que tá sempre com fome.

– Mas eu tô, ué! – ele falou, na defensiva.

– Pode ficar com o lanche, sim – minha mãe disse enquanto entregava o pacote pra ele. Só toma cuidado pra não passar mal, hein?

– U-hu! Valeu, tia! – ele sorriu pra ela.

Depois de mais ou menos uma hora na fila, finalmente abriram os portões pra que pudéssemos entrar no local. Algumas pessoas que estavam atrás da gente começaram a empurrar, e um grupo que estava mais pro final iniciou uma gritaria, mas logo os seguranças chegaram pra ajudar a manter a ordem.

Pronto, agora faltava pouco pro dia mais aguardado dos últimos tempos.

Quando finalmente conseguimos entrar, já havia um bom número de pessoas praticamente grudadas no palco, mas conseguimos ficar numa posição muito boa. Não tão perto quanto queríamos, mas próximas o suficiente pra termos uma ótima visão das garotas, sem ficar com o pescoço doendo.

O pessoal que estava com a gente na fila continuou perto, mas, como tinha cada vez mais gente entrando, estava difícil manter um grupo tão grande junto, por isso, Leti e eu resolvemos ficar mais no canto.

– Marina! A gente conseguiu! Estamos aqui! – ela falou, com a voz ainda mais aguda que o normal, dando pulinhos na minha frente. Eu também já não aguentava mais de tanta ansiedade.

– Sim! A gente conseguiu! Depois de tanta complicação... – disse, me lembrando de tudo o que tínhamos passado pra chegar até ali. – Agora, vamos curtir o show da nossa vida! E juntas!

Começamos a conversar sobre as músicas que estariam no *set list*, quando fomos interrompidas por uma garota morena com sardinhas e *piercing* no nariz.

– Ah, oi – ela estava visivelmente com vergonha. – Desculpa interromper a conversa de vocês, mas é que adorei as camisetas.

Fiquei um pouco espantada, pois já era a segunda pessoa que comentava sobre as nossas camisetas. Comecei a me sentir orgulhosa de verdade.

– Obrigada! Eu desenhei à mão, por isso ela tá um pouco borrada em alguns pontos, mas, no geral, acho que ficou bem legal – expliquei, sorrindo pra garota.

– Bota legal nisso! Muito original, e a ilustração é o máximo – concluiu.

Ela continuava perto da gente, mas não puxou conversa. Parecia ser tímida e talvez estivesse um pouco nervosa por estar sozinha. Até pensei em tentar continuar o papo, mas seria difícil no meio daquela gente toda e do barulho altíssimo. Tive muita dificuldade pra entender o que ela falava, e só conseguia falar com a Leti porque falávamos muito próximo do ouvido uma da outra.

– Quando será que a banda vai entrar? – perguntei pra Leti.

– O show está marcado pras 21 horas, e acho que elas são pontuais. Afinal, são britânicas. Rá! – Ela deu uma piscadinha e estalou os dedos apontando ambos pra mim, como se fosse pra reforçar a piada que tinha feito. Depois, deu risada de si mesma. – A banda de abertura deve começar daqui a pouco – completou.

Foi só a Leti terminar de falar que um cara baixinho de boné e cheio de tatuagens apareceu no palco e pegou o microfone pra avisar que o show de abertura iria começar em 15 minutos.

– Você chegou a ver quem vai cantar agora? – perguntei, enquanto tentava encontrar alguma pista olhando pro palco. Nada de *banner* ou nome na bateria. Talvez fosse uma banda desconhecida.

– Não faço ideia. Quer uma jujuba? – colocou duas na boca. – Confesso que nem lembrei que tinha essa coisa de show de abertura. Vim mesmo é pra ouvir The Hey Hey Heys.

Quando olhei de novo pro palco, vi uma garota com cabelo castanho preso em duas tranças embutidas, mas cheio de fios escapando, como se ela tivesse dormido usando esse mesmo penteado. Vestia uma blusa *cropped* amarela e uma salopete preta. Parecia familiar, mas não consegui lembrar o nome dela, nem de onde a conhecia.

– Você sabe quem é? – perguntei pra Leti. A memória dela não era das melhores, só pra letras de música. Não sei como ela conseguia se lembrar de cada palavra de todas as músicas que ouvíamos. Era bizarro.

– Acho que a gente conhece ela, Marina. Mas nessa luz tá meio difícil de ver o rosto. Quando começar a cantar, com certeza, vamos lembrar.

Concordei, mas continuei forçando a memória, sem sucesso.

Quando a luz acendeu e a banda começou a tocar as primeiras notas, uma virou pra outra e gritamos: Jodie!

– Caramba! A Jodie que tá abrindo o show! – falei, pulando de tanta empolgação. – Como a gente não prestou atenção no nome dela quando vimos as informações sobre o show? – Fiquei extasiada. A Jodie era uma cantora britânica que eu adorava acompanhar.

– Não faço ideia, mas agora vamos cantar com a Jodie! – Leti se virou pro palco e começou a cantar junto:

What are you doing tonight?
O que você vai fazer esta noite?

Todo mundo, até quem não parecia conhecer a Jodie, começou a gritar de empolgação. Ela não poderia ter escolhido música melhor pra abrir o show de hoje.

Conhecemos a Jodie num dia aleatório, quando fomos procurar um *cover* de *Toxic*, da Britney Spears, e o YouTube indicou um vídeo em que ela misturou a letra de *Toxic* com *Crazy*, de Gnarls Barkley. Fizemos uma maratona dos vídeos dela naquele dia. Achamos tão legais que depois ficamos horas tentando fazer *mashups* de músicas de que gostávamos. Acho que ainda tenho anotado uma lista dessas misturas em algum caderno.

Depois de cantar seis músicas, Jodie pegou o microfone:

— Essa música que vou cantar agora não é minha. Quem escreveu foi uma amiga que, por acaso, está ali atrás, comendo... como é que chama mesmo? Pão de queijo? – perguntou com um sotaque muito fofo.

— Heeeeey! Para de me dedurar – Jess Violet chegou saltitando e rindo no palco, falando em inglês, é claro. Ela estava com o cabelo amarelo, num tom que parecia quase radioativo. Usava um moletom largo azul-marinho, *legging* preta e, combinando com o cabelo, um tênis e uma minimochila amarelos.

— Amiga! – falamos ao mesmo tempo. – Não acredito que vamos ouvir a Jess cantando também!

— Eu também não acredito! – Leti respondeu com as mãos pra cima, comemorando.

— Aaaah... Elas tão cantando *Broken Song*! – falei pra mim mesma e continuei cantando. Quando chegou o refrão quase todo mundo cantou junto:

I am just a b-b-b-broken broken song
Sou apenas uma canção despedaçada

Quando chegou à última nota, me virei pra Leti, ainda sem acreditar no que estava acontecendo naquele dia.

– Obrigada por estar realizando tantos sonhos numa única noite, Leti! – Tive que gritar pra ser ouvida, mas ela entendeu. – Quando eu imaginaria que, além de ouvir The Hey Hey Heys, iria a um show da Jodie e da Jess? Sério, você é demais!

– Deixa de ser boba, Marina! – Leti ficou encabulada. Ela sempre ficava sem graça com elogios. – Você faria o mesmo se tivesse ganhado os ingressos.

Faria mesmo, pensei. Mas isso não diminuía em nada a minha gratidão a ela por esta oportunidade. Esse dia todo parecia um sonho, de tão especial. Conhecemos pessoas muito legais com gosto musical parecido com os nossos, vimos duas cantoras que nunca imaginamos ver um dia fora das telas e agora estávamos prestes a cantar ouvindo a nossa banda favorita. *A nossa banda!* Nem acredito!

A Jess saiu do palco e ainda faltavam alguns minutos pro show principal começar. Como o pessoal se empolgou muito com os dois de abertura, acabamos nos afastando do grupo que conhecemos na fila. É engraçado como a gente muda de lugar, sem nem perceber, quando está cantando e pulando no meio de um monte de gente. Não era mais possível ver onde eles estavam.

Nós duas conseguimos ficar mais ou menos no mesmo lugar. Ainda perto do palco, mas não reconhecíamos mais nenhuma das pessoas que estavam por perto quando a Jodie começou a tocar.

Ao me virar pra conversar com a Leti, senti como se estivesse sendo observada, o que me deixou agoniada. Um tempo depois, resolvi olhar ao redor e descobri o motivo da minha inquietação.

Um cara um pouco mais velho – devia ter uns 18 ou 19 anos – me encarava sem parar. Quando notou que eu tinha percebido, começou a andar na minha direção, empurrando as pessoas pra conseguir se aproximar.

— E aí? — Chegou todo sorridente e segurou o meu braço. Puxei meu braço pra longe da mão dele e olhei pra ele com uma expressão confusa, sem entender o que estava acontecendo.

— Quem é você? — perguntei, irritada.

— Sou o cara que vai curtir o show com você, gatinha — ele falou como se tivesse todo o direito de decidir por mim.

— Vaza, cara! — Leti gritou alto, mas ele ignorou completamente o pedido.

— Eu não vou curtir o show com você — falei, tentando não parecer assustada. — Sai daqui e me deixa em paz com a minha amiga.

Foi tudo tão rápido que demorei pra entender o que estava acontecendo. Ele segurou meu braço com mais força e me puxou pra perto dele. Antes que eu pudesse colocar meus braços entre a gente pra empurrá-lo, ele se aproximou do meu rosto, como se fosse me beijar. Virei o rosto pro lado, já que não estava conseguindo me afastar, e o cara acabou beijando a minha orelha.

A Leti conseguiu pegar no meu ombro pra me puxar, mas ele estava segurando com força e acabei não conseguindo ir pra trás com ela. Ele me puxou pra mais perto ainda e uma pessoa passou na frente da minha amiga, empurrando-a um pouco mais pra trás.

— Ah, não precisa ficar tímida, gatinha. — Ele voltou a vir com a boca na minha direção.

Quando percebi que não iria conseguir desviar meu rosto com a mesma rapidez da outra vez, fiz a única coisa que meu cérebro conseguiu pensar: levantei meu joelho direito e acertei o cara com força bem *naquele* lugar.

Como ele não esperava ser atingido, muito menos ali, acabou me soltando e se curvando pra baixo enquanto soltava uns palavrões. Foi só nessa hora que a Leti conseguiu me puxar pra mais perto dela e que as pessoas que estavam ao redor perceberam que algo errado tinha acontecido. Ou melhor, ainda estava acontecendo.

Uma garota se aproximou e empurrou o cara, enquanto falava pra ele deixar de ser babaca. Primeiro achei que ela o conhecesse, mas depois percebi que era a Fran, a garota que conhecemos na fila, que estava me ajudando a me livrar dele. Algo nela me inspirou uma mistura de raiva e coragem, como se já tivesse passado por uma situação assim – ou ainda pior – e soubesse bem como se defender. Como a bagunça acabou ficando um pouco maior, um segurança percebeu e se aproximou do garoto pegando ele pelo braço.

– Calma, cara! Só tava conversando com a minha garota, que tá de TPM – ele falou, na maior cara de pau.

– O quê? – eu disse, não tão alto quanto gostaria. Estava nervosa demais. Como ele tinha coragem de falar isso? E como tinha coragem de me tratar daquele jeito?

– A gente nem te conhece, cara! – a Leti começou falando alto e se colocando na minha frente. – Você chegou puxando ela, como se isso fosse a coisa mais normal do mundo.

– Você é babaca? – a Fran interferiu. – Nem precisa responder, porque tá na cara que é.

Ele se virou pra nós e deu uma risadinha.

– Vocês três estão de TPM ao mesmo tempo, é? – falou, rindo de novo.

O segurança começou a puxar o garoto pra fora, e ele se virou, olhou nos meus olhos, deu outra risada e mandou um beijo.

– Sai daqui, babaca! – Fran gritou pra ele.

Minha primeira reação foi fazer cara de nojo, mas, logo depois, deu vontade de chorar. Quem ele pensava que era pra tratar alguém daquele jeito?

A Leti percebeu que meus olhos começaram a encher de lágrimas e me abraçou bem forte.

– Esse babaca não merece as suas lágrimas. Mas sei como é difícil segurar, então é melhor chorar agora, porque daqui a pouco nossa banda vai entrar e não quero que ninguém estrague este momento. Senão, vou correr atrás daquele cara pra descobrir se sou boa de briga – a Leti disse, passando as mãos no meu cabelo.

Dei risada, mesmo sentindo as lágrimas caindo.

– Aaaaaah! Que saco! – falei enquanto tentava enxugar meu rosto com as mãos. Ainda bem que não tinha passado nada no rosto, senão estaria tudo borrado.

– Se você estivesse com a maquiagem escorrendo agora, eu daria um jeito de fazer a minha ficar igualzinha. Certeza de que algumas pessoas iriam achar que era alguma *make* descolada.

– O quê? – continuei rindo. – Fiquei confusa com essa frase, mas acho que entendi a ideia.

– Claro que entendeu! – a Leti deu um soquinho de leve no meu braço. – Tá se sentindo melhor?

A Luly passou por perto e, quando me viu chorando e percebeu a Fran perto da gente, começou a pedir licença pra todo mundo e, em poucos segundos, estava ali do nosso lado.

– O que aconteceu, menina? – quis saber, com a expressão preocupada esperando uma explicação.

Como eu ainda estava chorando um pouco, a Fran se adiantou e contou tudo o que tinha acontecido.

– Cadê ele? Como ele é? – perguntou, muito brava. – Se ele chegar perto de mim ou de qualquer outra garota, faço questão de chegar dando uma voadora – bufou. – Tá, não sei dar uma voadora, mas vou fazer alguma coisa, com certeza. Ele não pode fazer isso! Quem ele pensa que é!? – falava tão rápido, que não sei como consegui entender.

A gente só se conhecia há algumas horas, mas já dava pra perceber que ela e a Fran eram pessoas especiais. O tipo de garota que quer proteger todo mundo, principalmente suas amigas. Estava torcendo pra que continuássemos mantendo contato depois do show. Até hoje, a única pessoa com gosto musical parecido com o meu e que faz parte do meu círculo de amizades é a Leti. Vai ser muito legal ter um grupo de amigos com isso em comum. Já até consigo imaginar a gente com um grupinho no WhatsApp trocando indicações de músicas.

– Ei, vocês não querem ficar mais pra trás com a gente? – Luly perguntou apontando pro grupinho da fila, a uma certa distância de onde estávamos.

– Ah, a gente queria muito ficar mais perto do palco. Vocês não querem vir mais pra cá? – Me senti um pouco sem graça de recusar o convite, mas já tínhamos combinado de ficar ali e sabia que a Leti ficaria triste se mudássemos o plano.

– Vai ficar meio chato vir toda a galera pra cá, mas, se mudar de ideia, é só chegar lá. Nada de ficar com vergonha – completou, me dando um abraço pra tentar me consolar pelo ocorrido.

– Se cuida – a Fran disse, me abraçando e segurando no braço da Luly.

Depois de acenarem pra Leti, elas retornaram em direção ao pessoal.

– Bom show! Se alguém vier encher o saco... – Luly gritou, fazendo mímica de cara de brava e soquinho, como se estivesse lutando boxe.

A Leti e eu rimos e nos viramos pro palco. Era hora do show.

Quando as luzes do palco se acenderam, todo mundo começou a gritar. A primeira música nem tinha começado, e eu já sentia que estava ficando rouca. Foi um turbilhão. Fiquei arrepiada, emocionada, tão feliz por estar ali naquele momento! Nós esperamos tanto, passamos por tantas coisas, e finalmente estava acontecendo.

Quando Lily começou a tocar a guitarra, as luzes do palco mudaram de cor, e todo mundo reconheceu qual seria a primeira música do show. A plateia inteira começou a gritar "Hey! Hey! Hey!", em sincronia. Foi tão lindo que fiquei arrepiada.

– Aaaaaah... Que emocionante! – gritou a Leti.

Ver as meninas ali pertinho, no palco, arrasando, era tudo que a gente sempre quis. Leti e eu pulamos ao som de cada nota, gritando cada palavra de cada letra de cada música. A sensação era inebriante. Ai, como era diferente assistir às apresentações ao vivo, dava pra sentir a emoção fluindo, o sentimento que cada canção carregava. A música era mesmo mágica.

As meninas eram lindas e cheias de atitude. Ali, naquele palco, elas pareciam o tipo de pessoa que estava sempre pronta pra enfrentar o mundo, pra se fazer ouvir. É assim que eu gostaria de ser.

– Adorei a roupa da Lily – Leti comentou enquanto gritava e assoviava junto com a plateia.

A guitarrista estava usando uma camiseta com um desenho do Gato Félix. A blusa era mesmo linda, e, na mesma hora, pensei que uma camiseta dessas seria um ótimo presente de agradecimento pra dar pra ela. Torci pra me lembrar disso.

Phebs, a baixista, estava com o cabelo azul, mas ela sempre mudava a cor. Já tinha sido rosa, verde, laranja, roxo, multicolorido... Adorava o estilo dela. Quem sabe, um dia, eu não teria coragem de pintar o meu também? Por enquanto, só conseguia fazer isso nos meus desenhos, mesmo.

Depois de umas três músicas, a banda parou de tocar e a Jen começou a falar, em inglês.

– Ei, pessoal! Estamos muito felizes por estar aqui! – Uma parte do público começou a assoviar, outra a bater palma, e outra a gritar "Nós amamos vocês". Ela esperou alguns segundos e voltou a falar. – Mas, antes de continuar, quero pedir um favor. Vocês aí que estão no ombro pra ficarem mais altos, por favor, não façam isso! Isso atrapalha as outras pessoas e queremos que todo mundo curta o show.

– É verdade – um garoto baixinho que estava ao meu lado concordou. – Já é difícil de ver normalmente, e fica pior ainda quando fazem isso.

Olhei pra ele, concordando. Nunca tinha pensado nisso.

– "Nós amamos vocês!" – escutei a plateia gritar.

– Obrigada! Também amamos vocês! – Jen gritou de volta.

– Agora, vamos cantar juntos! – Phebs gritou e Daniel, o baterista, levantou os braços segurando as baquetas formando uma letra "X" e, logo em seguida, começou a marcar o tempo batendo 1, 2, 3...

Achava que não era possível, mas o show ficou ainda mais incrível. Após duas músicas, elas convidaram a Jodie e a Jess, que abriram o show, pra cantar com elas uma música bem divertida. Até o Daniel cantou um pouco.

Leti e eu estávamos nas nuvens. Provavelmente, era o melhor dia das nossas vidas. Além de estarmos assistindo ao show da nossa banda favorita, tínhamos feito amigos, nos divertido pra caramba durante os preparativos e agora estávamos ali, aproveitando cada segundo!

Mas é claro que, como tinha sido desde o início, algumas coisas começaram a dar errado.

Parecia que a plateia estava ficando cada vez mais cheia. Não sei se o pessoal que estava lá no fundo começou a vir pra frente ou se realmente mais pessoas tinham entrado na casa de shows, mas começou a ficar mais difícil se movimentar. Eu não estava conseguindo nem pegar a minha bolsa pra guardar o celular. Então, coloquei no bolso da calça e segurei firme a mão da Leti.

– A próxima música é do álbum novo – explicou Jen.

– Ela ainda não tá disponível *on-line*, mas vocês serão uns dos primeiros a ouvi-la! Vamos lá!

A música tinha uma batida forte, e a letra falava sobre continuarmos lutando pela igualdade e pelo respeito. Fiquei arrepiada. Aquele momento me fez lembrar da primeira vez que ouvimos a banda. Era quase a mesma sensação. Eu precisava fazer um desenho inspirado nessa música.

Elas tinham muita presença de palco, e era praticamente impossível tirar os olhos da banda. Tanto que demorei um pouco pra perceber que a Leti estava com uma expressão estranha.

– Amiga? – perguntei assustada. – O que aconteceu?

– Não sei. – Ela mal conseguia se manter em pé e começou a se apoiar em mim. – Acho que minha pressão tá baixa. Parece que tô ouvindo tudo meio distante.

Apoiei o braço dela no meu ombro e comecei a pedir licença. As pessoas nem olhavam direito pra gente e ainda faziam cara feia, como se estivéssemos atrapalhando o show. Não conseguia mais encontrar a Luly nem nenhum outro rosto conhecido, e também não tinha certeza de que estava levando a minha amiga pra direção certa. Um cara pisou no meu pé com tanta força, que quase chorei.

O braço da Leti já estava ficando mais pesado no meu ombro, e seu corpo pendia mais pro lado. Eu precisava encontrar a enfermaria, ou quem quer que fosse, antes que ela desmaiasse.

– Amiga? Você consegue me ouvir? – Tentei olhar pra ela, mas não consegui ver seu rosto, porque o cabelo estava na frente, caindo sobre ele. Só deu pra ver que ela mexia a cabeça de leve. Pelo menos, estava me ouvindo.

– Ótimo! Aguenta só mais um pouquinho, tô te levando pra enfermaria.

Continuei andando, tentando empurrar educadamente as pessoas que não davam espaço. Vi o garoto babaca, e quando ele percebeu que o vi, desviou o olhar e fingiu não ter notado minha amiga passando mal. Ele poderia ter se redimido pedindo desculpa e ajudando a abrir caminho, mas não. Só comprovou o que eu já sabia.

Eu não conseguia mais prestar atenção na música, mas percebi que o ritmo tinha ficado mais agitado. As pessoas passaram a pular empolgadas e comecei a ficar desesperada. Já estava difícil abrir caminho com elas mais paradas, o que eu ia fazer quando estivessem saltando e empurrando os outros ao som da música?

– Desculpa, Marina! – Leti falou tão baixinho que quase não consegui ouvir.

– Desculpa o quê? – perguntei, tentando não parecer tão assustada. – Já estamos quase lá e logo vamos continuar curtindo o show.

Mesmo que seja do lado de fora, pensei.

Um casal que estava perto percebeu a situação e começou a abrir espaço pra gente passar. Olhei pra eles com gratidão.

– Viu só? Vai ficar tudo bem. Aguenta só mais um pouquinho.

Quando finalmente consegui enxergar um dos portões laterais, respirei aliviada. O casal continuou ajudando a abrir caminho até o final.

– Obrigada! Sem vocês, a gente ainda estaria na metade do caminho – agradeci.

– Imagina – a garota respondeu. – Quer que a gente acompanhe vocês?

– Não precisa! Vão lá curtir o show enquanto nos recuperamos – disse, tentando parecer mais tranquila do que realmente estava.

Eles insistiram mais um pouco, mas acabaram voltando pro meio da plateia. Quando chegamos do lado de fora, foi que consegui perceber o quanto estava abafado lá dentro. Não sei como não passei mal também.

– Tá, agora só preciso achar alguma placa que mostre o caminho pra enfermaria – comentei.

Estava olhando pros lados, quando um segurança veio rápido em nossa direção.

– Preciso de uma maca no portão C – ele falou usando um rádio muito pequeno preso na roupa. – Uma jovem de aproximadamente 1,70 m está quase desmaiando.

– Muito obrigada, moço – falei aliviada.

Não devo ter carregado a Leti por mais de 15 minutos, mas a sensação era de que eu havia feito isso por horas. Eu estava morrendo de medo de não chegar a tempo. Imagina se ela desmaiasse? O que eu iria fazer?

Em menos de um minuto, já estavam deitando a Leti na maca. Ela não chegou a desmaiar, mas estava ainda mais pálida do que antes. Ela se virou para mim, com dificuldade.

– Volta pro show e depois me conta como foi – falou.

– Você tá louca? Eu não te carreguei até aqui pra te deixar sozinha – disse, meio ofegante, enquanto andava mais rápido que o normal, tentando acompanhar o pessoal da maca.

Chegamos à enfermaria. Não era muito longe do portão em que o segurança nos encontrara, mas sinto que ela teria desmaiado no caminho se o socorro não tivesse chegado.

Era uma sala um pouco maior que meu quarto. Fiquei surpresa. Imaginei que seria bem maior, já que a casa de shows comportava muita gente e estava lotada. Todo mundo sabe que, quanto mais pessoas, mais chances de acidentes acontecerem.

A enfermeira atendia uma garota que parecia ter torcido o pé. Ela estava sentada apoiando-o num banquinho. Estava um pouco inchado, mas nada muito assustador, ainda bem. Além dela, tinha mais duas pessoas: um garoto que parecia ter vomitado e outro com olho roxo e nariz sangrando, que parecia ter se metido numa briga.

Uma das duas enfermeiras se aproximou da gente e sorriu. Era tão pequena que tive vontade de abraçá-la. Até que enfim, a minha amiga iria receber ajuda.

– Qual é o seu nome? – a enfermeira perguntou, olhando com carinho pra Leti.

Ela tentou responder, mas parecia cansada demais. Então, expliquei a situação enquanto a enfermeira ouvia pacientemente.

– O nome dela é Letícia. Leti. Não sei o que aconteceu, mas a pressão dela deve ter caído quando a pista encheu demais. Vi que ela estava bem pálida, falando muito baixo.

– Sua amiga vai ficar bem logo, mas não sei se vai ser uma boa ideia voltar pro show. Recomendo que fiquem aqui por um tempo e que depois voltem pra casa, se possível, antes do show acabar, pra evitar a multidão. Como está muito cheio e abafado, pode ser que ela se sinta mal de novo. Sem contar que o momento da saída é ainda pior que o da entrada. Agora, preciso que você espere ali perto do balcão, querida. A sala, infelizmente, é pequena e não tem como manter todo mundo nesta parte – ela falou medindo a pressão da Leti.

Agradeci e me sentei num dos banquinhos na entrada da sala, enquanto ela terminava o atendimento da minha amiga. Escutava os sons do show, as batidas fortes e a voz distante da Jen, cantando uma das minhas músicas favoritas. Olhei pros meus pés, pensando em como a vida era irônica. A gente havia se esforçado tanto para estar ali... Mas a pobre da Leti não tinha culpa. Na verdade, ela era a razão de eu estar ali.

Passados alguns minutos, um garoto entrou na enfermaria com uma expressão preocupada. Ele tinha sobrancelhas grossas e bem expressivas. Daria um ótimo desenho.

Ele seguiu na direção da garota que estava com o pé pra cima e começou a falar algo que não consegui escutar direito. Acho que era o namorado dela e dizia que estava muito difícil encontrar carros de aplicativos ou táxis na região.

Logo, a outra enfermeira pediu que ele aguardasse num dos banquinhos e o garoto se sentou ao meu lado.

– Você está esperando pra ser atendida ou tá acompanhando alguém? – ele perguntou, me analisando.

– Tô esperando a minha amiga. – Apontei pra Leti com a cabeça.

– Não sei como ela tava quando chegou aqui, mas já parece bem. A minha namorada torceu o pé – disse olhando pra ela.

Quando virei o rosto na direção dela, a garota estava fazendo uma careta, zuando aquela situação. Demos risada juntos, mas, logo em seguida, ficamos em silêncio de novo. Todos naquela sala pareciam cansados e desanimados.

Alguns minutos depois, a Leti me chamou. Olhei pra enfermeira, pedindo permissão, e ela concordou com um sorriso.

– Oi, amiga! Tá se sentindo melhor? Pelo menos, parece que sim. Já tá com a sua cor natural.

– Tô bem melhor. Por mim, voltaria lá agora mesmo, mas a enfermeira não vai gostar. – Suspirou. – Se bem que, se eu fosse e me sentisse mal de novo, não iria ter coragem de aparecer aqui. Seria péssimo ficar lá com medo de desmaiar.

– Verdade! Melhor não arriscar, ou nossas mães nunca mais deixam a gente ir a um show sozinhas. Falando nelas, quer que eu ligue pra virem nos buscar?

– Não! Imagina! Eu quero é que você vá pro show e depois me conte o que eu perdi.

– Hum... Acho que vou ficar te devendo essa, hein?! – falei soando um pouco mais triste do que gostaria. – Não existe a possibilidade de eu deixar você aqui e voltar pra lá.

– Existe, sim. E é exatamente isso que quero que você faça. Tô sendo muito bem cuidada, e aqui tenho a companhia de pessoas tão sortudas quanto eu – ela falou, apontando pra todos os doentes e acidentados do recinto.

Demos uma risada baixinha e ela continuou:

– Na verdade, sou mais sortuda do que todas elas, porque já tô melhor. E esses aí – olhou discretamente pros garotos – vão precisar de mais alguns dias pra se sentirem bem.

– Verdade, mas isso não muda o fato de que vou ficar aqui na enfermaria com você até nossas mães chegarem.

– Afe! – Leti revirou os olhos. Parecia realmente chateada, mas sei que, no fundo, ela estava feliz com a minha decisão.

– Vou só pegar meu celular pra ligar pra minha mãe. Não fuja – brinquei.

– Espera só até você olhar pro lado – Leti ameaçou. – Vou correndo lá pra plateia e vai ter que ir atrás de mim.

– Nem começa! – falei séria, mesmo sabendo que ela estava brincando.

Comecei a tirar tudo o que tinha na minha minibolsa. Os documentos, um pedaço do ingresso e a autorização. Mas não achava meu celular. Não tinha como ele estar escondido na bolsa, simplesmente porque não havia espaço pra isso. Era uma bolsa de um compartimento só. Meu coração disparou, aquele medo terrível me atingiu, como sempre acontecia quando eu não encontrava meu celular. Mas aí lembrei que tinha tirado ele da bolsa durante o show.

Ah, ele tá no meu bolso, pensei. Coloquei a mão no bolso do lado direito e não encontrei nada. Meu coração acelerou mais ainda. Só conseguia pensar na bronca que iria levar. Fui até o bolso esquerdo e só encontrei um pedaço de papel amassado.

– Não acredito. – Suspirei frustrada, sentando no banco ao lado de onde a Leti estava. Já tinham tirado ela da maca e colocado numa poltrona que parecia bem confortável ao lado da janela.

– O que foi? – ela perguntou, sua expressão assustada.

– Perdi meu celular. Você pode ligar pra sua mãe, por favor? – pedi, desanimada. Minha vontade mesmo era de chorar. Era só o que me faltava mesmo, perder o celular.

– Claro! E posso ligar pro seu celular também. Se alguém tiver achado pode atender e dizer onde ele tá. Não custa tentar – ela disse, cheia de otimismo, como sempre.

– Nossa, verdade! Nem tinha pensado nessa possibilidade. Já imaginei ele sendo esmagado pela multidão entre uma música e outra.

– Eita! – Leti fez uma expressão assustada. – O meu celular tá sem bateria. Esqueci de carregá-lo antes de sair de casa. – Alguém aí tem carregador deste modelo aqui? – ela perguntou pras pessoas à nossa volta, levantando o celular. Depois de todos terem negado, ela falou baixinho, só pra eu ouvir: – Todos os carregadores deveriam ser iguais. Acabaria com muitos problemas.

A enfermeira veio na nossa direção e eu já fui me levantando. Não queria levar bronca.

– Pode ficar tranquila, menina – ela disse, rindo. – Você estava dizendo que perdeu seu celular?

– Sim, acho que ele caiu do meu bolso quando estava tentando passar pela multidão pra chegar até aqui – expliquei, desanimada.

– Bom, talvez você consiga recuperá-lo. Tem uma salinha de achados e perdidos que fica no final do corredor, virando à direita. Se alguém tiver entregado a um segurança, provavelmente ele já deixou na salinha. Se não estiver por lá, ainda há uma chance de aparecer quando o show terminar, mas aí vocês terão que esperar um tempo depois que o pessoal começar a sair.

– Não tem problema! – falei esperançosa. – Nossas mães estão imaginando que vamos ficar até o final do show. Onde é mesmo a salinha?

– É fácil. Saindo aqui, você vira à esquerda e segue até o final do corredor. Chegando lá, você vira à direita. Vai encontrar três portas mais ou menos próximas. A primeira porta... Não, desculpe, a segunda porta, é só abrir que vai ter alguém pra te atender. Só não se assuste, porque aquele corredor é muito barulhento por ser perto do palco.

– Obrigada! – eu disse, sorrindo pra ela. Depois me virei pra Leti. – Bom, vou lá e já volto, tá?

– Pode ir tranquila, já tô perfeitamente bem.

– Não deixa ela fugir, hein? – Sorri pra enfermeira e saí da sala.

A sorte precisava estar do meu lado dessa vez.

O barulho no corredor era realmente muito alto. Coitada da pessoa que cuida da sala de achados e perdidos. Se fosse eu, provavelmente estaria usando protetores de ouvido.

O corredor era comprido, mas bem iluminado. Ainda bem, pois se houvesse uma luz piscando e não tivesse a banda tocando, seria o cenário perfeito pra um filme de terror. Não tinha ninguém além de mim, e fiquei tensa. Apressei o passo e alcancei a primeira porta. Parecia que estava tudo apagado lá dentro. Andei ainda mais rápido e, quando parei em frente à segunda porta, consegui ver uma luz saindo pela fresta. Bati três vezes. Não dava pra escutar nada, então aguardei um pouquinho, por educação.

Estava ficando nervosa por estar sozinha ali, então bati mais forte dessa vez. De novo, ninguém respondeu, e nada de alguém aparecer na porta. Resolvi abrir, mesmo assim. Com tanto barulho, devia ser impossível pra quem estivesse lá dentro ouvir qualquer coisa.

Entrei olhando pra baixo e bati a porta com força, na esperança de que alguém me escutasse. Quando me virei, percebi que aquela definitivamente não era a sala de achados e perdidos, e sim a porta que dava pro palco, por onde a banda tinha entrado.

Fiquei de boca aberta, sem saber o que fazer, encarando as garotas da The Hey Hey Heys. Era como se o tempo tivesse parado. Não sei dizer se fiquei naquela posição por poucos segundos ou longos minutos. Eu simplesmente não conseguia me mover nem tirar os olhos delas. Estavam tão, tão próximas. Conseguia ver cada detalhe das roupas que usavam, as expressões que faziam umas pras outras ao longo das músicas. O suor escorrendo e as camisetas úmidas de tanto pular e dançar.

Senti alguém perto de mim e me virei assustada. Era a Jodie. E também a Jess. E mais algumas pessoas que não sabia quem eram, mas que provavelmente tocavam com elas.

– Desculpa, já tô saindo – consegui falar inglês sem gaguejar, o que me surpreendeu, e enquanto me virava em direção à porta.

– Espera – Jodie gritou, fazendo uma pose engraçada pra impedir que eu continuasse em direção à saída. – Se você continuar quietinha, ninguém vai notar que não devia estar aqui – ela sussurrou, falando próximo do meu ouvido.

– Não acredito que tô aqui – falei pra mim mesma. Comecei a pensar em mil coisas ao mesmo tempo. Estava numa salinha com duas cantoras que há poucas horas eu nem imaginava encontrar fora da tela. Estava vendo a minha banda favorita tocando, bem ao lado do palco. Queria que alguém me beliscasse, só pra ter certeza de que aquilo estava mesmo acontecendo.

A Jess, que parecia simplesmente a famosa mais legal que poderia existir, veio puxar papo comigo. Tinha me esquecido completamente da Leti, tadinha. Mas não foi por querer, só estava vivendo a situação mais impensável de todas. A minha sorte realmente estava mudando.

– Como você veio parar aqui? – a Jess gritou pra que eu conseguisse ouvir.

– Perdi meu celular e achei que aqui fosse a sala de achados e perdidos – falei, dando de ombros.

– Deve ser – ela falou rindo e eu correspondi.

Uma garota ruiva que estava sentada num sofá zoando a piada da Jess e ela acabou rindo mais alto ainda.

– Você teve sorte! Tiveram um problema com um fã que tentou invadir o palco e chamaram o segurança da porta para ajudar – Jess explicou logo depois.

Jodie se aproximou e ofereceu uma caneca com chá.

– Se tem uma coisa que nós, britânicos, sabemos fazer bem, é chá. Na verdade, acho que é a única coisa – ela brincou, e todos gargalharam mais uma vez.

Todos estavam muito felizes. O clima ali, apesar do barulho ensurdecedor vindo do palco, era leve e divertido. Queria poder ir buscar a Leti, mas acho que a enfermeira não iria gostar muito. Se o segurança voltasse pra porta, não me deixaria entrar de novo.

Faltava pouco pro show acabar, e precisava ser rápida pra encontrar o celular, ligar pra minha mãe e conseguir ir embora sem enfrentar a bagunça com todo mundo saindo ao mesmo tempo. Mas queria tanto ficar até o final! Apesar do desespero que tínhamos passado mais cedo, o fato de a Leti ter passado mal fez que eu que vivesse os minutos mais extraordinários da minha vida. É como dizem: às vezes coisas ruins acontecem pra dar espaço pras coisas boas.

Eu me virei pras garotas juntas ali, ao lado do palco, curtindo o final do espetáculo e agradeci:

– Hã... obrigada, foi muito legal assistir a um pouco do show daqui – eu disse, acenando pra elas.

– Ei, pra onde você tá indo? – o barulho me fez ter muita dificuldade pra entender o inglês carregado dela.

Expliquei toda a situação, que não queria deixar a minha amiga sozinha por muito tempo, porque era graças a ela que eu tinha conseguido ir ao show.

A Jess balançou a cabeça, sinalizando que havia entendido tudo.

— Tive uma ideia — ela gritou, ao mesmo tempo em que deu um pulo pra ficar mais perto de mim. — Vou com você até a enfermaria pra chamar a sua amiga. Assim, ninguém vai impedir vocês de entrar aqui comigo pra curtir as últimas músicas.

Devo ter feito uma cara muito engraçada, porque ela riu quando viu minha expressão. Não era possível o que estava acontecendo! Aquelas garotas eram legais demais, e eu era a pessoa mais sortuda do universo.

— Isso vai ser incrível! Nossa, ela vai amar! — falei rápido demais, me esforçando pra processar aquela situação e entender que aquilo estava mesmo acontecendo.

— Então, vamos! — Ela abriu a porta e seguimos juntas pelo corredor.

Jess ficou do lado de fora da enfermaria, escondida próximo à porta, pra não chamar atenção enquanto eu ia falar com a Leti. Fiz de tudo pra conter meu entusiasmo, mas não conseguia parar de mexer as mãos. Queria muito surpreender a minha amiga.

— Já podemos sair — falei.

— Achou seu celular? Nossas mães chegaram? Ah, cara! Eu não acredito que vamos perder o final do show — disse bem chateada. — Desculpa de novo, amiga, queria tanto que a gente tivesse curtido cada segundo...

— Se pedir desculpas mais uma vez, vou te dar um peteleco. Ou melhor, vou esconder suas jujubas por uma semana — brinquei.

— Você não teria coragem — falou fingindo estar chocada.

A gente se despediu da enfermeira, e, assim que saímos, a Leti quase deu um grito quando viu quem estava parada no corredor. Jess fez sinal de silêncio, enquanto segurava o riso e fomos andando rápido em direção aos bastidores.

Quando a porta abriu, a Leti fez a cara mais engraçada que já vi. Se eu estivesse com meu celular, teria tirado uma foto e colocado no perfil dela na minha agenda de contatos, só pra ver aquela expressão toda vez que ligasse. Minha amiga olhava ao redor, com os olhos arregalados e o queixo caído, sem conseguir falar.

Depois de alguns minutos, ela, enfim, se recuperou do choque.

– Não acredito! Como você conseguiu? – falou, olhando pros lados.

Ficamos ali, juntas, ao lado da Jess e Jodie, assistindo às últimas músicas do show. A vibração dos instrumentos nas caixas de som fazia nossos corpos tremerem. O coração batia acelerado, no mesmo ritmo das músicas. A situação toda parecia um sonho. Um daqueles muito malucos.

– Marina, isso tá realmente acontecendo? – ela me perguntou, sem tirar os olhos da banda.

Segurei a mão dela.

– Tá, amiga. Pode acreditar.

O show acabou depois de uns dez minutos, e a Jess levou a gente até o camarim enquanto a banda agradecia ao público.

– O-BRI-GA-DA! – escutamos elas gritarem em português, com o sotaque carregado.

Pouco depois, as coisas ficaram ainda mais surreais. A banda inteira entrou no camarim onde estávamos, cumprimentando as meninas e todos os outros que estavam ali com a gente.

A Leti segurou meu braço. Vi que estava tentando dizer alguma coisa, mas sua voz não saía. Eu também fiquei em silêncio, meu cérebro prestes a pifar. O coração mais disparado que antes.

Os integrantes da banda se ajeitaram no sofá, conversando animados e passando garrafas de água uns pros outros. Enquanto falavam, a porta do camarim foi aberta e uma garota familiar entrou no cômodo.

Eu tinha certeza de que a conhecia de algum lugar, só não conseguia me lembrar exatamente de onde. Ela caminhou até Daniel, o baterista, falou algo que não entendi para ele, e depois deu um "oi" geral. Ela se sentou ao lado dele e me forcei a compreender o que diziam sobre a confusão de vozes e sotaques.

– Valeu por ter assistido a mais um show – Daniel disse dando um beijo nela.

– Vou começar a cobrar – a garota brincou. – Você deu até uma palinha em algumas músicas! Devia cantar mais.

– Naah! Prefiro ficar na bateria. As meninas já fazem um ótimo trabalho cantando – Daniel respondeu, enquanto pegava outra garrafinha de água.

Eles eram namorados. A garota pareceu notar minha presença, franziu a sobrancelha e disse:

– Ei! Você é a garota da camiseta legal.

Praticamente todos se viraram pra mim. Foi impossível não ficar vermelha dessa vez. Então era isso. Ela era a garota que tinha elogiado a minha camiseta antes do show começar. Balancei a cabeça, sem graça, sem saber o que dizer.

– E você também tem a camiseta legal – ela falou, apontando pra Leti.

– Cara, é muito legal mesmo – Daniel falou depois de terminar a garrafinha.

As meninas, que estavam sentadas no sofá, se levantaram pra ver de perto.

– Amei esse desenho – a Lily comentou. – Tanto as referências quanto as cores ficaram muito legais.

– Quem é a artista? – Phebs perguntou, pegando um pão de queijo. – Isso aqui é demais! Preciso aprender a fazer. Ou visitar o Brasil mais vezes – comentou, após dar uma mordida.

Eu estava atônita. Entorpecida. A situação não se parecia em nada com a realidade. O tipo de coisa que só acontecia nos filmes.

– A artista é ela mesmo – a Leti respondeu com orgulho. Ela viu que eu estava ficando vermelha e não iria conseguir falar direito. – Vocês precisam ver os outros desenhos dela. A Marina tem um caderno inteiro inspirado nas músicas de vocês.

– Caramba! Acho que você não tá com ele aí, né? – Lily perguntou olhando pra minha bolsa.

– Não, mas bem que eu queria – consegui dizer. Estava louca de felicidade por elas terem gostado do meu desenho, mas ao mesmo tempo triste por saber que não teria outra oportunidade de mostrar meus outros trabalhos, ou mesmo de estar na mesma sala com a minha banda favorita e outras artistas incríveis.

Jen, a vocalista, se levantou e veio andando na minha direção.

– Você fez um trabalho incrível mesmo. Desculpa ter demorado pra sair do sofá, mas é que meus pés estão me matando – ela disse, apontando pras suas botas.

– Falei pra você que não adianta nada usar uma coisa só porque é bonita, se não é confortável – Daniel disse, como se já tivesse escutado ela reclamar várias vezes antes. – Ainda mais ficando em pé por tanto tempo em cima de um palco.

– Blá, blá, blá! – Jen respondeu. – Eu sei! Não precisa me lembrar que você já falou isso sempre que reclamo, tá?

– Qual é o seu nome, mesmo? – Lily quis saber, se virando pra mim, cortando a discussão entre a Jen e o Daniel.

– Marina – respondi encabulada.

– E quanto você cobra por uma ilustração?

Fiquei tão surpresa com a pergunta, que precisei pensar rápido pra não ficar com a boca aberta olhando pra ela, como uma boba.

– Na verdade, eu só desenho por *hobby*. Nunca trabalhei com isso – respondi sinceramente. Desenhar fazia parte da minha vida desde o dia em que aprendi a segurar um lápis.

– Mas deveria – Phebs interferiu. – Sei que só vimos essas duas ilustrações, mas já dá pra perceber que você manda muito bem.

– Já vi muitos desenhos dela e não poderia concordar mais com você. Até a agenda da Marina é linda. Ela desenha todos os compromissos e tarefas, em vez de simplesmente os escrever – completou Leti.

– Acho que você criaria uma capa incrível pro nosso novo *single* – a Lily falou.

Quando ouvi essa frase, achei que ia desmaiar. Sem exageros.

Ilustrar a capa de um *single* da minha banda favorita seria um sonho. Mesmo que não acontecesse de verdade, só de saber que elas pensaram nisso eu já ficava realizada.

– Aqui está o meu e-mail – a Jen disse, me entregando um cartão. – Vamos conversar com calma, tá? Só não demora muito, porque queremos lançar em um mês, mais ou menos.

Fui pegar meu celular pra tirar uma foto do cartão, por garantia, mas lembrei que ele ainda estava perdido por aí. Isso se alguém não tivesse pisado nele ou o levado embora.

– Ai, droga, o meu celular – xinguei em voz alta, sem querer, e todos me olharam de um jeito curioso.

– Ai, gente, desculpa – disse, cobrindo o rosto. – Perdi meu celular durante o show. Aliás, foi procurando por ele que eu vim parar aqui no camarim.

– É, a gente praticamente sequestrou ela – Jess falou, levantando uma das sobrancelhas e cruzando os braços.

– Poxa, tomara que você consiga encontrar – a Jen se solidarizou.

Quando olhei o relógio, tomei um susto com a hora. Nossas mães deviam estar preocupadas com a gente, já que não havíamos dado notícia. Ai, meu Deus, elas iam matar nós duas!

A Leti e eu nos despedimos de cada um deles, explicando que íamos levar uma boa bronca. Quando passei pela porta, desejei com todas as forças poder tirar uma foto daquele momento pra guardar de lembrança, mas não tinha jeito, com o meu celular perdido e o da Leti sem bateria. Dei um suspiro tão longo, que acho que a namorada do Daniel, a única brasileira do grupo, percebeu.

– Ei, voltem aqui! – chamou, antes que sumíssemos de vista. Ela posicionou a gente ao lado do sofá, pedindo a todos pra se juntarem pra uma foto. – Andem logo! – ela gritou.

Rapidamente, todo mundo se espremeu e tiramos várias fotos. Sorrindo, fazendo careta, sérios, de olhos fechados.

– Você pode me mandar as fotos? – pedi. – Queria muito guardar de lembrança. Este dia foi tão incrível, que nem parece real.

– Claro! – Passei pra ela o número da Leti e as fotos foram enviadas na mesma hora. Assim que ela recarregasse a bateria, teríamos as fotos.

Falamos tchau de novo, um tanto relutantes, e fomos atrás do achados e perdidos. Não encontramos meu celular por lá, mas encontramos nossas mães conversando com alguns seguranças. Nem preciso dizer que elas não estavam nada felizes.

Depois de uma bronca que pareceu durar uma eternidade e de muitos pedidos de desculpas da nossa parte, fomos pro carro. A viagem era rápida, e nossas mães conversavam sem parar. Até que pareceram notar o nosso silêncio.

– Certo – comentou minha mãe. – Já sabemos que você perdeu o celular e que você passou mal – falou, olhando primeiro pra mim e depois pra Leti –, mas agora comecem a contar como foi o show e o que realmente aconteceu.

Sentadas no banco de trás, Leti e eu trocamos olhares.

– Mãe, você não faz a menor ideia...

No dia seguinte, depois do almoço, mandei um e-mail pra a Jen agradecendo pelo show e pelo pós-show inesquecíveis. Não sabia muito bem como abordar o assunto da capa do *single* – vai que ela tivesse mudado de ideia –, mas tomei coragem e escrevi que seria uma honra fazer uma arte pro novo trabalho da banda e que não cobraria nem um centavo por isso.

A banda ainda estava no Brasil – o voo de volta estava marcado pra domingo –, então ainda estávamos no mesmo fuso.

Comecei a montar a *playlist* do show, quando recebi uma notificação de e-mail. Era a Jen.

Jen
Para: Marina

Hey, Marina!

Foi muito legal conhecer vocês ontem. Uma pena ter perdido o seu celular, mas acho que, se isso não tivesse acontecido, talvez não tivéssemos nos conhecido, né?

Não vamos aceitar que você faça a arte pro nosso *single* e não receba nada por isso. Sei que esse é seu hobby, mas você pode transformá-lo no seu trabalho. Sério, você manda muito bem.

Já que AINDA não tem uma tabela de preços, podemos te pagar o valor que pagamos pro ilustrador que fez a capa do nosso último CD? Se topar, me avisa que te mando o single por e-mail.

Beijos,
Jen.

Li e reli o e-mail umas cinco vezes antes de conseguir responder. Era mesmo verdade. Eu vou fazer a capa do novo *single* da banda e ainda vou receber meu primeiro pagamento. Caramba!

Alguns minutos depois recebi a resposta:

Jen
Para: Marina

Combinado!

No anexo está a nossa música nova. Ela se chama *Serendipity* e ainda não foi divulgada.
Por favor, não envie a ninguém.
Depois quero saber a opinião de você e sua amiga.

Beijos.

Antes de abrir a música, fui correndo até a sala e liguei pra Leti. Não tinha como escutar aquele *single* sem ela por perto.

Enquanto a esperava, aproveitei pra pesquisar o significado do nome da música. Nunca tinha ouvido falar naquela palavra.

Serendipity (serendipidade): quando coisas boas acontecem sem que você esteja esperando.

É... acho que não existia neste mundo uma música melhor pra definir tudo o que tinha me acontecido nas últimas 24 horas.

DENISE

EM

SOU UMA ESTRELA!

★ POR ★

PAM GONÇALVES

Eu sempre tive certeza de que um dia seria notada, que o brilho do sucesso me encontraria e que as pessoas reconheceriam o meu talento. Era só uma questão de tempo até que isso acontecesse. Demorou um pouquinho, pra ser bem sincera, mas o dia chegou!

Sabe, eu não uso mais o celular na aula desde que fiquei de castigo e precisei ficar duas semanas sem internet durante as minhas férias do meio do ano. Dá pra imaginar isso? Duas semanas! Tudo bem que, no final das contas, nem foi *tããão* ruim assim, mas poxa vida... Eu não poderia dar mole e perder a frequência de postagens nas minhas redes sociais mais uma vez. Como ficariam meus fãs? Não, não! Agora, tomo muito mais cuidado!

Por isso, só vi a notificação de e-mail que mudaria a minha vida quando o sinal do colégio tocou pro fim das aulas.

RÊ do STARGRAM

Um convite especial   10:45

Pensei que seria mais um e-mail de ofertas de alguma loja de um aplicativo em que fiz umas comprinhas. Ou até mesmo um *spam* despercebido pelo filtro. Mas meus sexto, sétimo e oitavo sentidos são fortes e me fizeram abri-lo antes de enviar diretamente pra lixeira.

Rê do *Stargram*
(re@stargram.com)
Para: Denise
Assunto: Um convite especial

Oi, Dê!

Posso te chamar assim?

Estou muito animada pra te contar esta novidade! O Stargram acabou de ser lançado e já está bombando! Mas ainda precisamos completar nossa constelação e queremos convidá-la pra fazer parte do nosso time de Stars! Apenas as 100 pessoas mais legais do país inteiro terão privilégio de ter um perfil de Star no aplicativo. Festas exclusivas, recebidinhos mara e a oportunidade de ser única! Uma verdadeira estrela!

E aí, topa? Fico no aguardo da sua resposta!

Beijinhos!
Rê

– AAAAAAAAAAAAAAAAAAAAAAAAAAAAAA!

Todos os olhares se viraram pra mim ao mesmo tempo, com um ar de preocupação, depois do grito que dei. Provavelmente, pensavam que eu estava tendo um treco ali mesmo, no portão do colégio. Quando percebi a comoção, resolvi aproveitar a plateia: dei um sorriso radiante e fiz uma virada de cabelo digna de propaganda de xampu. Eu era uma *Star*, como disse a Rê.

– Denise, aconteceu alguma coisa? – perguntou Carmem, desconfiada.

– Eu recebi o convite!

– Que convite?

– Pro *Star*! Aquele aplicativo dos famosos!

Ela me encarou.

– Você?

– Sim!

– Tem certeza?

Semicerrei os olhos e cruzei os braços.

– Tá duvidando de mim?

– É que esse aplicativo é pra famosos... Tem o Sam Mendes lá!

O aplicativo tinha começado a bombar naquela semana e, pouco a pouco, começamos a descobrir quem teria o perfil de *Star*. Ou seja, quem poderia produzir conteúdo e participar de um "queridômetro" dos fãs. O *ranking* do "queridômetro" era atualizado todos os dias e, assim, podíamos saber quem era o *Star* mais querido do aplicativo naquele momento.

Desde que o *Stargram* foi lançado, o Sam Mendes estava no topo. Todas as outras pessoas da face da Terra, os pobres mortais, só poderiam seguir as *Stars* e comentar nas suas postagens, além de outras brincadeiras e desafios envolvendo os fãs.

– E agora *euzinha* faço parte – disse, empinando o nariz e desfilando pela calçada da escola como se fosse uma passarela. Finalmente, o jogo tinha virado.

– U-A-U! – ouvi como resposta, às minhas costas. Precisaria me acostumar com os olhares de surpresa seguidos de adoração. Eu era realmente incrível.

Não demorei muito pra responder ao e-mail. Não queria dar chance pra falta de sorte, vai que eles mudavam de ideia? A Rê (nossa, que íntima!) logo me enviou um código especial pra inserir no aplicativo e transformar minha conta de fã em *Star*. Mal pude acreditar na mágica acontecendo bem ali na minha frente. Uma explosão de estrelas invadiu a tela do meu celular e transformou o meu perfil em celebridade. Quase caí dura no chão do meu quarto. Confesso que fiquei emocionada e, ao me encarar no espelho, já poderia me imaginar fazendo o discurso ao ganhar o Oscar de Melhor Atriz.

– Gostaria de mandar um beijo pra minha mãe, pro meu pai e um especialmente pra você, Xuxa...

Opa, discurso errado!

Limpei a garganta e recomecei:

– Gostaria de agradecer a todos os meus fãs, que sempre acreditaram em mim e nunca me abandonaram. Sem vocês, isto não seria possível... – Encarei meu reflexo no espelho e franzi a testa pra criar uma ruga de emoção entre as sobrancelhas. Uma lágrima começou a se formar, mas respirei fundo. Ela não poderia cair porque acabaria com a minha maquiagem! Era um treinamento válido e bastante difícil.

Minha mãe escolheu exatamente aquele momento, quando eu estava em frente ao espelho com uma mão no coração e os lábios tremendo falsamente, pra se encostar na porta do meu quarto com os braços cruzados.

– O que você está fazendo, Denise?

Eu me recompus rapidamente e sorri pra ela, balançando minhas marias-chiquinhas.

– Nada, não! – pisquei. – Só acabei de virar uma *Star*!

Abri os braços exageradamente, como se tivesse acabado de dar um duplo *twist* carpado no chão do meu quarto. Mas minha mãe não estava muito impressionada com a exibição, apenas levantou uma das sobrancelhas e balançou a cabeça.

– Você e suas fantasias...

Então, saiu da entrada do meu quarto e me deixou sozinha pra brilhar. Eu não fiquei nem um pouco chateada, sabia que os pais não compreendiam a internet. Mas tinha certeza de que ela logo entenderia! Minha carreira estava apenas começando.

Meu momento de glória foi interrompido pela chegada de outro e-mail. Era um convite pra festa de lançamento do aplicativo, que aconteceria no dia seguinte, e eles estavam convidando todos os *Stars*...

TODOS OS *STARS*!

Eu era uma *Star* agora!

Conheceria o Sam Mendes! E a Luiza Mariana! A Taísa! Coloquei a mão no peito e deixei meu corpo cair na cama. Meu coração estava acelerado, e eu não conseguia conter minha animação. Parecia que ia explodir! Alguém poderia me enterrar naquele momento mesmo, pois já estava mortinha.

Mas, antes, eu precisava decidir o meu *look*...

A festa era num clube extremamente exclusivo da cidade, que estava fechado apenas pros *Stars*. Fiquei um pouco apreensiva por não poder levar acompanhante, mas lembrei que sempre fui boa em fazer amigos. E agora eles seriam famosos incríveis! Sério, eu só poderia estar sonhando...

Quando cheguei à portaria, um garoto e uma garota estreitaram os olhos pra mim. Ela se aproximou, desconfiada. Alisei minhas roupas, me perguntando se havia exagerado na produção. Saia plissada roxa, um pouco acima dos joelhos, blusa de alcinha preta e jaqueta holográfica com um unicórnio bordado nas costas. Uma bolsa no formato de boca e uma botinha preta simples de cano baixo completavam o *look*. Fala sério, não era nada de mais!

– Oi – a garota da portaria sorriu, desconfiada –, posso ver o convite, por favor?

Mostrei pra ela o convite digital no aplicativo, ela olhou rapidamente pro garoto ao seu lado e ele deu de ombros, me entregou um broche brilhante de estrela e liberou minha entrada. Antes que eu estivesse longe o bastante, escutei a garota sussurrar:

– Cada dia surge um *influencer* diferente na internet, e a gente não faz ideia de quem é – disse.

– Depois dos 20, a gente já tá velho pra internet – concordou o garoto, que eu duvidava ter mais de 20 anos.

Fiquei um pouco triste com o comentário, mas respirei fundo e não deixei aquilo me abalar. *Eu* tinha recebido o convite, *eu* merecia estar ali. Era isso o que importava.

Esqueci totalmente o comentário quando coloquei os pés dentro do clube. Uma música pop alta saía pelas caixas de som e várias pessoas dançavam na pista. Logo na entrada, à direita, uma dupla de maquiadores esperava com diversos cosméticos dispostos de forma organizada numa mesa. Era um verdadeiro paraíso! Uma diversidade de cores de batom, estojos com sombras cintilantes e pincéis dos mais variados formatos. Quando me aproximei, pediram, com um sorriso gigantesco, que eu chegasse mais perto. Será que eles me reconheceram?

– Que tal dar uma incrementada nessa *make*, sua linda? – disse um dos maquiadores, e virou meu rosto delicadamente em direção à luz uniforme que saía das lâmpadas enfileiradas ao redor dos espelhos. – Ah, você nem precisa. Tá maravilhosa! – Sorri em resposta, grata pelo elogio. – Quem fez essa obra de arte?

– Euzinha – respondi orgulhosa.

– Pois tá de parabéns. Dá uma olhada aqui, Polly! – ele chamou a outra maquiadora. – Ela não arrasou?

Polly me observou e, logo em seguida, balançou a cabeça concordando.

– Você é *influencer* de *make*?

Neguei.

– Pois deveria! Esse detalhe de *glitter* na sua sombra ficou maravilhoso, né, Thiago?

Eu me sentia num *reality show* sendo sabatinada pelos jurados, mas pelo menos estava arrasando!

– Garota, você vai longe!

A minha estrela brilhante foi interrompida por uma garota que chegou chorando no estande de maquiagem.

– Ele destruiu a minha vidaaa, Polly!

Toda a maquiagem preta dos olhos estava escorrendo pelas bochechas rosadas da garota. Eu a conhecia de algum lugar, mas não estava me lembrando de onde, por causa de todo aquele choro.

– Poxa, Miki, o que aconteceu desta vez? – Polly abraçou a garota e colocou uma mecha do seu cabelo muito escorrido atrás da orelha.

– Ele terminou comigo! Agora! Ali... na frente de todo mundo! Acredita?

Mais uma onda de lágrimas veio. Polly me encarou e deu de ombros, como se me dissesse que não tinha muito que fazer, a não ser apoiá-la.

Miki! É claro! Era aquela garota maravilhosa dos *covers* no YouTube. A voz dela era como veludo, de tão linda. Meu Deus do céu!

– Ele é um idiotaaa! – a garota se lançou nos ombros da Polly, irreconhecível.

– A gente já conversou sobre isso, lembra? – Polly segurou o rosto da Miki pra encará-la. – Agora, vamos dar um jeito na sua maquiagem e você vai voltar pra lá linda e maravilhosa!

Mais uma fungada e, enfim, um "sim". A garota respirou fundo e finalmente pareceu se dar conta de que eu estava ali ao lado, ouvindo tudo. Um sorriso tímido escapou dos seus lábios.

– Você pode fazer uma maquiagem igual à dela? – Miki perguntou pra Polly, apontando pra mim.

Polly deu uma risadinha.

– Posso tentar, mas quem fez a *make* foi ela mesma – respondeu enquanto preparava pincéis e sombras.

– Uau! – Miki me olhou espantada. – Eu sou a Miki – ela apontou pra si mesma.

– Sou a Denise – sorri em resposta, tentando me controlar pra não dar pulinhos de animação. Miki era incrível, mesmo toda borrada. – Adoro os seus vídeos! – deixei escapar. Até mesmo uma *Star* tem seu momento de *fangirl*.

– Obrigada – agradeceu com sinceridade e, então, fechou os olhos pra que Polly pudesse fazer seu trabalho.

– Você não vai mais olhar na cara dele, ok? – Polly começou a dar conselhos retirando a maquiagem arruinada com um lenço. – Nada de mandar mensagem. Nada de sorrir pra ele. Nada de "Oi, sumido". Nada de foto na *direct*. Na-da. Esse garoto precisa entender que você não vai ficar esperando por ele.

Miki respondia com um "tá" baixinho pra cada frase da Polly, sem passar muita credibilidade.

– Precisa focar em você! – não consegui segurar a minha língua, precisava dar meus conselhos sobre uma área da vida em que eu praticamente tinha PhD. Polly concordou, agradecida. Um conselho de fora poderia ajudar. – Nada de garotos por hoje e por um tempo. Eu sei, eu sei... É difícil. Mas a gente só consegue curar o coração sozinha, e não com outros *crushes*. Coração machucado não sara com *band-aid*.

– Thiago, anota aí essa frase, porque vou usar na legenda da minha próxima foto – pediu Miki.

Thiago digitou durante alguns segundos e depois me encarou.

– De onde você saiu, garota? Já tô apaixonado por você! Balancei minhas marias-chiquinhas e sorri.

– Isso é mais comum do que você imagina – declarei piscando. Ele provavelmente achou que estava brincando, mas não tentei corrigir seu pensamento.

Alguns minutos depois, Polly terminou de arrumar a maquiagem de Miki. Um delineado perfeito ressaltava seus olhos puxados e um sorriso iluminava seu rosto. Ela deu um pulo da cadeira e me puxou pela mão sem nem mesmo conferir seu rosto no espelho. Provavelmente, confiava bastante na Polly.

– Vem aqui tirar uma foto, já quero postar AGORA a sua legenda!

Dei um tchauzinho rapidamente por cima do ombro pra Polly e Thiago e fui puxada pra uma parede de flores artificiais com uma chuva de estrelas. Dois telefones antigos estavam posicionados em mesinhas ao lado de dois sofás, um azul e um rosa. Miki pegou um deles e pediu que eu fizesse uma pose com o outro ao seu lado. Em seguida, fez um gesto pra que o fotógrafo tirasse as fotos. Depois de algumas poses engraçadas, ele mandou por *wi-fi* uma das imagens pra Miki. A garota foi tão rápida nos filtros, que nem consegui ver direito qual aplicativo de edição ela usava pras suas fotografias perfeitas. *Eu precisava lembrar de perguntar isso uma outra hora!*

Em menos de dez minutos, ela já estava com a foto editada e pronta pra me marcar na postagem.

– Qual é o seu arroba?

– *SupremeDenise* – respondi, um pouco tímida.

– Amei! – Dois toques na tela depois, ela sorriu em minha direção – Prontinho! Agora vamos dançar, que hoje eu sou dona de mim!

E foi assim que, de uma hora pra outra, eu me tornei uma *Star* e fui dançar com a minha nova amiga famosa.

Em algum momento da festa, depois que os meus pés começaram a reclamar, a música foi diminuindo aos poucos e um homem de camisa social preta e calça jeans subiu ao palco. Eu não fazia ideia de quem ele era. Olhei ao redor e todo mundo tinha um olhar intrigado. Provavelmente aquelas pessoas também não o conheciam.

– Boa noite, *Stars*! – a voz do homem era profunda e invadiu todo o espaço, o que me deu um susto. Ele abriu um sorriso cativante pra plateia. Um refletor de luz estava focado nele, bem no meio do palco. Era impossível ignorá-lo, o homem preenchia o ambiente e chamava toda a atenção.

— Gostaria de agradecer pela presença de todos aqui esta noite. É um dia muito especial pra mim. Finalmente, damos *start* pra revolução da internet. Vocês são os adolescentes mais populares do Brasil e agora também são reconhecidos como tal.

Uhhh, que chique.

Miki me cutucou, e eu me aproximei dela.

— É o criador do *Stargram* — murmurou no meu ouvido.

Um garoto de cabelo azul ao meu lado complementou:

— João Pedro. Ele deu uma entrevista esses dias. Já fez parte de outras redes sociais, mas é a primeira vez que cria algo sozinho. Disse que precisava de mais liberdade criativa, ou algo do tipo.

— Vamos revolucionar o mundo dos influenciadores por aqui e estreitar ainda mais a relação que vocês têm com seus fãs — continuou João Pedro, com um sorriso reluzente. — Conto com vocês, minhas estrelas.

A frase foi a deixa pra uma melodia de violão começar. O foco de luz se apagou e deixou todos nós no escuro.

Eu conhecia aquele som.

Era a música que eu mais tinha ouvido no último mês.

Senti meu coração acelerar e um arrepio subir pelo meu corpo. Tinha certeza de quem estava ali, e meus olhos não me enganaram quando uma luz suave iluminou o rosto que via todos os dias ao acordar, no pôster colocado na parede do meu quarto.

Sam Mendes.

Eu achei que ia desmaiar.

Ouvi gritinhos agudos quando Sam começou a cantar a música *Seu problema*, e tenho certeza de que um deles era o meu. A música fala sobre ele saber que o atual namorado da garota de quem gosta é um cara que não a merece. Um problema na vida da garota. Ele cansou de avisá-la, mas não consegue deixar de se importar com ela.

Cantei o refrão com os olhos fechados. Geralmente, eu era o problema da vida dos garotos, não era do tipo que sofria muito por amor, não, queridinhos. Mas não tinha como não sentir a emoção do Sam cantando a música. Dava vontade de abraçá-lo.

Quando sua voz virou apenas um sussurro cantando a última estrofe, ele olhou na minha direção. Poderia jurar que Sam encarava diretamente os meus olhos. Fiquei paralisada. Então, deu um sorriso e acenou. Antes que eu passasse vergonha acenando de volta, veio o meu choque de realidade.

– Gostaria de convidar a Miki pra subir aqui ao palco e cantar a próxima música comigo.

A Miki. É claro. Eles eram amigos.

Até parece que ele estaria olhando pra mim. Dãaã! Revirei os olhos pros meus pensamentos completamente idiotas.

Ela foi até o palco, passando por Júnior, seu ex-namorado, sem nem olhar na direção dele. Era um pouco estranho estar no meio de tantas pessoas de quem eu conhecia detalhes da vida, sendo que a maior parte delas nem fazia ideia de quem eu era. Júnior e Miki namoraram por quase dois anos, entre idas e vindas. E eu acompanhei a novela toda. Por um lado, era bom porque teria os conselhos certos pra dar, caso ela pedisse, mas eu precisaria me segurar pra não parecer assustadora. Não queria que ela me achasse uma *stalker*.

– Esta música aqui eu escrevi quando estava muito triste. Quando achava que seria a última vez que deixaria alguém me fazer sofrer. – Ela deu um sorriso tímido e lançou um breve olhar em direção ao Júnior. Ele estava com as mãos no bolso da calça jeans e tinha um olhar de desinteresse. Como ele conseguia ficar tão tranquilo depois de ter terminado com a Miki ali mesmo? – Bom, não foi... – Risadinhas de reconhecimento se espalharam pela plateia. As pessoas sempre achavam que não seriam bobas de novo e acabavam sendo. O sorriso triste de Miki se transformou num rosto determinado. – Mas agora vai ser.

A plateia soltou um urro de aprovação. Júnior agora levava tapinhas de provocação dos amigos.

No palco, Miki era outra pessoa. Parecia ter duas vezes o seu tamanho.

Mesmo não sabendo a letra da música nova, era impossível ficar parada.

No dia seguinte, recebi uma notificação do *Stargram* avisando que o meu "queridômetro" estava começando a *subir como foguete*. Já estava em 60% e eu era a 35ª pessoa mais querida dos *Stars* no Brasil. Esse era o poder da Miki, a terceira no *ranking*, só perdendo pro *crush* supremo Sam Mendes e para a Liz, a minha *youtuber* favorita. Miki estava à frente do próprio ex-namorado, que havia caído três posições depois do término.

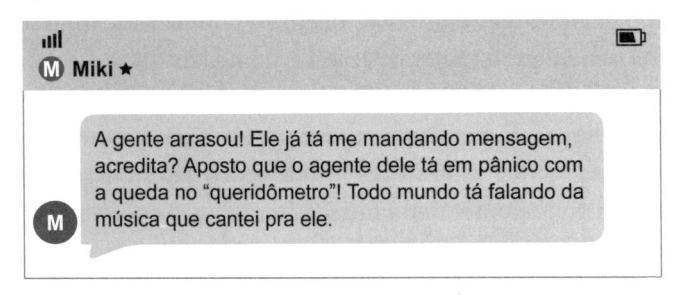

> **ıllı**   **▬)**
> **Ⓜ Miki ★**
>
> **M**   A gente arrasou! Ele já tá me mandando mensagem, acredita? Aposto que o agente dele tá em pânico com a queda no "queridômetro"! Todo mundo tá falando da música que cantei pra ele.

Espera aí! Que mundo era esse em que a Miki estava me mandando mensagem? A gente não tinha se falado novamente depois que ela cantou com o Sam, já que precisei ir embora e tinha ficado com medo de parecer invasiva ao mandar uma mensagem direta. Mas ela mandou!

Belisquei meu braço com força, pra ver se não estava sonhando.

– Ai! – resmunguei.

Era real!

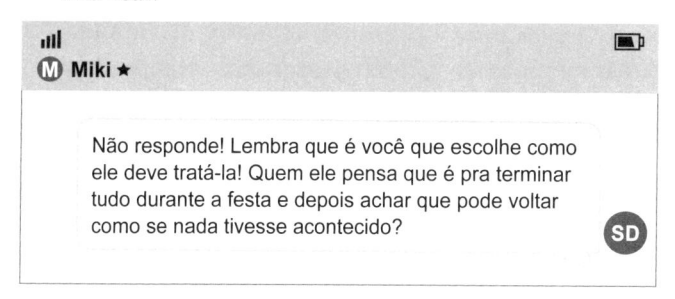

— Esses garotos ACHAM que podem ser mais espertos que a gente, mas não vou deixar ninguém ser feita de boba, não! – resmunguei pro meu celular.

Enquanto eu esperava a Miki responder minha mensagem, uma ligação de um número desconhecido apareceu na tela. Quando atendi, uma voz estridente quase me deixou surda.

— Oi, Dê! É a Rê!

Tive que me segurar pra não rir dos apelidos combinando. Eu acabei deixando que ela me chamasse de Dê, mas era meio cafona, temos que admitir.

— Hmmm... Sim?

— A Rê, do *Stargram*! – explicou, ainda com a voz animada. – Eu que te mandei o convite, lembra?

— Claaaro! Oi, Rê! Tudo bem?

— Ai, querida! Pra falar beeem a verdade não tá, não!

Certo, a Rê era daquelas que realmente respondia ao "Tudo bem?", em vez de encarar como uma pergunta retórica. Lá vamos nós!

— Poxa, o que aconteceu?

— Ai, *girl*! Tenho uma notícia não muito legal, mas será que a gente pode marcar um café? Tô *bad* e acho melhor falar sobre isso pessoalmente.

Não sei como a Rê sabia, mas ela havia despertado minha curiosidade, e eu não tinha como recusar. Precisava saber sobre o que ela tanto estava fazendo mistério!

– Claro! – concordei. – Na segunda?

Era sábado e eu já tinha combinado de dar uma volta com as meninas no shopping, fazer umas comprinhas e paquerar uns gatinhos.

– Não! – ela me respondeu, em tom de urgência. – Pode ser tipo... daqui a 30 minutos? No Limoeiro Café, aí perto da sua casa – sugeriu. – Por coincidência, estou por perto – deixou escapar uma risada nervosa. – É o destino!

Ah, claro. O destino. Achei bem estranha toda aquela pressão pra ter a conversa o mais rápido possível, sem contar que eu não fazia a mínima ideia de como ela sabia onde eu morava. Será que era verdade aquele negócio de o celular ouvir tudo que a gente fala? Olhei desconfiada pro aparelho. Traidor!

Como a curiosidade era um argumento poderoso pra se utilizar comigo, acabei aceitando o convite. Combinaria de encontrar as minhas amigas mais tarde.

Eu deveria ficar preocupada? Será que havia feito alguma coisa que não devia no aplicativo? Era só o que me faltava... Estragar minhas chances quando tudo estava começando a acontecer! Seria bem a minha cara!

Esqueci de perguntar como iria reconhecer a Rê, mas não precisei me esforçar muito. Mal coloquei o pé na cafeteria e uma garota ruiva, que devia ser a Rê, se levantou rapidamente, o que fez com que a cadeira em que estava sentada caísse pra trás e chamasse a atenção de todo mundo.

Ao acenar pra mim – algo completamente desnecessário, porque eu e todas as pessoas em um raio de 100 metros já tínhamos reparado –, ela derrubou seu copo de café e espalhou o líquido pela mesa inteira.

Olha, eu sempre amei receber atenção. Sabe como é... Eu chego brilhando! Mas que mico!

Eu me aproximei devagar da mesa e olhei apreensiva ao meu redor. A maior parte dos rostos era de conhecidos do colégio, inclusive de alguns *crushes* em quem eu estava de olho! *Obrigada, Rê! Certamente vai aumentar muito meu "queridômetro". Só que não!*

– Desculpa pelo hmmm... – Rê olhou envergonhada pra Karla, a garota que correu pra limpar a mesa dela – ...transtorno.

Karla apenas sorriu, entediada, mais preocupada em manter o espaço limpo do que com as desculpas dela. Aproveitei pra me sentar na frente da Rê. Agradeci mentalmente por ela não ter derramado café na cadeira.

– Ai, Dê... – resmungou e colocou as mãos no rosto. Será que ia chorar? – Eu nem sei por onde começar...

Levantei as sobrancelhas. Se ela não sabia... muito menos eu!

– Que tal a gente pedir algo pra você beber? Acho que vou precisar de outro café também.

Depois de pedir um café expresso pra ela e um *frappuccino* de chocolate pra mim, Rê me olhou e respirou fundo.

– Temos um problema.

– Hm...

– Como vou explicar?

Seu telefone tocou e ela atendeu rapidamente, assim que viu quem estava chamando. Engoliu em seco e deu um "oi" sem firmeza.

– Sim, estou com ela na minha frente – disse pra alguém que eu não fazia a mínima ideia de quem era, mas que certamente sabia quem *eu* era. – Não, ainda não falei.

Ela afastou o telefone da orelha quando a pessoa gritou do outro lado da linha e de novo fez uma expressão esquisita, com a testa franzida. Estava bastante preocupada.

– É claro – concordou. – Só mais cinco minutos e eu resolvo isso. Certo. Ok. Obrigada, senhor.

Rê desligou o telefone, jogou dentro da bolsa que estava no colo e quase chorou de agradecimento quando a garçonete trouxe o seu café.

Peguei meu *frappuccino* e aguardei o que Rê tinha pra me falar.

– Você precisa excluir seu perfil no *Stargram* – ela disse de forma direta.

Enquanto eu tentava com todas as minhas forças segurar o gole de *frappuccino* dentro da minha boca depois dessa frase absurda, Rê parecia extremamente aliviada por ter desembuchado e, enfim, tomou um gole do café com calma.

– Eu não entendi... – disse depois de me recompor.

Realmente não estava entendendo NADA.

– Seu perfil no *Stargram*. Preciso que você exclua.

Sorri, sem acreditar.

– É algum problema? Precisam que eu crie outro?

– Não – respondeu. – Preciso que você *saia* do aplicativo.

Sua expressão era séria, mas seus olhos quase me imploravam pra que não resistisse e fizesse o que ela estava me pedindo (ou mandando). A ligação fez total diferença no comportamento da Rê. Ela não era uma pessoa muito intimidante, devia ser apenas alguns anos mais velha do que eu. Vestia uma roupa casual, nada diferente do que a gente via naqueles documentários de empresas de tecnologia. Ninguém usava terninho, o que era maravilhoso! Liberdade pra vestir o que quisesse, imagina? E lembrei que ela havia se esforçado em parecer legal, mas depois da ligação se transformou em outra pessoa.

– Mas isso não faz sentido... – Os dedos nervosos batendo na mesa me diziam que ela precisava que eu simplesmente seguisse o que me falou. Mas eu não queria! Como assim, teria que excluir meu perfil? Estava começando a bombar por lá! Era meu sonho...

– Na verdade, cometemos um engano – declarou.

Certo, não vou mentir, isso até tinha passado pela minha cabeça. É o tipo de coisa que a gente pensa quando algo surreal acontece, né? Mas, depois do dia anterior, vi que aquele era o meu mundo! Era ali que eu gostaria de estar.

– Não vou fazer isso – respondi, simplesmente, e suguei o canudinho do *frappuccino* fazendo barulho.

Um pouco exagerado, eu sei.

Quase pude ver aquelas fumacinhas de estresse saindo pelas orelhas da Rê, mas o café deve ter dado algum poder especial pra ela, pois a garota conseguiu manter a calma.

– Denise. – Pela primeira vez, ela me chamou pelo nome real. Nada de intimidade agora, né? – Não era pra *você* estar no *Stargram*. Era pra a Denise Garcia ter sido convidada.

Meu coração parou por alguns segundos. A Denise Garcia, a adolescente mais popular do Brasil, que estava atuando em todos os filmes e novelas que podia. É claro que deveria ser ela.

– Mas... mas... – Fiquei sem palavras, e a Rê apertou uma das minhas mãos, que estava sobre a mesa. – Por que vocês não podem simplesmente convidá-la também?

Era só mandar um código de *Star* pra ela! Eu não precisava sair. Tudo poderia continuar como se nada tivesse acontecido...

Recebi um sorriso de pena.

– O *Stargram* é pros 100 *Stars* do país. Não podemos ter cento e um.

Agora ela falava lentamente, como se tivesse medo de perder meu momento de guarda baixa.

– Olha, você pode dizer pros seus fãs que precisa deixar as redes sociais – sugeri. – Todo *influencer* fala isso hoje. Dar um tempo. Viver a vida *off-line*, essas coisas...

Um sorriso encorajador apareceu no rosto dela. Seus olhos brilhavam. Ela tinha esperança.

Puxei minha mão rapidamente.

Ela *quase* havia me convencido.

– Não – respondi. – Não vou fazer isso... Não vou mentir pro meu público.

Peguei minha bolsa e me levantei.

– Denise...

– Se quiserem, vocês que me tirem de lá.

Ela me olhou desesperada. Era isso, eles não poderiam simplesmente me tirar. Ou já teriam feito isso. Provavelmente, não contavam com o meu rápido crescimento dentro da rede social.

– A gente pode fazer isso mesmo – blefou, mas a voz levemente esganiçada entregou o desespero.

Uma notificação chamou a minha atenção e peguei meu celular dentro da bolsa. O *Stargram* estava me parabenizando pelos dez mil novos seguidores, em menos de 24 horas. Levantei uma das sobrancelhas, sorri e mostrei pra Rê a tela do celular.

– Tentem – provoquei e fui embora, deixando ela sozinha.

Não tive qualquer notícia da Rê durante dois dias inteiros. Apesar de toda minha postura de coragem no Limoeiro Café, a verdade é que estava morrendo de medo de eles, de fato, me expulsarem do aplicativo. Eu conferia o tempo todo o meu perfil no *Stargram*, só pra ter certeza de que ele ainda estava no ar. Meu "queridômetro" havia estabilizado em 75% e eu estava na posição 23 do *ranking*.

Mas a vida de famosa na internet estava apenas começando. Naquela semana, chegou minha primeira caixinha de recebidos. Uma marca de perfumes havia me enviado o seu mais recente lançamento. Fiquei extremamente feliz, é claro. Enviei fotos pra todas as minhas amigas e fiz uma postagem agradecendo o presente incrível. Até minha mãe ficou impressionada!

Aos poucos, a frequência de presentes foi aumentando. Toda vez que chegava do colégio tinha uma ou outra caixinha me esperando no meu quarto. A sensação era de acordar no Natal todos os dias! Roupas, maquiagens, brinquedos, convites pra inauguração do novo clube da cidade, uma variedade de chocolates, sapatos, material de papelaria e até mesmo um celular novo acompanhado de uma cartinha escrita à mão.

Denise, querida!

Sabemos que você não desgruda do seu celular da iCaju, e por isso estamos enviando o nosso mais recente lançamento. Esperamos que você aproveite ainda mais!

Beijos,
Equipe iCaju

A verdade é que eu estava me divertindo muito!

Enquanto testava meu mais novo brinquedinho, percebi que vários seguidores começaram a me marcar num vídeo de perguntas e respostas da Denise Garcia. Pensei que provavelmente tinham se enganado, mas dei *play* pra entender o que estava acontecendo. Alguém perguntou por que ela não estava no *Stargram* e ela respondeu que não foi convidada. O tom não era de ressentimento. Ela até riu, brincando com a situação. Mas, em seguida, outra pessoa perguntou o que ela achava da Denise que havia roubado o lugar dela.

– Eu não a conheço – respondeu simplesmente, passando imediatamente pra próxima pergunta.

Era isso: a Denise Garcia me odiava...

E eu nem tive a oportunidade de tirar uma foto com ela!

O crescimento do meu perfil no *Stargram* ia muito bem e, depois de vários pedidos, marquei de fazer meu primeiro vídeo ao vivo com meus seguidores no final de semana. Miki me incentivou a dar conselhos amorosos e fez a maior propaganda no seu perfil. Inclusive, sugeriu que poderia fazer uma participação especial!

Na hora marcada, quase dez mil pessoas ficaram *on-line* pra me assistir! Eu nem conseguiria visualizar uma multidão daquele tamanho! Estava um pouco nervosa, é claro, mas me senti muito bem quando comecei a falar. Conselhos sobre como lidar com a *friend zone* ou como chamar o *crush* ou a *crush* pra sair. Nada de ficar esperando os caras te escolherem, eu dizia. Na verdade, acabei dando mais conselhos pra elas saírem com as amigas em vez de ficarem perdendo tempo com gente que não correspondia.

– Última pergunta da *live*, gente! – avisei, antes de tomar um gole de água. Já estava ficando sem voz.

Li alguns comentários de pessoas se lamentando pelo tempo ter passado tão rápido e pedindo pra fazer com mais frequência.

– Pode deixar que vou marcar outra logo! – concordei, animada.

Passei alguns segundos deslizando a lista de perguntas, tentando escolher uma legal pro encerramento. Tomei mais um gole de água do meu copo de unicórnio quando parei num nome conhecido. O susto foi tão grande que quase me engasguei e saiu água pelo meu nariz.

No desespero de não saber se tentava me recuperar, se lia os comentários ou se respondia à pergunta (fala sério, eu não lembrava nem meu nome!), acabei clicando no botão pra encerrar a *live* e encarei a tela sem entender o que tinha acabado de acontecer.

Infelizmente, não era possível ler o histórico de perguntas enviadas durante a *live*, então eu não tinha como ter certeza se não havia imaginado coisas. Seria impossível que o Sam me conhecesse, e mais ainda que ele perguntasse se TINHA UMA CHANCE!

Foi alucinação. Definitivamente, eu estava ficando louquinha da Silva.

Naquele dia, depois de adormecer encarando o pôster do Sam Mendes, sonhei pela quinquagésima vez que ele me convidava pra sair.

Depois da primeira *live*, meu perfil entrou no top 15 do *Stargram*. Eu não deveria ficar obcecada com isso. Afinal, era muito mais do que tudo o que já tinha sonhado! Mas as notificações ficavam estimulando o meu lado competitivo.

> **STARGRAM**
>
> Oba! Você subiu duas posições no ranking! Parabéns!

> **STARGRAM**
>
> Já faz quatro horas que você não publica nada para os seus fãs! Não os deixe esperando!

> **STARGRAM**
>
> Ah, que pena! Seu "queridômetro" caiu 10%!

Me concentrar na aula estava cada vez mais difícil e minha mãe vinha dando sermões e me lembrando de quando precisei ficar sem celular.

– A tia Rita tá com saudades – ela me disse na última vez que me viu grudada na tela do celular novo, enquanto deveria estar estudando Matemática. Aquela não era uma frase qualquer: a tia Rita era a dona da fazenda na Serra Catarinense onde eu tinha passado as férias do meio do ano sem celular. Sentia falta do clima e de tudo de legal que vivi por lá desconectada (saudades, Doug!), mas não conseguia nem pensar em perder de novo o privilégio de ter o meu celular logo agora.

– Manda um beijo pra ela – falei, deixando o aparelho de lado e voltando a atenção pro caderno à minha frente. A tela piscou com uma nova notificação, mas senti o olhar da minha mãe em mim, observando a minha reação da porta do quarto. Eu me controlei e continuei a ler pela terceira vez o enunciado do problema de Matemática. Tenho certeza de que, em algum mundo paralelo do espaço-tempo, eu entendia o que estava lendo, mas, naquele momento, só pensava na mensagem do celular...

Depois de alguns minutos de silêncio, quando achei que ela já tivesse saído, me levantei e me alonguei pra disfarçar. Coloquei o celular no bolso e me tranquei no banheiro.

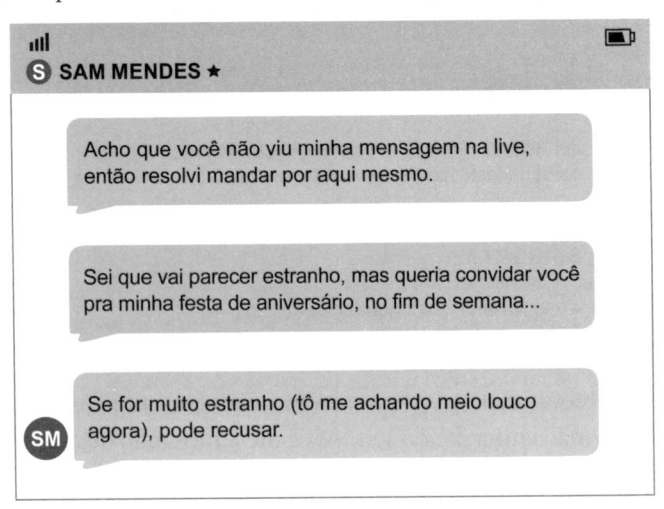

ıll   ▬▷

Ⓢ SAM MENDES ★

Acho que você não viu minha mensagem na live, então resolvi mandar por aqui mesmo.

Sei que vai parecer estranho, mas queria convidar você pra minha festa de aniversário, no fim de semana...

SM   Se for muito estranho (tô me achando meio louco agora), pode recusar.

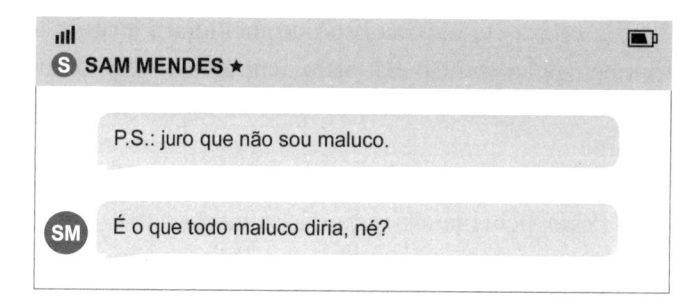

ıll   **(📱)**

Ⓢ SAM MENDES ★

> P.S.: juro que não sou maluco.

SM É o que todo maluco diria, né?

Era ele mesmo.

Ali estava o selo de *Star* e tudo.

Não era um *fake*.

Sam Mendes estava me convidando pra sair.

Ok, era o aniversário dele e teoricamente todo mundo que ia estar lá tinha sido convidado, mas... ele me convidou!

Ele me convidou!

— Ele me convidou! — falei na empolgação, sem lembrar que estava lendo o celular escondida no banheiro.

— Quem te convidou? — minha mãe me perguntou, encarando o celular na minha mão quando abri a porta. Tentei esconder a tempo, mas sem sucesso.

— O Sam Mendes, mãe! — respondi animada, na esperança de dissolver a carranca que já estava se formando no rosto dela. — Aquele cantor de quem eu sou fã! Ele me convidou pro aniversário dele no fim de semana. Eu nem sei o que vestir! Meu Deus!

— Quem disse que você vai? — ela me perguntou séria, com as mãos na cintura.

— Mãe?

— Vai depender da sua nota na prova de Matemática, pra qual você deveria estar estudando — complementou e estendeu a mão. — Me dê esse celular. Vou te devolver quando terminar de estudar.

— Ah, mãe...

— Denise, a gente já teve essa conversa... Não é saudável.

Ela estava certa. Mas isso não melhorava a situação. Dei meu celular e então ela sorriu, tentando me confortar.

– É só durante a aula e as horas de estudo em casa – assegurou.

Concordei, com medo de que ela o tirasse por mais tempo.

– Posso, pelo menos, responder a mensagem?

Ela negou.

– Matemática primeiro, garotos depois.

Foi difícil, mas me dei bem na prova de Matemática e conquistei o direito de ir à festa do Sam Mendes. A Miki foi até a minha casa pra que fizesse sua maquiagem e, em seguida, minha mãe deixou a gente na frente de um salão, onde seria o aniversário do Sam. Achei que seria uma festa enorme, mas fiquei surpresa ao me dar conta de que eram poucos convidados. Boa parte das pessoas eu conhecia dos perfis do *Stargram*. Ele chamou pelo menos os trinta primeiros do *ranking* do "queridômetro". Eu estava na posição 35 naquele momento. Precisei focar na prova de Matemática, e o algoritmo não perdoa. Era uma boa troca, afinal, olha onde eu estava! Se tivesse tomado bomba, nem poderia colocar os pés fora de casa!

Reconheci alguns cantores e uns atores da temporada atual da novela *Sensação*, da TV Via Láctea, espalhados pelo lugar, formando grupos de conhecidos e conversando entre si. Eu sei que já deveria ter me acostumado com tudo aquilo, mas ainda me pegava encarando todo mundo por alguns segundos antes que a Miki me desse uma cotovelada na costela pra que parasse de ser doida.

– Você tava fazendo de novo! – sussurrou no meu ouvido, antes de cumprimentar a Luna Esteves com dois beijinhos.

– Garota, há quanto tempo!

– Ai, as gravações da reta final da temporada estão uma loucura e já estou fazendo uns testes novos pra novela das nove! Só vim hoje porque é o Sam, né? – concluiu com um sorriso tímido, diria até que apaixonado. Eu reconhecia o sentimento, e uma pontinha de ciúme se formou dentro do meu peito. Então, ela olhou pra mim e deu alguns pulinhos, empolgada. – Denise! Eu A-D-O-R-O as suas *lives* dando conselhos! Já mandei pra todas as minhas amigas deixarem de ser bobas e se valorizarem! – Sorri pra ela em resposta, grata. – Só fiquei triste que não teve nada esta semana...

– Prova de Matemática – respondi, simplesmente, como se explicasse tudo.

– Ah, eu sei como é! Tô quase louca terminando o terceiro ano e atuando ao mesmo tempo. Imagina quando for à faculdade?

– O que a gente não faz por um sonho, né? – complementou a Miki.

– Verdade – concordou Luna. – E o CD, quando sai?

Como eu já sabia de todos os detalhes sobre o disco que seria lançado dentro de dois meses, me permiti dar uma olhada no ambiente. Avisei a Miki que iria ao banheiro e resolvi dar uma volta. Eu me arrependi no mesmo instante, quando dei de cara com a Rê, que me pegou pelo braço e me puxou pra um canto ao lado de uma cabine de fotos. Fazia algum tempo que eu não a encontrava pessoalmente, mas todos os dias recebia e-mails implorando pra mudar de decisão.

– Denise, por favooor! Eu vou ser demitida! Você sabe como é difícil conseguir um estágio numa empresa desse porte?

– Mas eu não tenho nada a ver com isso! – respondi.

– Você não entende! – disse, olhando apreensiva pras pessoas que passavam pela frente da cabine e se aproximando de mim. Consegui sentir o cheiro do chiclete *tutti-frutti* que estava mascando. – Eles *vão* dar um jeito de tirar você de lá!

– Quem são *eles*?

– Eles! – disse e mordeu o lábio inferior.

Ela fez um gesto com a mão sobre a cabeça, como se *eles* estivessem no topo, acima de nós. O que não fazia o menor sentido pra mim.

– Assinei um contrato de confidencialidade – murmurou.

– Não posso falar quem são. Mas eles vão fazer o *possível* pra que aconteça o que eles querem.

– Isso é uma ameaça?

Ela negou, balançando a cabeça.

– Não sou eu.

Era só o que me faltava...

– Vou procurar a Miki – avisei antes de sair, mas ela me impediu, segurando o meu braço.

– Boa sorte – disse com sinceridade e me soltou depois de uma troca de olhares.

Eu torcia pra que agora ela desistisse!

A conversa enigmática da Rê não foi o suficiente pra me abalar. A Denise do futuro provavelmente me diria pra tomar mais cuidado, mas, na época, eu não tinha a mínima ideia do que poderia acontecer.

Mas voltando pra festa...

O Sam Mendes me encontrou enquanto eu procurava pela Miki.

– Oi, você – disse, perto do meu ouvido, enquanto estava concentrada tentando encontrar minha amiga baixinha no meio daquela gente toda. Coloquei a mão no peito e tentei lembrar como se respirava normalmente depois do susto.

– Opa, desculpa! – ele disse.

Quando fiquei de frente pra aquele deus grego, tive certeza de que poderia desmaiar ali mesmo. Primeiro, ele era alto. Não só uns centímetros maior do que eu, ele era beeem alto. Pelo menos, uns dois palmos maior. Os cabelos castanhos estavam bem cortados, e a pele do rosto era lisa, sem qualquer rastro de barba. Ele era só um garoto. Um garoto muito lindo, por sinal. Que estava me dando um sorriso divertido, enquanto observava o meu momento de incredulidade.

– Você é muito lindo – deixei escapar.

Essa mania de falar as coisas que deveriam ficar só dentro da minha cabeça estava me colocando em cada situação!

Escondi o rosto, morta de vergonha.

– Hum, obrigado? – ele abriu ainda mais o sorriso. Seus dentes eram per-fei-tos. – Você também é *muito, muito* linda.

Opa, cadê minhas pernas? Elas vacilaram naquele momento em que o cara do pôster do meu quarto estava materializado na minha frente me chamando de linda. Pra minha sorte, ele provavelmente já era especialista em desmaios, então foi bem rápido e não me deixou cair quando não consegui ficar em pé.

– Ei! – disse, ao colocar uma das mãos nas minhas costas, tomando cuidado pra não se aproximar demais. Um limite respeitoso pra não me deixar cair no chão. Esqueci de agradecer, fiquei só encarando e me perguntando se era tudo verdade. – Quer uma água ou algo do tipo?

Aceitei.

Acho que quero.

Quero tudo.

Não sei.

Ai, meu Deus!

Ele me levou até o espaço de bebidas e pediu um copo de água com gelo e limão pra mim.

– Será que eu deveria pedir com açúcar? – ele me perguntou, tentando fazer com que eu falasse.

– Só água tá bom – finalmente consegui pronunciar alguma coisa. – Desculpe por essa situação. Não tava preparada.

– Preparada pra quê, exatamente?

– Pra te ver.

– Mas é o meu aniversário – respondeu rindo. – Geralmente, o aniversariante comparece à própria festa.

Ele tinha razão. Era sempre bom o aniversariante estar presente no seu aniversário.

Eu não conseguia nem fazer sentido, pelo amor de Deus!

– Eu... Eu quis dizer que não tinha como ficar preparada suficiente pra te ver, mesmo sabendo que... Sabe, iria te ver na festa de aniversário em que você é o aniversariante.

Então, fechei a boca bruscamente. Queria cavar um buraco e me esconder.

O garçom trouxe a minha água e tomei tudo de uma vez só, enquanto Sam observava, impressionado.

– É isso aí! – comemorou quando tomei tudo.

Respirei fundo e então comecei a procurar uma desculpa pra não passar mais vergonha na frente dele. Avistei Miki olhando em minha direção e acenei pra que ela me tirasse daquela situação, mas, pelo jeito, ela entendeu totalmente errado e começou a *andar* na nossa direção. Arregalei os olhos, e a Miki parou. Incerta. *Não, não era pra me deixar sozinha também!* Fiz um sinal pra que ela continuasse. Antes que eu pudesse falar qualquer coisa pra Miki me levar dali, Sam a viu e foi correndo abraçá-la.

– Mikiii, que bom que você veio!

– Óbvio que eu viria, bobão! – disse, dando uma tapa na orelha do Sam. Ela era muito baixinha, então precisou dar um pulinho pra acertar a orelha dele. – Qual a mentira que você contou pra Denise, hein? Não vou deixar você enganar minhas amigas.

Ele levantou as duas mãos e balançou a cabeça.

– Não fiz nada. Só salvei uma donzela em perigo!

Ele me deu um sorriso de lado, e eu poderia cair igual a geleia mais uma vez. Qual era o meu problema?

– Ah, que príncipe – brincou Miki, apertando a bochecha dele.

Sim, o príncipe. Príncipe sem defeitos.

– Você pode cuidar da Denise? – ele perguntou pra Miki, que semicerrou os olhos. – Sei lá, ela anda com as pernas meio bambas. – Minha amiga então rolou os olhos. Agora ela entendia tudo. – Preciso cumprimentar alguns convidados. Depois a gente se vê de novo, né? – explicou Sam.

A pergunta foi pra mim, e ele esperou por uma resposta.

– Hã... claro – concordei, balançando a cabeça, meio parecida com aqueles cachorrinhos de enfeite, que têm o pescoço descontrolado.

Ele sorriu e partiu em direção a um grupo de garotos perto do palco.

– Já pode parar de balançar a cabeça – disse Miki, cutucando meu ombro.

– Ai, meu Deus, que vergonha!

– Você tá caidinha por eleee – cantarolou.

– E quem não tá? – respondi, suspirando em seguida.

– Isso é verdade – Miki concordou. – Mas, pelo menos, ele quer ver você depois! Isso é um bom sinal.

– É? – perguntei esperançosa.

– Bom... *Deve* ser. – Miki deu de ombros. – Você que é a conselheira amorosa. Eu só tô aqui pra colocar lenha na fogueira. – Ela pegou minha mão e me puxou em direção à pista de dança na qual um DJ comandava as músicas. – Até lá, vamos aproveitar um pouco antes que ele comece a cantar aquelas músicas melosas...

Depois do que achei que foram umas duas horas dançando, procurei um lugar pra descansar. Deixei Miki com algumas pessoas que ela conhecia da gravadora. A garota parecia ter energia pra dançar o dia inteiro. Eu estava acabada!

Encontrei um sofá próximo da cabine de fotos e me sentei. Se minhas pernas pudessem falar, provavelmente agradeceriam, aliviadas.

– Já cansou? – uma voz conhecida perguntou ao meu lado. Sam Mendes sorriu quando se sentou no mesmo sofá, tomando cuidado pra deixar uma distância razoável.

– Preciso me recuperar um pouco pra continuar. E você?

– Também – ele respondeu e passou a mão pelos cabelos, que agora estavam completamente desalinhados. Sam aproveitou o movimento pra posicionar o braço esquerdo disfarçadamente no encosto do sofá às minhas costas, ainda sem me tocar.

Tive que me controlar pra não deixar escapar uma risadinha. Tenho certeza de que, se estivéssemos numa revista em quadrinhos, corações estariam flutuando à minha volta. Eu era especialista em paquera, mas simplesmente não sabia como agir perto do Sam Mendes.

– Então... – Sam limpou a garganta. – Você não respondeu à minha pergunta na sua *live* de *conselhos amorosos*.

A pergunta. Eu me esforcei pra fazer a minha melhor performance de desentendida, mas era difícil esquecer a primeira mensagem que Sam Mendes havia me enviado.

Minha expressão de confusão foi um sucesso, pois ele resolveu explicar.

– No seu último vídeo ao vivo – disse. – Eu enviei uma pergunta pra você.

O espaço não era lá muito iluminado, mas eu tinha acabado de ver o Sam corar? Por minha causa?

– Desculpe – lamentei falsamente. – Eu não vi. Qual foi?

– Hã... Eu tinha quase certeza que... – começou e então balançou a cabeça. – Esquece. Perguntei se você estava comprometida ou se eu tinha uma chance.

– Hummm. – Fiquei sem reação. – Na verdade, você se esqueceu de uma terceira opção, né?

Sam franziu a testa.

– Um – levantei um dedo. – Eu poderia estar comprometida.

Ele concordou.

– Dois – continuei e levantei mais um dedo. – Eu poderia não estar comprometida e você ter uma chance.

Ele levantou uma sobrancelha.

– E três – fiz uma pausa, pois aquela opção obviamente nunca seria a escolhida por mim. – Eu poderia não estar comprometida e você não ter uma chance.

Ele assoviou e desviou olhar, balançando a cabeça. Seu olhar pensativo me deixou apreensiva. Por um momento, achei que havia arruinado tudo, porém eu sabia que tinha razão. Mesmo que minha intenção tivesse sido apenas brincar com a possibilidade.

– Você tem razão – ele disse, por fim, me encarando de uma forma tão profunda que era como se eu nunca mais pudesse desviar do seu olhar. – Vamos começar de novo...

Sam se virou em minha direção no sofá e estendeu a mão direita. Eu olhei pra aquela mão estendida, em dúvida. Ele levantou as sobrancelhas e indicou a mão com a cabeça. Eu a peguei.

– Oi, eu sou o Sam. Qual é o seu nome?

Eu revirei os olhos, mas sorri ao entrar na brincadeira.

– Denise – respondi.

– Muito prazer, Denise – disse, com sinceridade, e beijou suavemente minha mão.

Mordi o lábio pra segurar uma risada da encenação. Pelo menos, a minha timidez havia ido embora. A Denise estava de volta!

– O que te traz a este humilde recinto? – perguntou Sam. Observei seus lábios tremendo, se esforçando pra não rir também.

Limpei a garganta e encarnei a atriz que existe em mim.

– O aniversário de um amigo – respondi. – Mas o cara sumiu. Você viu ele por aí?

– Hummm... acho que ele tá conversando com a garota mais linda que viu na vida.

SAM MENDES ME ACHA LINDA! era a frase que estava escrita numa placa neon bem no meio do meu cérebro. Por fora, consegui me manter calma, mesmo que meu coração estivesse disparado.

– Você dá um recado pra ele? – perguntei.

Sam me encarou confuso e apenas assentiu. O instrutor da cabine de fotos escolheu bem aquele momento pra interromper a gente.

– Ei, Sam! – disse ao se aproximar. – Daqui a pouco, fechamos a cabine. Gostaria de tirar mais fotos ou avisar a galera?

Sam desviou o olhar do instrutor e sorriu pra mim.

– Acho que seu amigo iria gostar de ter uma foto de recordação – sugeriu.

– Também acho – concordei.

Ele pegou minha mão e me conduziu até a cabine de fotos. Ele e eu nos sentamos no banquinho e Sam fechou a cortina. No monitor à nossa frente, uma mensagem avisava quando deveríamos estar prontos.

Sam apertou um botão e uma contagem regressiva começou.

Uma foto sorrindo.

– Qual era o recado pro seu amigo?

A segunda mostrando a língua.

– Avisa que ele tem uma chance – respondi.

A terceira, e última, a gente se encarando.

Então, Sam se aproximou e me beijou.

Flash!

Dormi como um anjo e sonhei como nunca! O Sam Mendes me beijooou!

E pediu meu telefone.

E nós íamos sair de novo.

Quero dizer, íamos sair... O aniversário dele tecnicamente não tinha sido mesmo um primeiro encontro, né?

Encarei o pôster dele na parede do meu quarto. Na foto, ele estava sentado num banquinho com o violão apoiado no joelho e sorrindo timidamente pro fotógrafo. Eu praticamente previ o futuro quando colei aquele pôster na parede. Meu Deus do céu, eu beijei aquela boca! Ou melhor, ele me beijou!

Passei os dedos sobre o rosto dele no papel e sorri.

Corri pro meu celular quando ouvi o barulho de notificação na esperança de ser alguma mensagem do Sam. Ainda bem que era domingo e eu não tinha que estudar pra nenhuma prova. Infelizmente, não era uma mensagem, mas sim uma marcação numa publicação de um perfil de fofoca.

SAM MENDES TIRA FOTOS EM CLIMA DE ROMANCE COM SENSAÇÃO DO STARGRAM

A foto que ilustrava a chamada era a que havia sido tirada por último na cabine. Logo depois de dizer que ele tinha chances e do beijo, descobrimos que a cabine tirava quatro fotografias. Cada um de nós ficou com uma cópia da sequência de fotos depois de imprimir. Guardei a minha dentro do meu diário depois de escrever sobre a noite incrível do dia anterior.

Logo depois de ler a publicação, comecei a receber uma avalanche de mensagens das minhas amigas e colegas do colégio. *Como assim, você conhece o Sam Mendes? Ele é gato mesmo pessoalmente? Será que você poderia falar com ele pra ser o príncipe da minha festa de 15 anos? ELE BEIJA BEM?*

Eu não sabia nem por onde começar a responder e acabei escolhendo a pior coisa que poderia fazer: ler os comentários da postagem. Algumas pessoas ficaram felizes por mim. Outras perguntaram quem eu era. Passei por um comentário criticando o meu cabelo: *"Quem ainda usa marias-chiquinhas assim depois que passou dos 10 anos?"*. Um dizia que eu não chegava aos pés da ex-namorada dele.

Depois de começar a ficar triste com o que lia, resolvi dar uma olhada no meu perfil do *Stargram*. Uma série de *hashtags* pro casal já estava rolando. No momento, estavam tentando se decidir se o *ship* seria *Samise* ou *Denam*.

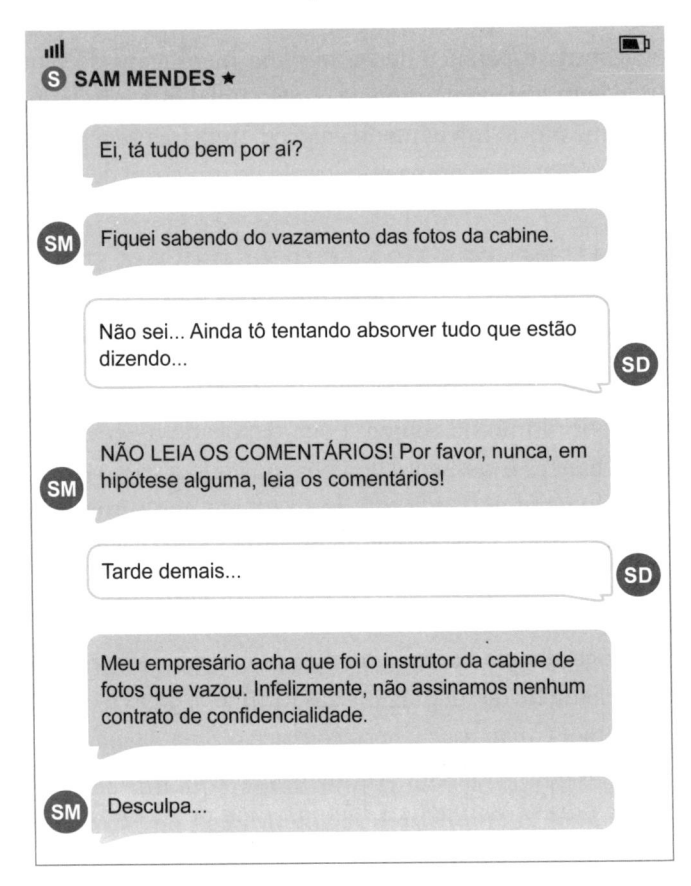

S SAM MENDES ★

Ei, tá tudo bem por aí?

SM Fiquei sabendo do vazamento das fotos da cabine.

Não sei... Ainda tô tentando absorver tudo que estão dizendo... **SD**

SM NÃO LEIA OS COMENTÁRIOS! Por favor, nunca, em hipótese alguma, leia os comentários!

Tarde demais... **SD**

Meu empresário acha que foi o instrutor da cabine de fotos que vazou. Infelizmente, não assinamos nenhum contrato de confidencialidade.

SM Desculpa...

Achei fofinho ele se preocupar comigo. Eu só não fazia a mínima ideia de que minha vida iria virar de cabeça pra baixo por causa de um beijo.

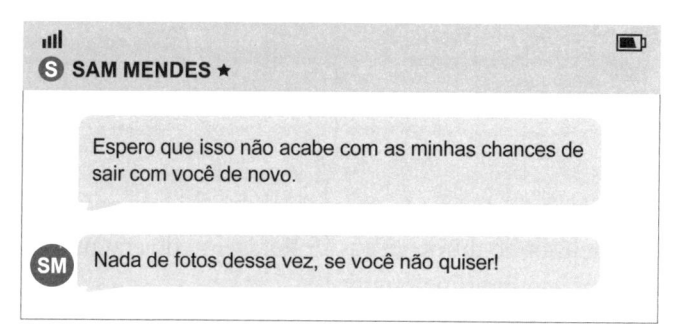

Sorri ao lembrar que eu o veria de novo.

Uma notificação diferente apareceu na tela: era uma atualização do *ranking* de *Stars*. Eu havia entrado no top 10 e estava com 83% no "queridômetro". Era uma notícia boa, mas aquilo estava me deixando um pouco apreensiva. O que isso poderia significar? Será que eu estava preparada pra tanta exposição?

Enquanto isso, Sam ainda esperava uma resposta...

Disposta a arriscar, respirei fundo e escrevi uma mensagem pra ele:

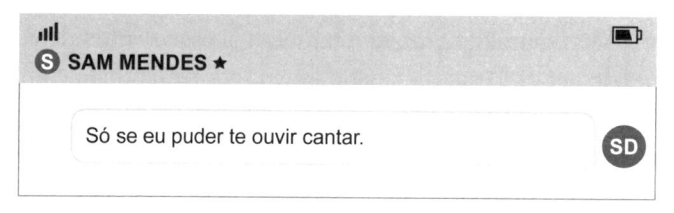

A resposta veio logo em seguida:

Meu sonho durou exatas 24 horas. Fui do céu num dia pro completo inferno no outro!

Assim que voltei da escola, fiquei sabendo que outro perfil de fofoca havia postado uma notícia sobre mim. Uma fonte anônima confirmou que a Denise Garcia tinha certeza de que eu havia dado um jeito de roubar o lugar dela no *Stargram*.

Segundo a fonte, ela não fazia a mínima ideia de que eu existia antes do ocorrido e dizia que certamente eu devia ter *hackeado* seu e-mail pra roubar o convite da rede social. *Quem é a primeira e única Denise, afinal?*

Que horror! Como alguém podia achar que eu havia roubado o convite do *Stargram*? Pior ainda, a Denise Garcia me odiava sem nem me conhecer!

Mesmo depois do alerta do Sam, acabei rolando a página pra ler os comentários. Um verdadeiro show de horrores. Alguns me defendendo, dizendo que eu seria incapaz de fazer uma coisa dessas, mas a maior parte estava me detonando. Dizendo que eram #TeamGarcia e que o aplicativo deveria reconhecer a verdadeira estrela. #JustiçaParaGarcia e outras *hashtags* já estavam bombando pela internet.

Meu mural do *Stargram* também já estava sofrendo ataques de *haters*. Pessoas dizendo que nunca tinham ido com a minha cara, outras afirmando que só estavam ali pra ver o circo pegar fogo... Me chamando de interesseira e marcando o perfil do Sam dizendo pra tomar cuidado. As pessoas eram tão más!

Quando o "queridômetro" atualizou naquele dia, eu já estava em 30% e fui parar na posição 65 do *ranking*, apesar de ser o perfil mais visto do *Stargram*. Ver os números devastadores não era a pior coisa. Ler os comentários e todas as mensagens que mandavam pra mim é que era assustador.

A briga de fãs no meu perfil se arrastou pela semana inteira. Miki havia me lembrado que, enquanto não saísse uma fofoca boa o bastante, não passariam pro próximo assunto. Ela comentou que, mesmo depois de algum tempo, as pessoas ainda falavam sobre o término do namoro dela. Principalmente porque o Júnior vivia cometendo atitudes estúpidas, e os seguidores esperavam que Miki declarasse qualquer coisa sobre a polêmica da vez. Mas ela estava ocupada demais vivendo a vida dela e gravando seu primeiro álbum. Não tinha tempo pra qualquer assunto envolvendo seu ex.

Para me distrair, Miki me convidou pra participar de um dia de gravações no feriado que se aproximava. Quando cheguei ao estúdio, ela estava repassando com o produtor qual música escolheria pro *single*, o carro-chefe do álbum.

Enquanto o produtor acreditava que a melhor escolha seria uma pop com pegadas de *funk* e coreografia que poderiam usar num clipe, Miki defendia *Sem próxima vez*, que ela havia cantado no evento de lançamento do *Stargram*.

– É bem mais a minha cara, tem personalidade – argumentou Miki. – Meus fãs vão reconhecer.

– Mas não tem qualquer apelo comercial pras rádios – disse Rico, o produtor musical do álbum e dono de uma das maiores gravadoras do país. Ele massageou as têmporas com um ar de impaciência e encarou Miki. – Precisamos fazer o seu nome. Ninguém te conhece fora da internet.

Observei minha amiga se calar. O olhar dela encontrou o meu, e percebi que Miki estava quase chorando. O produtor não estava mentindo: quem eram os *Stars* no mundo real?

– Vamos seguir com o pop – finalizou Rico.

Miki aceitou e se levantou da cadeira.

– Vou dar um tempo. Já volto.

– Precisamos de você em quinze minutos pra gravar a próxima – avisou.

Miki indicou a porta e, sem esperar por mim, saiu em disparada. Fui atrás dela até uma espécie de sacada que ficava do lado oposto à recepção. Minha amiga inspirou fundo o ar de verão que começava a dar as caras, abriu os olhos e observou o movimento de carros lá embaixo. Estávamos no vigésimo andar, e era engraçado ver os pontinhos coloridos enfileirados como formigas num trabalho incansável de chegar a algum lugar. Provavelmente, ninguém lá embaixo sabia nossos nomes.

– Às vezes, eu me pergunto se é realmente meu sonho lançar um álbum – disse Miki, deixando escapar um suspiro cansado. – Se vou precisar ignorar tudo o que eu sinto que preciso fazer, pra... você sabe... ser famosa, vender e tudo o mais.

– Você é incrível, Miki – eu disse, me aproximando. Estávamos sozinhas na sacada. Ela era a única em estúdio naquele feriado, e apenas os funcionários ligados diretamente à gravação estavam presentes. – Uma das vozes mais lindas que eu conheço.

Ela sorriu.

– Mas vou precisar fazer escolhas, você viu – murmurou. – O que eu *quero* ou o que *preciso* fazer.

Mordi o lábio porque não sabia o que falar naquela situação. Ela percebeu, mas não ficou chateada. Estávamos apenas desbravando um mundo que não conhecíamos. Que mudava a todo momento e trazia circunstâncias completamente aleatórias. Estávamos preparadas pra aquilo tudo? Só o tempo diria...

– É aqui que tão gravando o álbum que vai ganhar o Grammy?

Virei pra trás e dei de cara com Sam Mendes, de braços cruzados e lindo de morrer. Como uma simples calça jeans e uma camiseta preta desbotada do *Star Wars* poderiam combinar tão bem com ele? Pra completar, ainda estava de óculos, o que dava um ar *nerd* de tirar o fôlego. Eu estava me apaixonando por um *nerd*? Em que mundo isso era possível?

– Finalmente – disse Miki ao se aproximar dele. – Achei que tinha desistido de gravar comigo.

Ela cruzou os braços e fez um biquinho.

– Ah, para de drama – disse Sam, rindo.

Os dois se abraçaram e, então, ele se virou pra mim.

– Ei, você – disse, docemente, sem qualquer rastro de surpresa por ter me visto lá.

Eu sorri e caminhei em sua direção devagar, não sabia muito bem o que fazer. Deveria cumprimentar com um beijo? Um abraço? Um aperto de mão? Ou quem sabe acenar e sair correndo? Parei a uns dois passos dele e esperei.

Miki riu da situação e deu uma tapinha no ombro de Sam.

– Vocês que se resolvam aí. Espero lá no estúdio.

Sam observou Miki sumir num corredor e depois voltou a atenção pra mim.

Ele também parecia um pouco nervoso.

– O que te traz a este humilde recinto? – perguntei, e mordi o lábio inferior, em dúvida se ele se lembraria da nossa conversa engraçada no seu aniversário.

Que terminou com um beijo.

E com uma foto nas redes sociais.

Mas eu dispensava a parte final.

Sam entrou na brincadeira.

– Uma amiga me convidou – disse ele. – Avisou que encontraria pela segunda vez a garota mais bonita que já vi na vida.

Ele diminuiu um passo de distância.

– Será que você pode dar um recado pra essa garota? – perguntou.

– Posso – respondi baixinho.

Ele sorriu e deu mais um passo. Segurou meu rosto entre as mãos e o observou por alguns segundos.

– Linda.

Fechei os olhos e senti quando seus lábios se aproximaram dos meus. Um beijo doce e lento, com cheiro e gosto de chiclete de canela, que se transformou num sorriso quando nos afastamos alguns segundos depois.

– Vamos lá. – Ele pegou minha mão. – Prometi que você ia me ouvir cantar.

Eu estava sonhando.

Pedia pro universo, por favor, não me acordar.

Miki e Sam passaram algumas horas gravando uma das músicas do álbum. Era o único dueto, e a melodia era linda. Apesar de ter uma batida mais animada, Sam não deixou o violão de lado. Observar ele gravando era um show à parte. Ele cantava de olhos fechados e parecia sentir a música por todo o corpo.

Eu não sabia que a gravação de uma só música poderia demorar tanto. Eram muitos detalhes. Gravar e regravar até ficar o mais perto da perfeição. Miki era bastante detalhista e comprometida com a qualidade. Eu observava toda a movimentação e ficava fascinada com a concentração de todos.

Como não sou de ferro, acabei cochilando no sofá do estúdio em algum momento e acordei quando a equipe bateu palmas e comemorou o que deveria ser a finalização da gravação do álbum. Essa era a última música e encerrava os dias de estúdio. A partir de agora, ia pra pós-produção, e os olhos se voltavam pra campanha de *marketing*.

– Merecemos pizza! – implorou Miki, jogando-se ao meu lado no sofá.

– Bem na hora! – disse Olivia, a assessora de Miki, enquanto passava pela porta de entrada do estúdio com algumas caixas de pizza empilhadas nas mãos.

– Mentira, Oli! Você é vidente, só pode! – disse Miki, dando um pulo do sofá pra atacar a comida.

– Na verdade, só leio minhas mensagens – justificou, mostrando o celular. – Rico me avisou que vocês estavam quase acabando.

Sam pegou duas fatias de pizza e passou uma pra mim quando sentou ao meu lado, no lugar de Miki. Um sentimento de satisfação invadiu meu corpo quando dei a primeira mordida. Eu estava morrendo de fome!

– Acho que rola postar uma foto avisando que acabou, hein, Miki? – sugeriu Olívia.

Miki resmungou.

– Eu tô tão cansada! – reclamou se apoiando nas minhas pernas. Ela estava sentada no chão com uma caixa de pizza no colo.

Olivia levantou uma das sobrancelhas e foi o suficiente pra Miki mudar de ideia.

– Tá booom! – concordou, revirando os olhos e oferecendo seu celular pra Olivia. – Você tira a foto?

A assessora concordou e pediu pra que todos se aproximassem.

– Ei, eu também? – perguntei, confusa, quando as pessoas se empoleiraram ao nosso redor.

– Claro – respondeu Miki, como se fosse óbvio. – Você fez parte disso!

Sam passou um braço ao meu redor, fazendo com que eu me aproximasse mais dele. Cada um pegou uma fatia de pizza e olhou pra câmera.

– Xiiis – disse Olívia.

Flash!

A postagem de Miki acendeu toda a onda de especulação sobre o que estava acontecendo entre mim e Sam. Apesar de ser uma foto inocente de encerramento da gravação, a maior parte das pessoas se apegou a um detalhe: o braço do Sam Mendes no meu ombro.

O fato de Sam ter compartilhado a foto no seu perfil do *Stargram* colocou mais fogo ainda nos comentários. Ele não costumava colocar legendas nas suas fotos, mas escreveu "Dia especial" na postagem.

A legenda poderia ter muitas interpretações, e isso foi o suficiente pra ferver a internet. Nem eu consegui dormir direito! Passei a noite lendo comentários e teorias sobre o nosso *romance*. Eu nem sei se poderia chamar isso de romance!

⭐ SAM E DENISE ABRAÇADOS! HELP!

⭐ O Sam e a Denise estão namorando?

⭐ #SamiseForever

⭐ Eu amo o @SAMMENDES e gostaria de ter ele só pra mim, mas eles formam um casal tão lindo que é impossível não shippar!

Decidi que era hora de sair da internet quando começaram os comentários ruins.

⭐ Essa @SUPREMEDENISE é uma aproveitadora! Nem deve gostar do Sam, tá só querendo fama! #AcordaSam

⭐ Ela tá em todas agora? É só questão de tempo até as pessoas enxergarem quem ela é! #AcordaSam

No dia seguinte, o #AcordaSam estava entre os assuntos mais comentados do *Stargram*. Tinham voltado com o assunto sobre Denise Garcia, e meu mural virou uma grande briga entre defensores e acusadores.

Eu precisava dar um tempo das redes sociais.

Combinei de ir ao clube com minhas amigas do colégio. Um dia de sol e piscina seria ótimo pra relaxar e parar de pensar neste mundo em que eu havia entrado e que agora não sabia mais como controlar.

Enquanto admirava os meus *crushes* (que eu tinha deixado de lado depois de toda aquela coisa com o Sam) entrarem e saírem da piscina, escutei meu telefone tocar. Era um número desconhecido, o que me deixou em dúvida se deveria atender ou não. Quem me ligaria em pleno domingo, se não fosse alguém que eu conhecia?

Desliguei e voltei a relaxar na espreguiçadeira.

O celular tocou novamente.

Respirei fundo e conferi a tela. Número desconhecido.

Desliguei de novo, impaciente.

Antes que pudesse guardá-lo na minha bolsa, voltou a chamar.

Revirei os olhos e atendi. A pessoa era insistente.

— Alô?

— Denise? Aqui é a Sônia, sou produtora da TV Via Láctea. Graças a Deus consegui falar com você! Que difícil!

Pisquei.

Produtora da TV Via Láctea.

A maior emissora do país.

Espera aí... Como ela tinha meu telefone? Como se lesse meu pensamento, ela continuou:

— A Olívia me passou seu telefone. Estou atrás de você há semanas! O *Stargram* simplesmente se recusou a incluir você na lista de *Stars* e eu não sabia mais o que fazer.

— E eu n-não tô entendendo...

O que o *Stargram* tinha a ver com aquilo tudo?

— Ah, claro. Deixa eu explicar... Vamos fazer o episódio de encerramento da novela *Sensação* e queremos a participação de alguns *Stars*. Você estava na nossa lista, mas a rede social simplesmente não queria incluí-la! Tive que correr por fora – explicou, deixando escapar uma risadinha conspiratória no final.

Eu não sabia nem por onde começar a analisar tudo o que ela havia me falado.

Participação na novela *Sensação*.

Eles me queriam.

Stargram me sabotando...

– E aí, topa? – Sônia insistiu depois do meu silêncio.

– Claro! – respondi. Não seria louca de recusar! – Mas... não entendi o que aconteceu com o *Stargram*...

– Ah, que bom que você topou! – disse Sônia, aliviada. – Sobre o *Stargram*... Nem eu entendi direito. Só me disseram que seria impossível incluí-la. De jeito nenhum. Enfim, posso te passar por e-mail as instruções da gravação e a autorização dos seus pais?

– Sim, sim! – disse automaticamente. Passei o endereço do meu e-mail e em seguida desliguei.

Eu não sabia em que montanha-russa havia entrado, mas era uma volta de cabeça pra baixo atrás da outra, em *looping*! Num momento, eu estava no topo, quase alcançando as estrelas, e, no outro, passando por cavernas assustadoras. Bom, parece que havia chegado a hora de sorrir pras câmeras que gravavam tudo. Só torcia pra que o preço a pagar não fosse cada vez mais alto.

Recebemos apenas um pequeno resumo do que precisaríamos fazer, já que não teríamos fala. A nossa participação seria num episódio de um concurso de talentos no colégio *Primeira Escolha*, o plano de fundo da novela *Sensação*. O capítulo inteiro seria sobre o evento, e nós faríamos participações especiais. A Miki e o Sam se apresentariam como uma dupla. Eu seria uma das *fangirls* na frente do palco, o que me deixava bastante à vontade, pois eu já era muito *fangirl* de ambos.

Passei alguns dias bastante ansiosa pra gravação. Já fazia um tempo que as brigas no meu perfil tinham diminuído e que não era alvo de mais nenhuma fofoca. Mas ainda estava traumatizada com toda aquela confusão e morrendo de medo de inventarem mais alguma coisa pra pegar no meu pé. Estava evitando fazer vídeos ao vivo e publicava fotos normais sobre o que estava comendo ou assistindo na televisão. Estava completamente viciada num *reality show* de confeitaria!

Ainda não sabia qual seria a repercussão de participar da novela mais famosa entre os adolescentes. Será que tudo voltaria ao normal? Ou as pessoas me esqueceriam de vez?

De qualquer forma, não deixei que o medo me paralisasse. Na pior das hipóteses, eu teria que tomar a decisão drástica de concordar com o *Stargram* e excluir o meu perfil. Já havia conversado com a minha mãe sobre isso. Ela estava preocupada com o que as pessoas estavam inventando e como eu poderia reagir aos comentários maldosos, por isso precisei insistir muito pra que ela autorizasse minha participação na *Sensação*.

– Você vai precisar me prometer que, se as coisas piorarem, vai voltar ao anonimato – disse, como condição de participar da novela. Eu concordei, é claro. Ainda era nova, poderia adiar um pouco mais o sonho de ser famosa e ganhar o Oscar. O quê?! Acham que eu desistiria assim tão fácil?

O que não poderia adivinhar é que, além de mim, outra Denise também faria participação no episódio final. Denise Garcia seria a apresentadora e, meu Deus, como ela era maravilhosa! Talvez eu tenha entrado em pânico assim que dei de cara com ela na sala de maquiagem...

– Deniseee! – cumprimentou a Polly, o que fez com que nós duas virássemos em sua direção. Denise Garcia já estava sentada numa das cadeiras, enquanto uma mulher preparava seu cabelo loiro com mechas cor-de-rosa, com um modelador de cachos. Seu olhar cruzou com o meu assim que ela percebeu que Polly havia se dirigido a mim. Nenhuma reação reveladora além de um semicerrar de olhos digno de um míope. Será que ela não havia me reconhecido? (Minha esperança.) Será que me odiava? (Grandes chances.) Ou só estava tentando enxergar sem óculos? (Eu nunca saberia.) Dei um sorriso tímido, mas ela virou a cara logo em seguida. É isso, Denise Garcia definitivamente me odiava!

– Senta aqui, garota! – Polly indicou uma cadeira ao lado da minha possível inimiga, e não pareceu notar qualquer sensação estranha no ambiente. – Hoje vou tentar chegar à altura da sua genialidade com as maquiagens!

– Não sabia que você trabalhava na TV Via Láctea – admiti.

Eu não via a Polly desde a festa de lançamento do *Stargram*.

– Maquiadoras estão sempre por aí, querida! É assim que fico amiga de todo mundo – explicou, dando de ombros. – Vamos ver quais instruções tenho pra você...

Polly pegou um bloco de folhas com fotos e informações sobre maquiagem, cabelo e figurino de cada participante das gravações do dia. Enquanto ela procurava pela minha página, olhei disfarçadamente na direção da Denise Garcia, mas ela ignorava completamente a minha existência, enquanto digitava ferozmente no celular. Eu torcia pra que não fosse nada sobre mim. Poxa vida, como poderia explicar que não tinha nada a ver com a escolha dos *Stars* e que tudo não passava de um terrível engano?

– Quinze minutos, garotas! – gritou a assistente de produção na porta da sala de maquiagem.

– Tudo sob controle, Nath! – respondeu Polly.

Em menos de dez minutos, eu estava pronta com uma maquiagem leve o suficiente pra aparecer na TV, mas tentando ao máximo não parecer que estava maquiada. Vesti o meu figurino rapidamente, que nada mais era que uma calça jeans e o uniforme do colégio fictício.

Pelo menos, haviam separado um par de prendedores de cabelo com pompons brilhantes pra que eu usasse durante as gravações. Um toque de personalidade a algo tão sem graça. Se tivessem pedindo minha opinião, com certeza teria algumas dicas bem mais interessantes pra dar.

Encontrei a Miki e o Sam no *set*. Durante a primeira gravação, seríamos apenas figurantes aparecendo no fundo de uma cena de romance entre o casal protagonista da temporada. Eles eram incrivelmente fofos e tinham muita química! Eu tinha me dado a missão de descobrir até o final do dia se os dois estavam namorando na vida real. A Denise aqui ainda tinha um compromisso com o bairro do Limoeiro de contar as novidades mais quentes!

Depois de alguns "Atenção, luz!", "Ação!", "Corta!" e derivados, conseguimos um intervalo pra comer alguma coisa. Vários lanchinhos estavam dispostos numa mesa. Peguei um copo de suco de laranja e, enquanto decidia qual sanduíche comer, Denise Garcia se materializou ao meu lado. Tenho certeza de que eu poderia virar geleia toda vez que olhasse pra ela! A garota era magnífica! Será que mechas coloridas também funcionariam no meu cabelo?

– Hummm, eu poderia comer tudo isso com a fome que estou – comentou Denise.

Ela examinava com atenção a mesa de comida à frente. Dei uma olhada ao redor, pra ter certeza de que ela estava falando comigo, mas não tinha mais ninguém próximo o suficiente. Ela escolheu um dos sanduíches, deu uma mordida e me encarou.

– Eu nunca me acostumo com essas horas exaustivas de gravação. Tenho certeza de que já deve ter vazado em alguma cena minha o barulho da minha barriga roncando – confessou, como se já tivéssemos conversado alguma vez na vida.

É sério? Denise Garcia tá falando naturalmente comigo? Era alguma piada?

Eu me perguntei se devia ter certeza de que ninguém estava gravando aquela cena pra postar nas redes sociais. Uma pegadinha ou algo do tipo. O problema é que estava em um *set* de gravação, e o que mais tinha naquele lugar eram câmeras. Com certeza, era uma pegadinha. Em algumas horas, estariam exibindo o nosso vídeo e confabulando sobre um possível acerto de contas! Eu já podia ver as manchetes dos perfis de fofoca.

– E você, não vai comer? – ela insistiu em falar comigo depois do meu silêncio desconfiado. – Só um copo de suco não vai ajudar muito pras próximas horas de gravação.

Ela sorriu simpática, indicando o copo esquecido na minha mão.

Mesmo assim, eu ainda não entendia o que estava acontecendo. Como se não soubesse mais como agir enquanto falava com uma parede (que no caso era eu), ela deu de ombros e se afastou.

– Você não me odeia? – deixei escapar a pergunta.

Denise Garcia se virou em minha direção, confusa.

– Por que eu odiaria você?

Tentei analisar sua expressão, mas sua pergunta parecia sincera. Nada de cinismo ou sarcasmo por trás.

– Todas aquelas postagens dos perfis de fofoca, você dizendo que nem me conhecia... Todo mundo falando que roubei o seu lugar no *Stargram*! – desabafei, mostrando o aplicativo na tela do celular.

Ela encarou a tela e pareceu entender o que eu queria dizer.

– Eu odeio essas coisas – admitiu, apontando pro celular com a mão que segurava o sanduíche. – Denise, querida – disse, se aproximando de mim e passando um braço por cima do meu ombro. – Tem algumas coisas que você precisa entender. Cerca de 90% do que é publicado em sites de fofoca são mentiras ou interpretações duvidosas de frases reais.

– Mas...

– Eu posso até ser bastante nova – ela me interrompeu e me conduziu pra um canto mais reservado do *set* de gravações, lançando uma olhada de esguelha pra produção, garantindo que estávamos longe o suficiente –, mas já fui alvo de muita coisa na imprensa. Por anos, quiseram moldar como deveria me comportar, ou me faziam perguntas de duplo sentido, cujas respostas poderiam ter um significado totalmente diferente do que eu quis dizer. Mesmo assim, eles ainda me colocam nessa situação. Eu nunca odiei você – me garantiu, sorrindo. – Nem mesmo te conheço direito pra te odiar. Fala sério!

– Eu jurava que você tinha raiva de mim pelo *Stargram* e tudo o mais...

– O quê? Um aplicativo? Eu daria tudo pra não precisar estar nas redes sociais! Mas minha assessora simplesmente surtaria! – Denise Garcia indicou uma mulher que deveria ter quase 40 anos falando ao telefone. Ela vestia um terninho e tinha uma expressão severa no rosto. – Relaxa, ela é boa pessoa – garantiu, como se conseguisse adivinhar minhas primeiras impressões. – Na medida do possível – completou.

– Ela é assustadora – confessei.

Denise Garcia deu de ombros.

– Ela consegue ser. Encheu o saco da galera do *Stargram* quando soube que eu não era uma das *Stars*. Pressão dos patrocinadores e tal. Ninguém entendeu muito bem.

Agora eu entendia tudo.

– Eles me ameaçaram – falei baixinho.

– O quê?

– Parece que me mandaram o convite por engano. Um dos estagiários se enganou, o convite era pra você.

Lembrei da Rê desesperada no dia da festa de aniversário do Sam Mendes. O que será que tinha acontecido com ela? Minha vida virou uma confusão com as fotos do Sam e as publicações sobre a Denise Garcia me odiar, nunca mais a vi depois disso.

— Pediram pra que eu sair do aplicativo — continuei. — Mas eu estava superempolgada, sabe? A galera tava gostando do que eu postava.

— Eu A-M-O as suas postagens! — confessou a minha xará.

— Como assim? Você lê o que eu posto?

— Claro! — Ela deu uma tapinha no meu ombro. — Tenho um perfil normal por lá. Fui procurar você depois que me perguntaram numa interação dessas. Uso o perfil pessoal pra acompanhar todo mundo de que gosto. Você é uma das minhas favoritas, olha só! — Denise Garcia mostrou sua lista de perfis favoritos, que traziam um coração logo depois dos nomes de usuário. Ela realmente tinha *favoritado* o meu perfil! Um coração brilhante estava posicionado ao lado do SUPREMEDENISE.

— Eu não acredito! — exclamei.

SOCORRO!, era o que eu queria dizer.

— Inclusive, fui eu quem sugeriu o *shipname* de Samise pra você e o Sam — admitiu, rindo.

— Mentira!

— Verdade! — insistiu e guardou o celular no bolso. — É tão bom ser anônima.

Por um momento, fiquei em dúvida se concordava ou não. Sempre quis ser famosa. Sabia que tinha potencial. Mas, depois de passar por todos aqueles altos e baixos desde que recebi o convite do *Stargram*, me pegava pensando se era realmente a vida que eu queria. Era intenso e inesperado demais. Um jogo difícil de jogar. A Denise de dois meses antes simplesmente nunca cogitaria esse pensamento.

— É legal e divertido pra quem acompanha vocês, mas eu não conseguiria participar disso, não — admitiu. — Aquele *ranking* louco de "queridômetro" não a deixa ansiosa? Imagina quem tá no topo e, do nada, cai drasticamente?

– Aconteceu isso comigo – lembrei. – No dia das fofocas que saíram sobre a nossa... "briga" – fiz aspas no ar com as mãos.

– Eu lembro, mas fiquei desconfiada. – olhou em volta mais uma vez e pediu pra que eu me aproximasse. – Você não acha que os executivos do *Stargram* têm controle sobre tudo isso? Eles podem manipular o comportamento de todo mundo! Dos *Stars* e, consequentemente, de todos os seguidores que interagem pra ver o seu favorito subir no *ranking*.

Franzi o cenho e comecei a pensar sobre tudo o que havia acontecido até então. Era como se tudo começasse a fazer sentido.

– Mas será que eles seriam capazes de fazer isso? – perguntei incerta.

– São pessoas querendo lucrar, Denise. As pessoas podem ser muito más por dinheiro.

– Cinco minutos, pessoal – o diretor alertou, antes de começarmos mais uma sequência de gravações.

– Só... fica esperta – disse a garota. – Qualquer coisa que precisar, é só me chamar! Eu já vi muitos filmes de ficção científica. – Piscou e riu. – Eles não vão conseguir colocar garotas contra garotas!

Então, ela me deixou com meus próprios pensamentos. Eu ainda não havia comido nada, mas todo aquele assunto havia me deixado enjoada e sem fome. Tomei o restante do suco de laranja do copo e dei uma olhada nas novas notificações do *Stargram*.

Eu precisava descobrir se era verdade.

E sabia exatamente pra quem perguntar.

Quando a Rê, que descobri se chamar Rebeca, chegou à cafeteria, Karla olhou desconfiada pra ela, certamente temendo uma nova confusão que envolveria ter que limpar café na mesa toda. Será que a Karla era virginiana? Eu precisava me lembrar de perguntar algum dia.

Era uma segunda-feira e num horário vazio da cafeteria, então não teria problemas com atenção de desconhecidos pra ter uma conversa séria. Mesmo assim, a Rebeca analisou todo o ambiente, como se estivesse com medo de estar sendo observada ou seguida.

Tivemos uma conversa breve por e-mail, mas ela achou melhor que falássemos pessoalmente. Era pra isso que ela estava lá. Pra me ajudar a entender o que estava acontecendo. Descobri que, logo depois da festa de aniversário do Sam Mendes, Rebeca realmente havia sido demitida. Não tinha mais vínculos com o *Stargram* e, tirando a expressão desconfiada, parecia um pouco mais leve. Como se pudesse ser ela mesma.

– Olha a gente se encontrando de novo – disse ela, ao se sentar à minha frente na mesa, que ficava no canto da cafeteria, um lugar mais reservado e longe do entra e sai de clientes.

– Eu também não esperava por isso – admiti.

Não é que não gostasse da Rebeca, ela só não tinha me dado muitos motivos pra ficar animada com uma nova conversa. Na verdade, no passado ela parecia um tanto assustadora e obcecada.

– Fiquei sabendo que você vai participar da novela *Sensação*! Tá arrasando, hein, garota! – Rebeca disse com sinceridade.

Fiquei animada com a lembrança. O episódio seria exibido na semana seguinte, e eu estava ansiosa pela reação do pessoal no Colégio do Limoeiro. Tudo bem que não tinha nenhuma fala, mas poderia sempre mencionar minha participação numa novela de sucesso. Era só isso que as pessoas precisavam saber.

– Vai ser incrível! Tô empolgada!

Bati palmas, animada.

– Você merece – admitiu Rebeca. – Apesar de ter enchido o seu saco pra desistir, só estava fazendo o que me pediam. Foi culpa minha o e-mail errado, e eu precisava dar um jeito de colocar tudo nos trilhos. Como não consegui, você já sabe – falou, mexendo nervosamente num dos anéis que tinha nos dedos. – Mas sabe que fico até feliz por isso ter acontecido?

– Feliz?

– Sim – respondeu Rebeca. – Eu não iria aguentar por muito tempo a política da empresa – ela vacilou, indecisa se poderia continuar a falar sem quebrar algum dos contratos de confidencialidade que tinha assinado. – O que você precisa saber é que aquilo é do mal, Denise. Feito pra manter as pessoas pelo maior tempo possível interagindo e consumindo propagandas. Querem ver o circo pegar fogo e estimular as pessoas mais influentes a precisarem se manter relevantes pra roda toda girar.

– Foram eles que criaram todas aquelas fofocas sobre mim?

A pergunta estava rodeando a minha cabeça desde a minha conversa com a Denise Garcia.

Uma sombra invadiu o rosto da Rebeca. Culpa? Medo? Receio?

Rebeca balançou a cabeça de leve, confirmando minha teoria.

– O quê, exatamente? – insisti.

– Eu enviei a sua foto com o Sam pros perfis de fofoca – admitiu, sem coragem de olhar nos meus olhos. – E não precisei fazer muita coisa pra provocar a rivalidade entre você e a Denise Garcia.

– Você? Eu esperava homens maus fazendo coisas ruins. Mas você? Criando briga entre garotas que nunca tinham conversado na vida?

Ela cobriu o rosto com as mãos.

– Eu sei! Eu me arrependo! – Quando ela abaixou as mãos, percebi que estava chorando. – Estou muito, muito envergonhada. É por isso que eu precisava falar com você aqui. Quando recebi a sua mensagem, sabia que era a oportunidade perfeita pra tentar me redimir!

Eu ainda estava em choque com as revelações e não tinha palavras pra expressar o que estava sentindo.

— Acho que preciso de um café — murmurou Rebeca, enquanto acenava pra Karla trazer um café expresso. — Você precisa deixar o aplicativo, Denise.

Rebeca tentou segurar minha mão, mas eu puxei rapidamente.

Era só o que me faltava! Ela continuava com o mesmo papo!

— Não acredito que você vai continuar nessa!

— Você não entende? O aplicativo só existe por causa dos *Stars*. Sem vocês, não existe conteúdo e muito menos seguidores. *Vocês* são a fonte de energia e dinheiro deles. E eles vão fazer o que precisam pra roda continuar girando.

— Mas... Não vai adiantar nada só eu sair do aplicativo. Na verdade, é isso que vo... — eu me corrigi ao lembrar que a Rebeca não estava mais do outro lado — *eles* querem.

Rebeca abriu um sorriso conspirador.

— Só você pode dizer que não, mas você é a pessoa perfeita pra convencer a maioria dos outros *Stars* a deixarem o aplicativo. Conhece o top 10. Se eles saírem de uma hora pra outra, todo mundo vai ver que tem algo estranho e considerar sair também.

Balancei a cabeça concordando. Tudo começava a fazer sentido pra mim.

— Vou falar com a Miki e com o Sam — informei.

Rebeca deu uma piscada maliciosa.

— E aí, como estão as coisas com o príncipe?

Semicerrei os olhos e cruzei os braços. Estava me esforçando pra manter minha boca fechada sobre esse assunto. Não poderia simplesmente contar logo pra Rebeca. Quem poderia me garantir que em algumas horas não estaria todo mundo falando disso em perfis de fofoca? Em outras épocas, eu com certeza contaria sobre tudo pra todo mundo, mas se tinha uma coisa que eu havia aprendido nas últimas semanas é que alguns assuntos são importantes demais pra compartilhar com qualquer um.

– Tudo bem, tudo bem! – Ela levantou as mãos. – Não sou a pessoa mais confiável pra esse tipo de assunto no momento.

Concordei com a cabeça.

– Mas fique sabendo que votei em #Samise na enquete do *shipname* – admitiu e fez um coração com as mãos. – Tão lindinhos juntos.

Rolei os olhos e sorri, levemente corada. Eu não sabia no que ia dar esse nosso lance, mas o Sam sempre foi meu *crush*.

– Preparada? – perguntou Rebeca.

– Sim – respondi.

– Partiu derrubar alguns caras maus!

Primeiro, eu precisaria convencer a Miki e o Sam, as pessoas mais próximas a mim que estavam no *Stargram*. Era com a ajuda deles que poderia colocar meu plano em prática.

– Sair totalmente do *Stargram*? – perguntou Miki, incerta.

Estávamos no seu quarto. A casa de Miki era um ponto neutro e sem olhares curiosos tentando entender o que estava acontecendo.

– Sim – respondi. – Se os que estão mais bem posicionados no *ranking* saírem, os outros vão começar a fazer o mesmo.

Miki mordeu o lábio. Eu entendia sua dúvida. Faltava pouco tempo pro lançamento do seu álbum de estreia. Sair do *Stargram* era algo que poderia custar muito.

– Olívia vai odiar – murmurou.

– Cara, eu não poderia imaginar que isso tudo está rolando – disse Sam. – O que eles fizeram com você...

– Pode acontecer com qualquer um dos *Stars* – argumentei –, quando eles decidirem que precisam interferir.

Sam concordou. Agora, faltava Miki.

– E se isso acontecer com você no meio do lançamento do álbum? Se decidirem que precisam te colocar numa polêmica pra criar engajamento no aplicativo?

O olhar de apreensão de Miki me deu pena, mas era um cenário real. Segundo Rebeca, eles eram capazes de tudo.

–Miki, você não precisava do *Stargram* antes – disse Sam. – Não vai precisar agora. Estamos juntos nessa.

Miki fechou os olhos e respirou fundo.

– Muitas decisões difíceis nos últimos tempos...

– E só vai piorar... – disse Sam, como se fosse muito mais velho que a gente, e não apenas alguns meses.

Pelo menos, isso fez com que Miki sorrisse e aceitasse.

– Vamos lá, Denise. Vamos revolucionar a internet.

O primeiro passo estava dado. Agora, eu precisava convencer pelo menos mais uns vinte *Stars* a fazerem o mesmo. A maior parte ficou por conta de Miki, que era amiga de muitos deles. Alguns foram convencidos por Rebeca, e tentei fazer o meu trabalho na medida do possível.

Uma semana depois, havia chegado o grande dia de exclusão do perfil no *Stargram*. Eu não tinha certeza se todos os que tinham prometido apagar realmente fariam isso. Era muita coisa em jogo. Fazer parte dos *Stars* era um mérito muito grande. O aplicativo me abriu diversas portas, mesmo que depois tenha me sabotado. Jogar tudo no lixo não seria fácil pra todas aquelas pessoas. Assim como não era pra mim.

Não, eu não estava pronta. Mas não foi isso que respondi pra Miki.

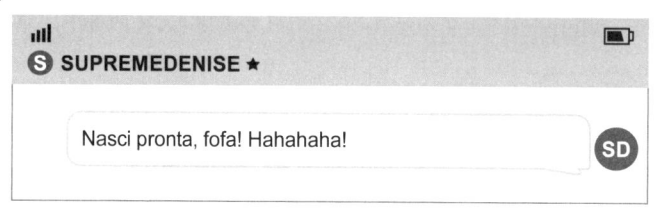

Dei uma última olhada no meu perfil. Eu estava em terceiro no *ranking*, com 89% de aprovação. Miki estava em primeiro e Sam, em segundo. Tirei uma foto da tela só pra ter de recordação. Uma notificação de mensagem apareceu logo em seguida. Era o Sam.

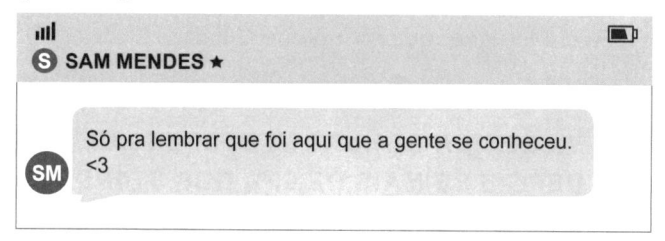

Certo, eu estava a ponto de chorar, como se nunca mais fosse ver nenhuma daquelas pessoas! Tirei mais uma foto da tela pra eternizar essa mensagem do Sam. Se as coisas não dessem certo, pelo menos teria algumas lembranças legais. Ignorando o fato de que não tenha sido exatamente no aplicativo que conheci o Sam. Eu tinha um pôster dele na parede muito antes disso! Mas não iria acabar com o clima do garoto que tentou ser fofo.

Respirei fundo e abri a aba de configurações do *Stargram*. Bem lá no fim da página havia duas opções: CONGELAR

PERFIL, que deixava o perfil invisível pelo tempo que quisesse; e DELETAR PERFIL, que excluiria a conta pra sempre.

Meu dedo se aproximou do CONGELAR PERFIL por alguns segundos, mas não seria justo. Eu não me livraria completamente do *Stargram*. Então, fechei os olhos e toquei a tela. Quando abri um dos olhos com medo do resultado, o aplicativo ainda me perguntava se eu tinha certeza de que gostaria de deletar. Poxa, acabou com todo o drama...

Toquei em SIM sem pensar duas vezes.

Estava feito.

Procurei o número de Miki e do Sam no celular. Agora teríamos que usar outras formas pra nos comunicar. Escrevi que estava feito e enviei uma mensagem pra eles.

Agora teríamos que ver no que ia dar...

AÇÕES DA *STARGRAM* DESPENCAM DEPOIS DE MAIS DE 60% DOS *STARS* ABANDONAREM O APLICATIVO

Suspeita de manipulação dos *rankings* e sugestão de mentiras envolvendo seus usuários deixa o aplicativo *Stargram*, que vinha em constante crescimento, à beira da falência. Com a saída de grande parte de suas estrelas, o *Stargram* não tem como manter seus patrocinadores nem mesmo sua base de usuários.

Os executivos estão desaparecidos e vários funcionários da empresa não quiseram dar declarações, por estarem submetidos a um contrato de confidencialidade. Composto exclusivamente de celebridades adolescentes e seus mais fiéis seguidores, agora o *Stargram* se vê em um destino irônico de estrela *cadente*: depois de brilhar por pouco tempo, desaparecerá.

Após algumas semanas, ninguém mais se lembrava do *Stargram*. Era como se nada daquilo tivesse acontecido. Muitas modinhas da internet simplesmente desaparecem sem deixar rastro e, apesar da resistência inicial, ninguém se recorda depois de alguns dias. A memória é curta. Logo outro aplicativo muito legal surgiria pra prender a atenção das pessoas.

Apesar de manter meu perfil em todas as outras redes sociais, preferi me afastar delas por um tempo. Parece que o conselho de Rebeca sobre viver a vida *off-line* finalmente estava sendo colocado em prática. Não cheguei a anunciar pros meus seguidores, mas acho que eles entenderam o recado.

Sem *Stargram* pra sugerir mentiras a meu respeito, eu também não estava mais nas ondas de fofocas. A vida parecia estar voltando ao normal outra vez. Com exceção dos amigos que fiz, é claro.

Meu lance com o Sam Mendes ainda era uma incógnita. Ele começou uma miniturnê pelo Brasil logo depois da exclusão do aplicativo, então a gente não se viu mais desde então. Miki estava finalizando o álbum que lançaria na semana seguinte. Ainda não sabia se o *Stargram* impactaria ou não nas vendas, mas suas outras redes estavam subindo ainda mais a cada dia. Eu tinha certeza de que seria um sucesso.

– Você tem certeza de que ele vem? – era a pergunta que eu mais ouvia na última semana de aula, entre uma prova e outra.

Todo mundo queria saber se o Sam Mendes e a Miki realmente estariam no show de encerramento no ano letivo do Colégio do Limoeiro. Não fazia ideia de como a notícia tinha vazado, uma vez que eu, a fonte de notícias dessa escola, tinha ficado quietinha. Foi bem difícil conseguir tal proeza, já que estava louca pra contar aos quatro ventos a novidade. Pelo jeito, segurar esse furo foi inútil, porque alguém tinha aberto a boca grande.

No último dia de aula, estava mais nervosa do que quando precisei fazer a prova de Matemática dois dias antes, morrendo de medo de tomar bomba. Graças a Deus, tinha dado tudo certo, e meu afastamento das redes sociais me rendeu uma bela nota dez. Quase coloquei no meu mural. Minha mãe ficou bastante impressionada. Ganhei uns pontos com ela!

Acordei com muita antecedência, pra ter tempo o suficiente de colocar uma roupa legal, me maquiar com calma e fazer uma meditação pro meu coração não sair pela boca. Por que eu estava tão nervosa? Eram meus amigos! Bom, era minha amiga e... Sam Mendes!

Encarei o pôster na minha parede.

Eu nunca me acostumaria.

O show seria praticamente um acústico, pois não havia espaço pra muita coisa no pátio do colégio. Fiquei responsável por preparar tudo. Dois banquinhos, a caixa de som, os microfones... Estava tudo pronto.

Menos o meu coração, que batia em ritmo de escola de samba.

Miki chegou primeiro. Ela me deu um abraço apertado e disse que estava com saudades.

– Minha turnê começa na semana que vem! Acredita? – disse, ao se sentar numa das cadeiras em volta da mesa dos professores. Era meio estranho estar naquele lugar que não permitia a entrada de alunos, mas, como não era todo dia que tínhamos apresentações como aquela na escola, não costumávamos ter um *camarim*, então precisei improvisar um.

– Tô tão empolgada por você! – disse, dando pulinhos. – Fiquei sabendo que todos os ingressos foram vendidos! Se não fosse pelo show de hoje, eu provavelmente nem teria chances de ver você cantando ao vivo!

– Deixa de ser boba, garota – Miki balançou a cabeça. – Inclusive, eu gostaria de fazer um convite. Aproveitando que você vai entrar de férias e tal...

Esperei, ansiosa.

– Que tal viajar comigo? – perguntou Miki, insegura. – Vou precisar da minha grande amiga especialista em famosos, que arrasa nas *makes* e figurinos e ainda dá conselhos amorosos.

Meu queixo foi no chão. Sair em turnê com a Miki? UAU!

Só tinha um problema...

– Não tô vendo você pular por aí... – observou Miki, com uma expressão um pouco triste.

Eu realmente não havia ficado tão empolgada.

– É que... – comecei a explicar – tenho um teste pra fazer.

– Um teste? – Miki me olhou desconfiada. – Suas aulas não acabam *hoje*?

Eu revirei os olhos.

– Sim, sim. Mas o teste é pra uma... novela.

Mordi os lábios esperando a reação de Miki.

– Mentira! – Ela cobriu a boca com as mãos.

– Verdade...

Miki se levantou da cadeira e veio correndo me abraçar.

– Ai, meu Deus, vai ser incrível! Você vai arrasar! – comemorou. – Poxa, queria muito ter sua companhia, mas... MEU DEUS! VOCÊ VAI VIRAR ESTRELA DE TELEVISÃO! Espero que se lembre de mim no discurso do Oscar, daqui a uns cinco anos.

Eu realmente teria que adicionar o nome da Miki no meu discurso pro Oscar! Não poderia esquecer.

– Cinco anos? – perguntei. Miki era otimista.

– Garota, quando todos os diretores colocarem o olho em você... Tchauzinho, Meryl Streep!

Nós duas caímos na risada e fomos interrompidas pela chegada do Sam, acompanhado pelo diretor do colégio.

– Tive que trazê-lo pelos fundos da escola, porque tem gente acampada lá no pátio! – explicou o diretor.

Nas mãos de Sam estava seu violão, envolvido pela capa de proteção. Ele o deixou sobre a mesa e sorriu pra mim e pra Miki. Apesar das roupas normais de sempre, calça jeans e camiseta, dificilmente Sam passaria despercebido pelos alunos do colégio, que já estavam ansiosos pelo show.

– Preparadas?

– Sempre! – respondeu Miki.

Sam olhou pra mim e respondi que sim. Nossos olhares se encontraram por algum tempo, até o diretor dizer que precisava ver se estava tudo certo com o som e os alunos. Miki aproveitou a movimentação pra perguntar onde ficava o banheiro, pra que pudesse conferir a maquiagem antes da apresentação.

Em menos de trinta segundos, Sam e eu estávamos sozinhos na sala. Eu sabia que já deveríamos ter passado do silêncio constrangedor, mas não tivemos muita oportunidade pra exercitar a espontaneidade. Ele era O Sam Mendes ainda.

– Eu tava com saudades – murmurei incerta, mas dessa vez não queria ficar esperando que ele tomasse a iniciativa da conversa.

Sam contornou a mesa e ficou na minha frente. Suspirou profundamente, como se um peso estivesse preso às suas costas.

– Eu também – disse baixinho, segurando a minha mão. – Passei a viagem inteira pensando que queria te ver logo.

Suas palavras me preencheram, e finalmente pude deixar a insegurança ir embora. Fiquei mais calma com o que aconteceria a partir dali.

– Eu preciso te contar uma coisa, na verdade.

– O quê?

– Este vai ser meu último show – confessou. – Pelo menos, pelos próximos anos.

– Como assim, seu último show? – perguntei, sem entender. Deixei escapar uma risadinha. – Suas fãs lá fora não vão gostar muito.

Ele deu um sorriso de pesar. Provavelmente, Sam tinha pensado muito sobre isso.

– Eu... vou estudar música nos Estados Unidos. Começo um curso logo depois do ano-novo.

– Que legal! – parabenizei. – Quanto tempo?

– Quatro anos – respondeu. – Ou mais, dependendo do que acontecer por lá...

Puxei a minha mão bruscamente e cruzei os braços. Queria proteger o coração que batia descontroladamente no meu peito, sofrendo por prever o que aconteceria.

Uma expressão de dor passou pelo rosto de Sam.

– Desculpa – murmurou. – Eu queria que fosse diferente.

Eu fechei os olhos e respirei fundo. Doía, mas não havia o que ser feito.

– Te desejo toda a sorte do mundo – eu disse com sinceridade, abraçando a mim mesma pra que de alguma forma eu pudesse me confortar. – Você merece.

Um sorriso triste se formou nos lábios dele. Sam se aproximou e me abraçou. E me manteve em seus braços até que eu o abraçasse de volta. Senti o cheiro de canela que me trazia lembranças tão boas. O Sam tinha o melhor abraço do mundo.

– Você vai continuar sendo a garota mais linda que eu já vi na vida – sussurrou nos meus ouvidos, me dando arrepios.

– Você não pode garantir – afirmei. – Vai conhecer muita gente durante toda a sua vida.

Ele se afastou o suficiente pra que pudesse encarar meu rosto. Eu não estava chorando, mas meus olhos ardiam, e tenho certeza de que ele notou, porque os olhos dele respondiam da mesma forma.

– Eu só posso garantir o que tenho hoje. E hoje você é *a garota*. E é assim que este momento vai permanecer nas nossas memórias.

Eu nunca, nunca iria esquecer.

Sam não disse pra ninguém que aquele seria o último show. Eu tinha uma informação privilegiada e resolvi guardá-la pra mim. Fiz questão de prestar atenção em todos os detalhes, cada vez que ele fechava os olhos, sorria e mostrava uma covinha do lado esquerdo, acenava ou só passava a mão pelo cabelo. Será que ele se lembraria de mim?

– Eu vou cantar agora uma música que escrevi na última semana – disse Sam ao microfone, o violão embaixo do braço, apoiado na perna. – Talvez ela não saia perfeita, já que vai ser a primeira vez que vou tocar... – deixou escapar um sorriso envergonhado. – Mas eu precisava eternizar uma parte importante da minha vida... O nome da música é *Encontrei uma estrela*.

Sam respirou fundo, preparou o violão e olhou pra plateia. Quando encontrou o meu olhar no fundo da multidão, sorriu. Ele cantou a música inteira olhando pra mim.

E foi assim que, por causa de um e-mail recebido por engano, passei por uma das experiências mais loucas da minha vida. Se você está se perguntando se passei no teste de elenco... Sim! Eu passei! Vou ser a melhor amiga da protagonista. As gravações só devem começar em março, mas já estou me preparando pro início da minha carreira até o Oscar. Denise Garcia me prometeu dar as melhores dicas pra ser uma atriz incrível!

Opa, foi só falar nela que recebi uma mensagem! Preciso ir, mas não deixe de me acompanhar nas redes sociais, é só procurar por *SupremeDenise*. Nada de usar o *Stargram*, hein? Fiquei sabendo que eles sumiram do mapa! Ainda bem!

Bom, a gente se vê por aí! Beijinhos!

LEIA TAMBÉM

Este livro foi composto com tipografia Electra Std e impresso
em papel Off-White 80 g/m² na Formato.